# 相思湖作家群
## 小说选

主　编　东　西

副主编　黄佩华　凡一平

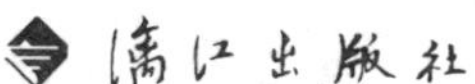

**图书在版编目（CIP）数据**

相思湖作家群小说选 / 东西主编 . — 桂林：漓江出版社，2020.12（2025.3 重印）

ISBN 978-7-5407-9000-4

Ⅰ . ①相… Ⅱ . ①东… Ⅲ . ①中篇小说—小说集—中国—当代 Ⅳ . ① I227.5

中国版本图书馆 CIP 数据核字（2020）第 261529 号

XIANGSI HU ZUOJIAQUN XIAOSHUO XUAN

**相思湖作家群小说选**

主　　编　东　西
副 主 编　黄佩华　凡一平

出 版 人　梁　志
策划编辑　何　伟
责任编辑　何　伟
装帧设计　徐俊霞　俸萍利
责任校对　苏子新
责任监印　张　璐

出版发行　漓江出版社有限公司
社　　址　广西桂林市南环路 22 号
邮　　编　541002
发行电话　010-85891290　0773-2582200
邮购热线　0773-2582200
网　　址　www.lijiangbooks.com
微信公众号　lijiangpress

印　　制　河北赛文印刷有限公司
开　　本　880 mm × 1240 mm　1/32
印　　张　11
字　　数　300 千
版　　次　2020 年 12 月第 1 版
印　　次　2025 年 3 月第 2 次印刷
书　　号　ISBN 978-7-5407-9000-4
定　　价　68.00 元

# 序

“相思湖作家群”一词，是一个权宜性的命名，与广西民族大学相关。这所学校原来只有一个校区，学校中间是一片水域——早先其实是一条小水道，通到穿城而过的邕江去的，因为修堤筑坝的原因，水面变宽，形成了一个人工湖，湖边散落着大大小小的相思树，因而得名相思湖。每到秋天的时候，相思树的荚果成熟，爆出一粒粒鲜红圆亮的红豆来，常有喜欢的人到树下捡拾，或自赏，或寄人。也许是因为以前这里僻远，那些受文学作品熏陶的人为了排遣愁绪，抒情吟咏，也可能是受周围的风景感染，托物言志，总之，慢慢就形成了这个所谓的“相思湖作家群”。这中间有些作家是广西民族大学在不同的时期培养的，也有些是在这里工作或工作过的。由于渊源复杂，其实很难归纳出这一群作家在文学或文化上的共同特征，只有一个相同点，即或长或短地在相思湖畔待过。所以，这个作家群是一个相对宽泛的概念。一般认为，几十年来，其代表人物，在诗歌方面有韦其麟、苗延秀、侬易天、王一桃（香港）、杨克、黄堃、黄神彪、石才夫、陆辉艳等，小说方面有：蓝怀昌、刘文勇（香港）、黄佩华等，散文方面有徐治平、农耘、严风华等。

但真正让这个群体产生全国性影响的，无疑是东西、凡一平、朱山坡等相继到来之后。东西曾获得鲁迅文学奖，朱山坡和凡一平等也曾获得全国性的重要奖项。而收入这本《相思湖作家群小说选》中的作家，都是21世纪以来这个群体中较活跃的作家，其作品可以说代表了最近这些年这个作家群最重要的收获。

东西的《救命》饱含着某种言近旨远的意味。这篇小说糅合了双重主题：一是“救命”时该不该说假话，另一个则是要为女主人公多找几个活着的理由。人是一种会反思的动物，而现在的世界却通过各种规训和诱导让人沉醉麻木，让人依照本能或社会上大多数人认可、实践的生活方式活着，不存在任何反思性。小说中孙畅与其说是在为麦可可寻找活着的理由，还不如说是为自己寻找生命的意义。麦可可声称，自己活着是因为爱情，而在她原先的爱人郑石油消失后，她将爱转移到了孙畅身上，没有了爱，她就会死去。人们把生命的价值附着在对象或者说欲望客体的身上，而不是从自身生命的内在中获得意义。在这种情况下，孙畅到底是不是真爱麦可可呢？由于小说采用的是第三人称，我们无法得知人物的真实想法，可能孙畅真的并不爱麦可可，只是为了救她才同意与她结婚的。毫无疑问，对孙畅的前妻小玲来说，这更像是孙畅的辩解。可以肯定的是，三个人对人之所以活着的理由的理解存在着错位。孙畅说假话，本是为了救人一命，却成了必须履行的承诺。他的赌注越来越大。一开始他也是想避免卷入旋涡的，可没有想到却越陷越深。这样的结局恐怕谁也没想到。他救了麦可可，可谁来救护他呢？回到另一个主题，即人为了某种崇高的道德目标或现实需要，是否可以说假话？如果可以，那么什么时候该作假，什么时候又不该？问题也许并不在于孙畅用欺骗和说谎来“救命”，而在于麦可可是否相信她与孙畅之间就是她所追求的爱情，她是否需要谎言来维持生命。表面上看来，《救命》将挽救人的生命和讲真话这两种道德准则置于一种选择状态，而在生命面前，讲假话既然能够救命，也就获得了一种道德上的合理性，所以其实两者并不对等，《救命》的主人公所面对的困境，如果进一步思索的话，则似乎有被绑架和胁迫的嫌疑，小玲就曾认为麦可可是在“装疯”。所以，孙畅最后的选择也是一种赌注，如果麦可可的行为只是逼他就范的手段，那又会如何呢？小玲如果也选择跳楼来维护自己的利益的话，孙畅怎样选择？《救命》骨子里的表征，其实是人对自身的命运无从把握的焦虑。

凡一平的《我们的师傅》，表面上看去，充满幽默和自嘲的色彩，细按之下，却又存在似有还无、欲说还休的另类意味。几位成功人士，包括叙述者——身为作家、教授的“我”，曾嫁权贵、离婚后获得不菲资财的明日黄花，能够翻云覆雨的亿万富翁，名利双收的导演，等等，都有各自的风光，但又共有一个不堪回首的过去，即他们少年时曾是一个盗窃团伙的成员。都说浪子回头金不换，但人总是自觉不自觉地掩盖自己的出身和过去，从而呈现自己一贯“高大上”的一面。小说中有些地方饱含言外之意，比如“我”的老师黄盖云发现“我”是小偷后，两人间有一段对话，“他摇摇头，说：你师傅是不是韦建邦？/我说：他已经不是我师傅了。/但是将来，你们有成就的时候，希望不要忘记他。/我说：我会永远记得你，老师。”这种答非所问、顾左右而言他，并加以嘲弄地呈现，颇能体现凡一平入世的一面。几个人之间的调侃，也再现了现实生活中的某种状况。“大哥见到了我身边的蓝上杰、韦燎和韦卫鸾，这些他弟弟小时候的伙伴或团伙成员，衣着光鲜、道貌岸然地站在他跟前，像是披了人皮的畜生。他曾经认为是这些畜生把他弟弟带坏或拖上贼船的，也变成了畜生。如今他应该不是这么看待了，因为在村庄的人们的眼里和议论中，他们都比他弟弟强。稍差一点的韦卫鸾，虽然当大官的丈夫变成了前夫，但是有花不完的钱呀。最坏的人如今变成了最强最好的人，看见了吧？”世态炎凉之外，世事洞明。但这些人并不坏，师傅过世了还是会回来吊唁，除了官阶较高的覃红色。他们盗窃时，也是奉行“盗亦有道”的原则的，那就是不偷穷人和亲戚。所以，在调笑之外，小说也不时呈现一种忧伤和无奈的意味。

《深山来客》是朱山坡“蛋镇电影院”系列小说中的一篇，主要是写鹿山人对妻子的深情。鹿山人的妻子热爱看电影，但深山里没有电影院，所以只好到蛋镇来看。但来一次非常不容易，清晨撑船出发，晌午才到，看完电影要连夜赶回家，得用火把照明。女人病得不轻，腿不好，丈夫要背着她行动。他自己并不爱看电影，说那全是骗人的——但也可能是因为缺钱。小说用细致的笔墨描写他们的恩爱，透露他们曲曲折折的命运，以及没有被命运摧毁的良善。最感人的一幕出现在鹿山人的妻子最后一次看电影时，其时台风将至，因上次台风来时曾经导致一台放映机损坏，同时出于安全考虑，电影院已经贴出告示说明当天不放映。妻子不想离开，放声痛哭。电影院院长老吴冒着血本无归的风险，破例为她放了一场电影。没有人售票，也没有人守门，但所有人都知道这是为她一个人放的，所以连平时喜欢贪小便宜的人，也没有进去看免费电影。看完电影后，妻子又到照相馆照了相。这是他们最后一次现身蛋镇，人们以后再也没有见过他们的身影。隐隐约约地，我们能感受到，鹿山人的妻子可能预感自己不久于人世，所以坚持要看最后一场电影。而平时苛刻的老吴，当了一回好人。在“蛋镇电影院”系列小说里，这是最朴实的一篇，鹿山人和他的妻子连名字都没有，有关他们的身世，也是经过旁人转述的，但这却是整个系列小说里最让人回味的一篇，因为这里有超出想象世界的、人间真实深厚的情感的诚挚表达。

按照现在以十年为一代的标准，黄佩华和张泽忠属于比东西和凡一平老一辈的作家，他们的写作有一个共同特点，即比较实在，给人天然未凿的感觉。前者的《铧尖地带》的主人公退休后寄情于钓鱼，这种在常人看来是修身养性的事情，在作者的笔下却也呈现出一种钩心斗角的面貌，钓友们构成了一个小社会，充满各种计较。所谓“铧尖地带”，就是“从岸边往江心突出的部位，形似一只铧尖……那个地方是这一带的黄金钓位，上游和下游都是深潭，是鱼群洄游觅食的必经之道”，容易钓到大鱼、好鱼，所以成了钓家必争之地。根据小说的发展和结局的安排，可以说主题发生了改变，从宋寅时退休后的失落，慢慢演化成了关于人生命运的感悟。而张泽忠的《写实二题》，通过两个老人坎坷的经历，书写人生的悲凉。曾经充满生活智慧却时运不济、最后穷愁潦倒的曾波老师，与命途多蹇、总是想回到故地却最终客死异乡的融州阿公，让人感叹造化弄人。小说语调朴实，情感克制，但自有一股独特的韵味。比较而言，潘小楼的《喀斯特天空下》的叙事就要繁复许多，在修辞上更为用心。显然，受过正规的文学教育，以及剧本写作等的实践，让她更注意技巧上的锤炼。不过，这不妨碍其对生活的发现，“西医总会把搞不清病理的病症往心理学上引，中医则是往玄学上引”这样的俏皮话也不时出现。詹嘉民在母亲和女儿之间架起桥梁，并通过想象将事实与虚构联系在一起，这种同构关系，构成了小说的重心，人生的聚散无常这一主题与若有若无的代沟的描述，倒显得无关紧要了。

蒙飞的《稻田风光》和祁十木的《火坑》写的都是固执的老人，都涉及人的“风骨”问题，但两位作者的处理反映了各自所受文化传统影响的不同。前者所写的梁老汉不愿让村里支持的开发公司占用自己的稻田，“梁老汉的骨头越老越硬，任由公司的人和村主任软硬兼施甚至威迫利诱终不为所动”，直至不惜以死相搏。当然最终他做了一定程度的让步，也许是恐惧推土机的威力，或者是像村主任一样，认识到农村应该走“规模化经营”这条发展道路。祁十木笔下的哈老汉，并不认可儿子对待拆迁的态度，因为儿子只看到利益，而不是首先考虑人的感情与传统。他在自家房屋被拆的前夜无常（过世），以屈腿“跪在拜毡上”的姿态获得“硬汉子”的名声，让人惦念。“火”在小说中具有双重意蕴，既是人世煎熬的隐喻，也是激烈情感的象征。同是固执，在另外的作品里，也有可能变成顽固不化的症状，周龙的《浮桥》就是如此。小说从一个下乡担任指导员的干部的角度，把村民的不合作视为“刁”——他们眼里只有眼前直接的利益，比如一开始都不愿参加合作医疗，直到看见别的农民因为得病受益，才知道其好处。小说里充满自我表扬的色彩，比如“我”甚至为了化解矛盾自己掏了四万元。显然，站的位置不同，看到的世界就是另外一个面貌了。陆祥红的《单边情话》，则从下乡扶贫干部的妻子的角度，侧面描写扶贫干部的困难和牺牲，以及爱的坚守。作品选取的角度比较巧妙，把女性的坚忍与情感表达的隐微都呈现了出来。

文学必须薪火相传，才能产生持久的生命力。相思湖作家群能够产生影响，作家们的互相支持与鼓励很重要，前辈对后辈的提携与帮助也很重要。收入这个集子里的几位年轻作者的文字，除祁十木的比较成熟外，其他几位，田原也、张亮华、隆莺舞和胡游的小说，各有特色，也有一些共性，具备一定的潜力。从他们的作品中，可以看出他们的思维比较跳脱，可能受当代的大众文化的影响比较大，而不太留意经典的写作方式。田原也的《隔壁的箱子》，由一只似乎无主的箱子，留给读者悬念，同时通过三个人物对箱子的来龙去脉的叙述，呈现出故事发展的三种可能性，颇具匠心。张亮华在《拐杖》里插入的阎王殿故事，展现了作者的想象力，丰富了读者对主人公心理活动的理解。胡游的《易老爹》以易老爹与布娃娃、塑料娃娃对话的方式，平静地叙述人类的孤独与人性的复杂。隆莺舞的《五个玩尺者》借助时空错置的叙事，将少年麻天北与成年麻天北联系在一起，在一种迷离恍惚的氛围中抒发情感的困惑。这几篇小说在关注人类的情感方面，与东西、凡一平和朱山坡的作品形成鲜明的对比，后者显得厚重，而年轻作者相对轻盈，即使他们的题材本身并不轻松。

广西民族大学文学院教授
广西文艺评论家协会副主席　张柱林

2020年12月

# 目 录

# 东　西

东西，原名田代琳，1966年出生于广西天峨县，主要作品有《耳光响亮》《后悔录》《篡改的命》以及《东西作品集》(8卷)等，部分作品被翻译为英、法、俄、韩、瑞典、越南、德、日、意、希腊文和泰文出版，多部作品被改编为影视剧。中篇小说《没有语言的生活》获首届鲁迅文学奖，根据其改编的电影《天上的恋人》(东西任编剧)获第十五届东京国际电影节最佳艺术贡献奖，根据其改编的同名电视连续剧获中宣部第十一届“五个一工程”奖。现为广西民族大学文学影视创作中心主任。

# 救　命

## *1*

孙畅回到六楼的时候，发现灰不溜丢的走廊比平时明亮。他以为路灯提前开了，眯起眼睛才看清，多余的明亮原来是那两个人衣服上的反光。他们站在铁门前，一个是警察，一个西装革履。真是蓬荜增辉！他们远远地伸出双手迎上来，让孙畅不得不怀疑自己走错了楼层。

警察问："你就是孙老师吧？"

"你们是……"

警察掏出证件，说："我是派出所的。"

"那你们一定找错人了，我从来不敢惹派出所的。"

"哪里哪里，我们是来给你烧香磕头的。""西装革履"说。

孙畅打开门，用手抹了一下沙发，示意他们坐。他们的腿都绷着，连弯一下的念头都没有，不像是上门找坐的。他们的脖子扭来扭去，目光从彩电挪到冰箱，再从冰箱移到卧室，好像在找什么值钱的物件。孙畅拿起茶壶，警察一把夺下，说：

"没时间喝茶了，老郑你赶快说吧。"老郑就是那个"西装革履"，他把头从卧室的方向"嘎嘎"地扭过来，说他叫郑石油，自己的女朋友——也是未婚妻，此刻就站在对面的楼顶上，随时都有可能飞下去。

"这和我有关系吗？"孙畅问。

警察说："相当于她得了癌症，你来做个偏方，也许有效。"

"这年头真药都治不了病，你还信偏方？"

郑石油说："她的面前就是你卧室的窗口，空中距离不超过十米。如果你能跟她搭上话，就能转移她的注意力。"

"你自己往窗口一站，注意力不就全部过来了吗？"孙畅说。

"不行。她说只要有人靠近，立即就往下栽。从中午到下午，四个多小时了，她的注意力一直很集中。"郑石油说。

"难道我就不是人？"

"这是你家的窗口，你爱怎么靠近就怎么靠近，谁也别想拿死来威胁你。"

"可是，我不认识她……从哪里说起呢？"

"就当你初恋，没话找话。万一卡壳，你就低头看我。拜托。"

郑石油庄严地鞠了一躬。孙畅顿时感到身体轻了，就像太空舱里的宇航员那样飘起来，也像水面的葫芦，怎么也按不下去。人家是往下跳，自己却往上飘，真没出息。他朝卧室走去，双腿严重发软，根本不听使唤。他说："不是我不想救人，而是没这项本领。"

警察说："别急，你先来个深呼吸。"

孙畅闭上眼睛，用力吸气，把整个肺部装得满满的，好像存了一柜子的钱，然后再一角一分地开支。就在肺里的空气快要放完的时候，他忽然发现了一道难题：“如果她不买我的账，一头撞向地面，谁来负这个责任？”

郑石油说：“当然不能由你来负。”

“那由谁负责？”

“我。谁也抢不走这份功劳。”郑石油拍拍胸膛。

“空口无凭，你还是写个字条吧。我这人胆小，怕猫就像怕老虎。”

“莱温斯基怀孕——赖不到你头上。人都站到楼边边了，还写什么字条？”

“老郑，我是认真的，别以为我想收藏你的书法。”

郑石油从包里掏出一张白纸，唰唰地写了一行字，签上大名递过来。孙畅说：“还缺一枚公章。”

“孙老师，我是来救人的，不是来订合同的，怎么会把公章带在身上？”

“难道你不明白有些人比公章还管用吗？”

郑石油把字条递给警察。警察说：“想不到我在你们心目中，还有这么高的威信。”说着，他把名字唰唰地签了。孙畅接过字条揣好，用力地按了几下，顺便把夸张的心跳也按了下去。他好像重新找到了地球的引力，轻飘飘的身子有了重量。真幸运，他又会走路了。他走到卧室前，打开房门。郑石油立刻趴下，好像对面有一颗瞄准他的子弹。连窗帘都还没拉开，郑石油就急迫地趴下了，足见他的一片诚意。孙畅朝窗口慢慢靠近。郑石油紧跟他的脚步爬行，一边爬一边说：“如果她还活着，你千万别告诉她我曾经学过狗走路。”

“那你也不能告诉任何人，说我吓得裤衩都湿了。”

## 2

扒开窗帘一角，孙畅看见麦可可站在楼顶的护栏上。她头发没乱，五官端正，好像不仅仅端正，还有几分媚气，看上去像个大学生。如果要给她写评语的话，应该是：该生着装整洁，勤洗手讲卫生，爱祖国爱劳动，有文艺细胞，喜欢唱歌跳舞，积极参加各项活动，如果再把鞋子穿上，那基本上就没什么缺点了……

“没消失吧？”缩在窗台下的郑石油轻声地问。

“脚指头已经伸到护栏外面。”

“大慈大悲的孙老师，要是能把她救下来，我给你换套新房。”

孙畅拉开窗帘。麦可可警觉地看过来。孙畅说：“谁在挡我的视线？”麦可可面无表情。孙畅说：“原来是跳楼的呀，哪里跳不好，偏要到我的窗前来跳？”麦可可一动不动。孙畅说：“玩呀？”麦可可还是没反应。孙畅说：“还有没有别的选择？比如转过身，走下护栏。听到没？你妈喊你回家吃饭呢。”麦可可的眼皮微微一动。孙畅提高嗓门：“有人会想你的，不是父母，就是恋人……反正，在这世界上总会有一个人想你。他会一边哭一边喊你的名字。”

直到这时，麦可可的目光才有了焦点。孙畅说：“这么高，真要砸下去会很疼。我从小就怕疼，一到打预防针就哭。你不怕疼吗？你不怕疼，水泥地板还怕疼呢。”

两行泪滑出麦可可的眼眶。孙畅想不到这么快就有了效果，吓得都忘了说话。他屏住呼吸暗暗使劲，希望泪水在麦可可的脸上多停留哪怕一会儿，好像眼泪能把她挽留似的。尽管孙畅的拳头都捏痛了，但泪水还是没刹住，它毫不犹豫地从对方下巴滚落。孙畅说：“年轻人，千万别着急，有什么困难我可以帮你，不一定非得摔成肉酱。”

“滚开！”麦可可终于开口。

“滚开容易，但我告诉你，人活着不仅仅是为了爱情……”

“那还能为什么？”

“理想、事业。小学生都懂。”

“每次都这么说，像唱卡拉OK。别以为你换了身衣服，我就不知道你是警察。”

“为什么不是老师？难道你的老师不是这么教你的吗？”

“老师干吗要管闲事？”麦可可明显不耐烦了，“你给我闪开，否则我立马就跳。”

“等等，即使你死，我也要让你死个明白。”

孙畅转身拉开床头柜，拿出一个纸袋回到窗边。麦可可的眼睛微微睁大，仿佛有了一点兴趣。孙畅从纸袋里掏出一本证件，说：“你看好了，这是我的教师资格证。我是一名光荣的人民教师，不是什么警察。”麦可可闭上眼睛，好像是相信了，也好像是为跳楼准备情绪。孙畅赶紧掏出第二本证件，说：“这是我的房产证。”麦可可的眼睛没睁开，孙畅却把房产证打开了。

他指着上面的姓名，说："确认一下吧，免得你把我当骗子。我这个人什么错误都有可能犯，唯独骗人这一条不会。这是正宗的房产证，请你高抬贵眼，只要你看一眼，再把眼睛闭到未来都没关系。我不是故意要跟你啰唆，我的嗓子在课堂上就已经疲倦了，疲倦了我之所以还要说，那是因为这是我的家，每天我都会站在这里看你背后的天空……"

麦可可似乎被"背后"提醒，忽然回头，看见楼门里没有任何动静才又把头扭过来。孙畅说："妹子，请你另找个地方吧。否则，我这窗口就'残废'了。知道什么后果吗？将来只要一站在这里，我就会怀念你。"

麦可可向右转，两只光脚丫沿着护栏踩去，好几次，她的左脚有一半悬空。孙畅惊叫："我是说着玩的，你还真跳呀？"麦可可的步子更加勤快，似乎要远远地避开窗口。孙畅说："再往前走就是面对大街了，你想死得安静点就回来。"麦可可一怔，转过身，摇摇晃晃地又来到窗前。她低头看了一眼，说："我是踩过点的，别以为你是老师就什么都懂。"

孙畅问："能告诉我为什么想死吗？"

"不幸福。"

"为什么不幸福？"

"因为郑石油不跟我结婚。"

"不就是结婚吗？我让石油同意就是了。"

"吹牛。他怎么会听你的？"

"他……"孙畅结结巴巴地低头，看见躲在窗下的郑石油举着"学生"两字，立即抬起头来，"他是我的学生。"

“不可能。这个城市里叫石油的有好几十个呢。”

孙畅又看窗下。郑石油举起的稿纸上写着“建政路23号6栋”。孙畅报上地址。麦可可皱皱眉头，说：“你真是他老师？”

“我……还是他的班主任。”

“你保证他能给我婚姻吗？”

孙畅低声重复麦可可的疑问。郑石油在稿纸上写下“保证”。孙畅一下有了底气：“保证。”

“如果你说不动他，我还会站到这里。”

“放心吧，我的学生都尊师重教。”

“他答应‘结婚、结婚’，可就是不跟我去领证，三年了。”

“他要是再敢骗你，我叫全班同学一起声讨他。必要时，我让他见报。”

“当真？”

“我连手心都湿了，像开玩笑吗？”

孙畅松开拳头，把两只手掌举到窗前，就像投降。麦可可看见他的掌心全是汗，仿佛刚刚下过一场雨。她终于相信他，一屁股坐到护栏上。两个警察从楼门冲出来，分别拉住她的左右手。她拐了拐胳膊，抗议：“别碰。我有本事上来，就有本事下去，轮不到你们紧张。”

## *3*

当麦可可和两名警察从对面楼门消失之后，孙畅才坐到床上。具体坐了多久，连他自己也不清楚，因为有一段时间，他的大脑里是空白的，既没听到声音也没感觉到热。直到小玲拿着湿毛巾在他冒汗的额头连续擦了几把，他才回过神来，说:“好好一个人，为什么会想死?”

“被人欺负呗。”

“……我没欺负你吧?”

小玲想了想，说:“好像没有。”

“那我就放心了。”

他开始看小玲的头发，然后再看她的脸和脖子，像打量陌生人那样由上往下打量。当他的目光移到小玲胸部时，小玲说:“干吗那么色?”

“我……怕你死。”

“我要是死了，谁给你和不网洗衣、煮饭?”

“所以，我们都得活着，千万千万不能跳楼。”

“神经病才会跳呢。”

孙畅一激灵，从床上跳了起来，说:“你这么一点拨，我就明白了。没准儿，她就是个神经病。只要一归结到神经病，多少事情都迎刃而解。”

当晚，孙畅吻了小玲。他已经好久没吻小玲了。小玲也不甘落后。两人都有了进一步亲热的愿望。结果他们一共来了三次。这是一个久违的次数，几乎是他们平常一周的指标。他们都很投入，也舍得花力气，尽管开着空调，脊背上却全是汗。因为汗水过多，他们都感到手滑，抓不稳对方。于是，他们的手指都掐进了对方的身体。但是，无论手指掐进去多深，他们都不觉得痛，反而提醒自己还活着，还有人陪着……这么折腾了一夜，他们都觉得幸福，甚至同情起麦可可和郑石油来。

被干扰的心情就这样平静下来。孙畅每天按时到中学讲课，小玲除了去妇产科上班，还负责接送孙不网。买菜、拖地板的事归孙畅，其余的归小玲。他们的生活又恢复了秩序，准确得就像秒针。几天之后，麦可可领着4个民工，把一台立式钢琴送到孙家门前。孙畅挡在门口，说："你这不是成心让我受贿吗？"

麦可可说："和一条命比起来，这钢琴只算一根毛。"

"那我也不能见毛就拔。"

"我和石油就要结婚了，你给个面子吧。"

"即使我想给你面子，这房间也不答应。"

"不会吧？这么大一个家，难道连架钢琴都摆不下？"

孙畅闪开。麦可可指挥4个民工抬起钢琴。钢琴避过门框，来到客厅中间，轻轻地落下，但只落了一半就落不下去了，因为茶几挡住了钢琴的一只脚。钢琴赶紧起来，掉了一个方向，又往下落，一头却被电视柜卡住。钢琴又起来，移到窗下，贴着墙壁往下落，这一次短沙发挡住了它的去路。麦可可说："小心，小心，快抬起来。"钢琴又慢慢地起来，刮掉了墙壁上不少的白灰，琴边有了一道白线。麦可可说："孙老师，你们家也太小户型了。"

孙畅说："买房的时候，我不知道你要送我钢琴，否则我就按揭一套80平方米的。"

麦可可打量客厅，实在找不出钢琴那么大一块地盘。民工说："老板，我们的手都麻了。"麦可可抽出凳子，把餐桌顶到墙上，总算腾出一块空地。钢琴擦着餐桌落下，把摆凳子的地方全占了。孙畅说:“如果琴声能当正餐，我就把餐桌扔出去。”

麦可可说:“让我再想想办法。”

孙畅说:“除非把琴竖起来。”

麦可可推开孙不网的卧室，说:“可以摆在这里面。”

孙畅说:“屁股那么大块空间，别浪费力气了。”

麦可可招手，示意民工把琴抬进来。民工没抬，而是拿了一把卷尺，先量钢琴，再量孙不网卧室的空余。横量竖量，空地就差那么五厘米。麦可可说:“现在我才明白，祖国其实一点儿也不辽阔。”

孙畅说:“心意我领了，把琴抬走吧。”

麦可可不甘心，推开主卧室，叫民工用卷尺量窗下的空间。民工蹲下，量了长又量了宽，说:“琴能摆下，但不能摆凳子。”

麦可可惊喜地说:“可以坐在床上弹。”

“乱弹琴。摆那儿，会阻碍交通。”孙畅制止。

麦可可只当没听见，和四个民工一道把琴抬进来摆在窗下。琴刚落地，小玲就领着孙不网回来了。她拍着琴面说:“问题是这个东西对我们没用。”

麦可可说:“它能陶冶下一代的情操。”

小玲说:“下一代已经学画画了，没时间再学这个。”

麦可可说:“嫂子，请你一定相信，学过琴与没学过琴的人，将来的素质绝对不一样。”

小玲说:“就怕这琴只是个摆设。”

“抽空我来教他。”麦可可弯下腰，拍着孙不网的脸蛋，“你愿意跟阿姨学琴吗?”

孙不网摇头。小玲挥手叫民工把琴抬走。民工不响应。小玲抓起琴的一头，想抬起来，但抬不动，便扭头向孙畅求助。孙畅搓搓手，走过来一推。琴向房门滑去。麦可可说：“本来我是想用钱来报答孙老师的，但是我怕你们笑我俗气，才想出这么个高雅的。这是我的一点儿心意，如果你们不收，那就是逼我送钱。”孙畅把琴停住。小玲说：“妹子，我不是这个意思。这么贵的物品，我是怕它怀才不遇。”

“现在用不上，你敢保证将来用不上吗？有的东西即使没用，它也必须摆着。我这辈子从来不欠别人的，这次也不想欠。如果连感谢都没人领情，那我还有什么资格活着……”麦可可说得眼泪叭叭地落。

小玲把琴推回来，说：“妹子，这琴我们收下啦。”

## *4*

一天，孙畅正在教室里讲《拿来主义》，因为他把“网游”和当年外国人送来的鸦片进行了类比，学生们个个听得腰板挺直。忽然，有两个学生把头扭开。孙畅以为自己讲得不精彩，于是来了一句惊人的：“要救将来之中国，必先禁现在之网游。”如此雷人的语言，也没把那两颗脑袋扳回来，反而让更多的脑袋扭了过去。孙畅没有跟风，也不呵斥，而是保持了一位优秀教师的冷静。他想继续用口才校正学生们逃跑的脑袋，但一时半会儿还想不出具有磁铁效应的句子。正在琢磨之际，有一个学生喊：“老师快跑，你女朋友找上门来啦。”

教室里不是一般的喧哗。孙畅再也装不成优秀，扭过头去，看见麦可可站在门口，惊讶程度绝不亚于学生。他说："你……怎么来了？"

麦可可一字一顿："姓、郑、的、跑、了。"

"啊！你们结婚的红包我都准备了，他不收彩礼啦？"

"骗子，"麦可可咬牙切齿，"你也是个骗子。"

孙畅40来岁，活得也有些年头了，可他还是第一次听到有人咬着这两个字骂他，实在是不服气。他说："还不如骂我流氓更好听些。"

"没那么便宜，骗子就是骗子。"

"我到底是骗了你的钱还是骗了你的色？"

"你骗我不死！"

孙畅张开的嘴巴像卡了个乒乓球，久久没有合拢。他万万没想到茫茫骗海还有这么一个新骗种。麦可可说："本来我一心求死，可你偏要花言巧语，说什么保证他能给我婚姻。现在好了，婚姻跑外太空去了。"

"一点儿信用都不给，成心让人崩溃。"孙畅嘟哝着，不停地在走廊上踱步。窗玻璃后面贴满了学生们压扁的脸蛋。麦可可问："你知不知道他躲藏的地点？"孙畅说："连你都不知道，我怎么会知道？他又不是我的恋人。"

"骗我？"

"骗你是狗。"

学生们都笑了。只有孙畅的脸黑得像黑板，既严肃又认真，不是行骗的表情。"又是一只气球。早知会破，何必吹得那么大。”绝望的麦可可突然爬上走廊的护栏，身子外倾。孙畅伸手一捞，动作飞快也只扯下半截衣袖。学生们惊叫着跑出教室，趴在护栏上俯视。麦可可已经不会动了，甚至有可能已经没有呼吸，像是砸在草地上的一个蜡像。孙畅从楼道里冲出来，保护现场，拨了医院的急救电话。十五分钟之后，救护车就“呜啦呜啦”地驶进校园。一副担架把麦可可抬进了车子。孙畅跟着钻了进去。

## 5

因为是右肩先着地，麦可可还有呼吸，但右膀子的骨头或折或碎，医生们用了10多个小时才将其复位，并给右膀子打上石膏。麦可可躺在床上“四不”：不吃不喝不说话，再加上不停地流泪。由于泪水绵绵，枕巾换了一条又一条。孙畅说：“再这么哭下去，眼泪就要在床上发芽了。”

小玲手里的勺子装满鸡汤，朝麦可可的嘴巴靠近。麦可可的牙齿立刻咬紧，勺子微微一偏。小玲以为流质食物会像暴涨的河水，总有办法渗透防洪大堤，却没想到麦可可的牙齿不是豆腐渣工程，而是滴水不漏。鸡汤沿着她的嘴角流下，在脖子处与泪水交汇。小玲用纸巾擦着麦可可的脖子，说：“傻丫头，就算是真傻，你也不应该为一个骗子去傻。他都背信弃义了，你还赔上一条命，值得吗？你又不是他养大的，干吗要把命给他？只有把命送给珍惜你的人，命才值钱。不珍惜你的人，即使你死了，那也像死一只蚂蚁，他连眼皮都不会跳一下。”

“可是……他答应过娶我。”麦可可轻轻地说，嘴唇微微颤抖。

孙畅接过话头：“答应不等于事实。小时候，妈妈答应和我永不分离，可是去年，她还是死了。你说，我是不是也应该跳楼？”

“你不跳是因为你不在乎，你不爱她。”

孙畅被呛住，但马上反驳：“你越是爱他，就越不能死。”

“为什么？”

“因为你死了，他会伤心。”

“他要是懂得伤心，就不会人间蒸发。”

“所以……他不爱你。”

麦可可哭了。这是她跳楼之后第一次痛哭。小玲劝她别哭坏身子。孙畅用食指按住小玲的嘴巴。小玲收声，不停地往麦可可手里递纸巾，支持她哭个痛快。看着满地的纸巾，小玲鼻子发酸，泪水情不自禁地涌出。于是，她的两只手都忙了起来，一只给麦可可递纸巾，一只给自己抹泪。不知道是出于同情，或是勾起了某段伤心往事，她哭得比麦可可还伤心，好像全世界最可怜的人是她。两个女人相互感染，哭声此起彼伏。孙畅说：“够啦，再哭就把我也拖下水了。”

麦可可抽泣，说：“我不愿意怀念一个活人，还不如狗死跳蚤死。”

孙畅说：“你已经死过一次，知道为什么没死成吗？”

“楼……太矮了……”

“不是。是老天不让你死。”

“要是真有老天，它就应该把郑石油给我找回来。”

小玲插话：“只要你不想死，我们一定帮你找到石油。”

麦可可停止抽泣，像看见救命稻草那样看着小玲和孙畅。她说：“你们真的能帮我找到他吗？”

孙畅说：“他又不是空气，哪能说蒸发就蒸发了。”

麦可可说：“如果能找到他，我就不死。”

孙畅说：“相信我们，活着没错。”

麦可可抹了一把眼泪，说：“谢谢！”她终于懂得说“谢谢”了。

## *6*

孙畅找到建政路23号6栋503室。他按门铃，门铃不响。他拍门，门不打开。邻居说这屋已经半个月没人居住。他向物业打听房子的主人。物业说这房主不姓郑，郑石油是租住的。他不信，物业就把租金收据拿出来。白纸黑字，他想不信都难。

还有一条线索，就是那天陪郑石油上门的蒋警察。孙畅在110值班室找到他。他说那天的主题是救人，不是调查姓郑的。孙畅说：“偏方已经失效，现在只有郑石油才是麦可可的速效救心丸。”蒋警察在内部网搜索，发现郑石油的身份证号是假的，也就是说他们认识的郑石油是个山寨版。蒋警察说：“要找到这个人，恐怕比提拔你当校长还难。”

晚上，孙畅吃饭特别响，每一口都不让牙齿落空，好像嚼的不是黄瓜大蒜，而是不共戴天的仇人。这种特殊的声音持续了大约一刻钟，小玲说："人家可是眼巴巴地等着消息。"孙畅忽然就不嚼了，问："你有什么主意？"

"还需要主意吗？"

"你的意思是来真的？"

"难道你还想骗她？"

孙畅摇头，说："多少好听的，都不如一刀断了她的念头，给她一个根治。"

两人达成共识，都穿上正装，一本正经地来到病房，像大会合影的前排官员那样直直坐下，手掌分别按住膝盖。麦可可的眼睛一闪一闪，急于从他们的表情里找答案。大家都不开口，病房异常肃静。肃静再肃静，孙畅终于忍不住，清了清嗓子，说："小麦……这个……事情……啊……这个这个……啊……"孙畅"啊"了半天也没"啊"出个内容来。小玲用力掐了一下他的后腰。他一龇牙，说："你掐什么掐？我这么说话是想给小麦一点儿思想准备。"麦可可的眼睛顿时停电。孙畅说："你骂得对，他是个骗子。"

"人呢？"麦可可问。

"连警察都找不到他，他的名字是虚构的。"

"这么说，我是没机会扇他了？"

"除非他愿意挨扇。"

"可你们说过，能帮我找到他。"

"什么人都可以找，但一碰上骗子我们就眼瞎。"

"那你干吗要救我？"麦可可忽地大叫，吓得孙畅和小玲笔直的上身都往后闪。孙畅说："我救你是因为生命比爱情重要。"

麦可可说："我宁可不要命，也要爱情。"

小玲说："生命只有一次，爱情可以重来。"

麦可可咆哮："就算可以重来一千次，他也不能骗我。谁都不能骗我。你不是说他是你学生吗？现在怎么变骗子了？"

孙畅和小玲都咬紧嘴唇，生怕又用词不当。病房里再次肃静，只有门外往来的脚步声偶尔打破沉默。他们已经若干年没这样体会安静了，静得都可以听到自己小时候的哭声。好久好久，他们听到一声轻轻的"对不起"，那是从麦可可的嘴里发出的。小玲说："非常抱歉，我们的能力有限。"

"你们走吧，我没事了。"

孙畅说："你挺得住吗？"

麦可可点点头。

孙畅说："如果悲伤是挑担子，我们可以从你肩上接过来。可偏偏悲伤不是，只能靠你自己消化。"

麦可可忽然一笑，说："放心吧，我不会自杀了。"

"你保证？"

"保证。"

孙畅和小玲分别跟麦可可拉钩之后，便离开了病房。因麦可可的忽然一笑，他们阴沉的心情像晒了太阳一样变得明媚起来。看看时间已近凌晨，他们打了一辆出租车。两人都累，都没说话，但四只眼睛全落在计费器上。快跳到30元的时候，孙畅忽然大叫："司机，掉头。"小玲吓了一跳，说："你发神经病呀？"

司机掉过车头，问："去哪儿？"

孙畅说："回医院。"

出租车跑着回头路。孙畅说："难道你不觉得她的那个笑有些诡异吗？"小玲说："我也觉得勉强。"

"她是想把我们骗走。"

"可是孙畅，你不觉得累吗？也许，没你想的那么严重。"

"我有不祥之感。"

"也许，我们可以假装不知道。"

孙畅叫司机停车。他在犹豫是不是把车头又掉回去。小玲说："当然，我只是说也许……"孙畅想了一下，说："回不回医院，其实很好决断。"

"怎么决断？"

"万一今晚她真的出事，我们能不能一辈子假装不知道？"

"我装不了。"

"我也装不了……"

## 7

半夜时分，住院部的窗户有的白有的黑，整幢大楼的正面就像一盘竖起来的围棋。

麦可可的病房还亮着灯。孙畅和小玲来到窗前，看见麦可可躺在床上，都松了一口气，都怀疑自己是不是有点神经质。但是，就在他们即将转身的时候，孙畅发现了异样。他指着床底问："小玲，那是什么？"

地板上聚积了一片暗红色，有液体正从床板断断续续滴落。

"不好啦！"孙畅叫唤着推开房门冲进去，掀开麦可可的被单。她的右手腕子已经被玻璃划破，鲜血正从伤口冒出来。小玲一手压住伤口，一手试探她的鼻息，说："快叫医生。"孙畅摁亮呼叫灯，喊着"救命"冲出去。

很快，护士来了，医生也来了。一群白大褂把床围得水泄不通。有人量血压，有人套呼吸机，有人输血……正在听心脏的大夫说："快不行啦，你们喊喊她，别让她睡过去了。"

小玲挤进来，趴在床头喊："可可，我是小玲，你醒醒……可可，你别急着走啊，傻妹子，我见过傻的，但没见过你这么傻的。你快醒醒呀，可可……你这么漂亮，这么好的年华，还怕没人爱你吗？你睁开眼睛看看，爱你的人都站在这里呢，可可……"喊着喊着，小玲泣不成声。

有人说："还怕没机会哭吗？快喊呀。"

小玲好像哑巴了，只剩下抽泣。孙畅挤进来，喊："可可，你快醒醒……你说过你不会死的，你跟我们拉过钩下过保证，为什么我们一转身你就这样？可可，快醒醒呀……我们舍不得你。知道吗？你那一笑让我们高兴了好久。可可，你再笑笑，让哥和嫂子再看看……可可，快醒醒，别走啊……小玲……"

小玲哭着说："不是我，是可可。"

孙畅一愣，接着喊："可可，不就是郑石油吗？只要你醒，再难，我们也要把他找回来。你醒醒啊，可可……"

麦可可毫无反应，脸色苍白得就像一张白纸。有人在按她的胸部，有人在打强心剂。那个听心脏的大夫急得汗水直冒。小玲喊："可可，快看，我们把郑石油给你找回来了。可可，快看呀，石油来了……”麦可可的嘴唇微微一抽。大夫说：“加油！”现场忽然寂静，大家都在扭头寻找。大夫说：“郑石油呢？快喊呀，再不喊就真没气了。”

孙畅喊：“可可，我是石油。”

现场又热闹起来。所有的目光都落在孙畅的身上。大夫竖起大拇指。小玲一边哭一边点头。孙畅继续喊：“可可，对不起……我没心没肺，活该抽筋剥皮，你扁我扇我吧，可可，你是用命来爱的人，我迟钝，我身在福中不知福，可可，我保证再也不躲你了，你别走，只要你不走，我就跟你结婚……”

“嚯……”麦可可终于呼出一口微弱的长气。她从死神的手里逃回来了。在场的每个人都像突然被松了绑，身心俱弛，抹泪的抹泪，擦汗的擦汗……

## *8*

孙畅第一次出错是在菜市，他已经转身走了几步，忽然被卖葱花的叫住：“喂，你是没领工资还是故意装蒜？”孙畅羞得满脸通红，赶紧回头补交了两元葱花钱。他想俺老孙买了十几年的菜，忘记交钱还是头一遭，偶然而已。第二次出错是在早餐店，他拿起一瓶豆浆就走，出门之后才发觉没付费。他想这还是一次偶然，原因是忙晕了。第三次出错是在医院的单车棚，他取车时忘了交保管费，直到第二天才想起没交。他想再不注意，恐怕偶然就变必然了。

这天放晚学，他从办公室里出来，在走廊拐了几个弯，忽然就听到一声闷响，眼前的玻璃哗地散落，脑海里有悠长的回声。他一摸前额，手上全是血，再看地板，都是玻璃碎碴。此刻，他才确信自己的脑门刚刚跟玻璃打了一架。学生们围上来，问：“老师，要不要去医务室？”他说：“我没欠你们钱吧？”

他捂着额头来到妇产科，把伤口交给小玲。小玲一边帮他包扎一边说：“现在，你又欠学校一块玻璃。怎么老是欠呀？”

“都是紧张惹的祸。”

“又没做亏心事，有什么好紧张的？”

“难道你就不怕麦可可跟我们要人？”

“救命时说的话，还能当真？”

“我敢保证她醒来的第一句，就是问郑石油在哪里。”

“未必。也许她忘了。”

“不可能。不信你现在叫她打靶，枪枪都是十环。”

“几天时间，就是神仙也找不到那个骗子。”

“所以，我急得大脑都出汗了……”

“谁叫你冒充郑石油？活该！”

“我要是不冒充，你那话就接不下去。大道理你不讲，偏说什么郑石油回来了，活活把自己人逼进死角。”

“旁边不是还站着好多男人吗，你急着哭什么丧？”

“人家不是她的孝子贤孙。”

“那你是她的孝子喽？”

孙畅气得发抖。他说：“汪小玲呀汪小玲，想不到你说话也不讲良心。我冒充郑石油的时候，你不是点过头的吗？”

“畜生才点头。”

“点头的是畜生。”

“就你嘴巴狠。”

小玲一生气，把手里的胶布按到孙畅的嘴上。两片横着的红嘴唇，外加一条斜竖的白胶布，就像不等号，映在对面的镜子里。孙畅一把扯下贴在前额的纱布，露出流血的伤口。护士惊叫：“孙老师，会感染的。”孙畅的嘴唇挣扎，想说什么却说不出来。他用双手慢慢地撕嘴上的封条，面部肌肉颤抖了几十次才把嘴巴打开。透了一口气，他说：“凡是汪小玲摸过的纱布都有剧毒。”

小玲一转身，跳脚出门。孙畅冲着她背影说：“你跳得再高，我也没欠你的钱。”说完，他把胶布递到护士面前，说：“你参考参考，谁家的老婆会用这种方式给老公拔胡须？”护士抬头一看，几根粗壮的胡须粘在胶布上。

## 9

麦可可开口说话那天，孙畅和小玲都在床边。她说的第一句是“对不起”。这让孙畅忽然有了久违的轻松。小玲在与孙畅对视的瞬间，脸上甚至都有了赌赢的表情。但是，轻松的心情只保持了几秒，麦可可就说了第二句：“郑石油在哪里？”

孙畅说：“我去找过蒋警察，求他发通缉令。他说只有重要犯人才能享受通缉待遇。我说郑石油害得麦可可差点儿没命，难道还算不上重要？他说感情的事不归他们管。”

“这么说郑石油没回来？”

"后来，我去了一趟报社，请他们登了这个。"

孙畅掏出一张报纸举到麦可可的眼前。报纸一角印着郑石油的照片，旁边一行字："请提供他的确切消息，有酬谢。"麦可可发了一会儿呆，说："当时我就怀疑，可还是忍不住醒了。"她抹着眼角，泪水眼看就要出来了。孙畅说："寻人启事已贴到网上，我现在是24小时开机。"麦可可鼻子一抽，似乎把眼泪也一并抽了回去。她说："你能把他拽回来吗？"

"有可能。他们用这种方法找到过失踪者。"

"那我就再等几天。"

"几天？抓个逃犯也没这么快，更何况我是业余的。"

"那要多久？"

"说不准。快的话十天半个月，慢的话一年半载。你得有耐心。"

"谁能找到郑石油，我出十万元酬金。"

孙畅瞪大眼睛，接着斜视小玲，心里泛起一百个"不相信"。但麦可可马上说："我不缺钱。"从表情判断，她不是开玩笑，她本来就不是个爱开玩笑的人。孙畅说："有了这个数，找到郑石油的把握就更大，待会儿我在网上发布。"麦可可说："拜托。"

小玲比画着，说："这么高一摞钞票，为一个骗子，你舍得？"

"除了不服这口气，我……我还真离不开他，"麦可可说，"大学一毕业，他就把我锁定了，给我买房买车，还给我存了一笔钱。他从不让我干活，连煮饭都请阿姨。除了他，我没有朋友没有亲人，甚至没有氧气。"

“你父母呢？”小玲问。

“相当于死了。我混得越惨就证明他们越正确。”

“为什么？”小玲说。

“因为我没考上名校，没考托福，没跟郑石油拜拜，没按他们的意思生活，他们就说这辈子不想见我。”

孙畅说：“也许他们后悔了，正盼你回家。”

“你要是拉他们入伙，我会死得更快。”

“不会。我不知道他们在哪儿。”孙畅说。

小玲问：“可可，郑石油对你这么好，干吗要跑呀？”

“只有他知道。”

回到家，孙畅立即趴到电脑前。小玲问：“你真有那么大本事？”孙畅飞快地敲着键盘，说：“人肉搜索，一般都躲不过的。他是大活人，又不是空气。”小玲说：“再没成绩，可可就不信我们了，准出人命。”孙畅说：“就算是大海里捞针，也得捞……”他用力一拍回车键，十万酬金的信息已贴到网上。

## *10*

等待中的麦可可脸上出现红苹果色，皮肤恢复弹性，右手指伸缩自如，心跳和血压正常。她可以坐在床头上网了。孙畅把手提电脑掰开，摆在她面前，点出十几张照片。这都是渴望酬金的网友们发来的，每一张脸都是郑石油的模仿。其中有个女的，看长相看表情，说不跟郑石油来自同一基因都没人信。麦可可说：“他是不是变性了？”孙畅说：“即使变性也没这么快。

据网友搜索，此人独女，不是郑的妹妹。”麦可可的眼神又一次调暗。

孙畅点了一下鼠标，说：“请看这张。”

麦可可抬高眼睫毛。照片上，一群白人站在纪念碑前默哀，周围散立残缺的水泥桩和铁丝网，右边的远处是一片树林和两间半颓的房。麦可可问：“什么意思？”孙畅说：“波兰的奥斯威辛集中营。纳粹在这里屠杀了上百万的犹太人、波兰人和吉卜赛人。”

“太远了吧？”

“不远。”孙畅说着，把照片局部放大。两张黄色的脸从白人中间脱颖而出。麦可可惊叫：“是他。”

“你确定？”

“就是从焚尸炉里出来我也认得，”麦可可的呼吸变得急促，“狗屎，他不来悼念我，竟然去悼念外国人。”

“也许是旅游，也许移民了。”

“那还是够不着他。”

“只要他还活着，就有机会。导演波兰斯基躲了美国警方30多年的通缉，最近还是在瑞士被抓了。”

“等他30年？我可没那耐心。”

“运气好的话，也许30天，也许3天就有消息。”

“旁边那女的是谁？”

“不知道。照片是一个摄影师发来的，他说一群白人中间就两个黄皮肤黑眼睛，所以印象深刻。但他跟他们只是偶然相遇，并不认识。”

“搜索那个女的，没准儿能找到郑石油。”

“网友们正在为十万元酬金加班呢……”

但是，一个星期了，那个女的还是没有被搜索出来，仿佛她是国家机密。孙畅、小玲和麦可可围住电脑，把她的头像放大，再放大，直到她的脸部出现粗大的颗粒。麦可可叫她“大灰狼”，她认为是“大灰狼”抢走了郑石油。小玲反对，因为“大灰狼”不够年轻，且漂亮程度不及麦可可的一半，根本不具备抢走郑石油的实力。孙畅推测郑石油愿意跟一个半老徐娘私奔，唯一的可能就是她有钱。也许她是个富姐？麦可可说按这么推理，那郑石油给自己存的那笔钱，会不会就是“大灰狼”的？如果是，明天她就把钱统统烧掉。小玲阻止，说金钱无罪，有罪的是使钱的人，在没有确证之前，千万别亵渎钞票。孙畅猜测，没准儿“大灰狼”是郑石油的妻子。麦可可否认，她说自己至少审问过郑石油一百遍，他发誓没结过婚。

“大灰狼”变得越来越不确定。在他们三人的嘴里，有时她是婊子，有时她是权贵的女儿，有时她是通缉犯，有时她是导游……她就像一块橡皮泥，被他们捏成各种形状，而捏得最起劲的是麦可可。慢慢地，“大灰狼”是什么职业，跟郑石油有什么关系都不重要了。她只是他们说话的由头、放松的话题，是他们玩心理游戏的工具。在对她的猜测和污辱中，他们获得了快感和优越感。麦可可不止一次地嘲笑她，说她因为跨国卖淫，患了艾滋病，估计身体已经烂了。即便她没患艾滋病，谁又敢保证她没患癌症？即便她不患癌症，谁又敢保证她没贩毒？只要她贩毒，没准儿过海关的时候已经被擒，或者干脆在她逃跑的时候被乱枪射死。当然，被击毙的不止她一人，还有她的同伙郑石油。

看见麦可可笑了，孙畅想，原来作践别人也是一种有益于健康的精神活动，此一活动放在麦可可的身上，那就是活下去的动力。

## *11*

麦可可出院以后，非得请孙畅和小玲到她家里聚一次。她就住在对面楼房的五楼。原来是邻居，难怪那天她会站到对面的楼顶。这是一套三居室，地板是浅红色原木，刚打过蜡，亮得可以冒充镜子。黑色的真皮沙发，雕花的欧式原木餐桌。窗口挂着手绣的白色纱帘，配红色窗框。客厅的墙壁雪白，上面挂着十几张照片，有她青涩的高中，也有舞姿翩翩的大学。中间有一张照片倒挂，那是郑石油搂着她的开心合影。

他们给她带了一件礼物，是一根可以伸缩的钓鱼竿，外加一盒鱼饵。孙畅把钓鱼竿一节一节地拉长，直到钓鱼竿伸出窗外。麦可可问："有这么大的鱼塘吗？"孙畅说："你看你，一点也不了解郊区。"孙畅把鱼饵粘到钩子上，再把钩子甩出窗外，教麦可可如何握竿，怎么看动静，怎样收线。教练完毕，孙畅又把渔竿一节一节地收回，他强调没有什么方式比钓鱼更能让人心情平静。

餐桌上的菜都是麦可可叫饭店送来的，有海参，有龙虾，还有南瓜羹什么的，唯一忘记叫送的是主食。她为这个疏忽犯难，最后眉头一皱，给每人泡了一碗方便面。她说她是吃方便面长大的，要是几天吃不到一口，背叛投敌的念头都会产生。席间，孙畅不时扭头看那张倒挂的照片。他问："郑石油是做什么的？"麦可可说："他说他做边贸生意。"

"你到过他办公室吗？"

"没有。"

"有没有他留下的名片？"

"没有。"

"也就是说，你只晓得进门后的郑，不知道出门后的石油。"

"第一次没经验。而且，我也不能没生病就先吃药吧？"

孙畅闭嘴。但是吃了几口，他又问："郑石油留没留下什么可疑物品？比如证件、笔记本和信用卡什么的……也许能从他留下的物品上找到更多的信息。"

"我全都烧了。"

"为什么要烧？"

"祭奠死人的时候不都是烧吗？"

"他未必死了。"

"死了死了，"麦可可把墙壁上倒挂的照片摘下来，砸到地板上，"我说他死了就是死了。"

"你真不在乎他了？"

"不在乎。"

"也不怨恨？"

麦可可摇头，说："如果他身边那个女的比我年轻、漂亮，也许我会嫉恨……女人都是这样，受不了别人比自己好，却能原谅别人比自己差。”

“这回，你算是真醒了。”

孙畅举杯。三只盛着红酒的杯子响响地碰在一起。

## 12

估计是方便面吃腻了，麦可可登门跟小玲学做饭菜。小玲从淘米开始一步步教她，直到把生米煮成熟饭，然后，又教她切菜、炒菜。麦可可很上瘾，三天两头就跑过来练厨艺。每次她都不会空着手来，有时提鸡肉有时提牛肉，有时提一大篮瓜果蔬菜。饭菜做好，她留下来一同品尝，听每个人对饭菜的评价。表面上是开学术会，实际上是混吃混喝。晚餐后，她教孙不网弹琴。

琴是她先前送来的，还摆在主卧室的窗前。小玲在床边铺一块布，麦可可和孙不网便坐到布上，从“哆来咪”开始学。随着时间推移，琴声从牛叫慢慢变成鸟鸣。每次授课完毕，麦可可会情不自禁地演奏《月光奏鸣曲》或《四小天鹅舞曲》。凡这样的曲子一起，孙畅和小玲不管在做什么，都会跑到卧室的门口，用崇敬的目光看，用谦虚的耳朵听。此刻的麦可可上身像个贵族，手指像个舞蹈演员，神情专注，整体优雅。听的人陶醉了，弹的人也陶醉。孙畅和小玲经常提前鼓掌。显然，这样的曲子不是弹给学生听的，而是为了感谢家长的救命之恩。要知道她现在演奏的位置，就是当时孙畅对她喊话的地点。她的目光不可避免地会穿过窗户，落到对面的楼顶。那是她曾经差一点就跳下去的地方。

麦可可告辞了，琴声仍厚厚地铺在床上。孙畅和小玲睡下时，能听见琴声从席子的气孔冒出来，像棉花一样把他们覆盖。有琴声铺床的夜晚，他们准会亲热一次，以至于他们亲热的次数，完全与麦可可演奏的次数相等。一天深夜，孙畅觉得脑袋里有点紧，就像在脑神经上铺了一层吸水纸，纸又干了的那种感觉。孙畅深呼吸，回忆郊区的鱼塘，想象山水树木和草香，暗示自己平静。但是，他越暗示脑神经就越绷得紧，仿佛拔河，一拉它就过来，一松它就过去，反正就是不能原地不动。孙畅碰了一下小玲，小玲翻过身来，速度飞快，眼睛是睁开的。原来她也没睡着。这时，他们才恍然大悟，麦可可已经好久没上门教琴了。他们也好久没过那种生活了。小玲说："她总算把我们给忘了。"

"她在和过去告别呢。"孙畅说。

## 13

半年后，孙畅在教室上课。讲到一半，他发现后排坐着一个成熟的女生，细看，原来是麦可可。她头发染黄了，发型改变，鼻梁上还多了一副黑框眼镜。孙畅假装没看见她，但讲着讲着就跑题，只好提前宣布下课。学生们散去，孙畅走过去，说："可可，我差点儿没把你认出来。"

麦可可低着头，说："最近有点儿伤感，想找你说几句。"

"去钓鱼了吗？"孙畅坐到她对面。

"我把钓鱼竿砸水里了。"

"为什么?"

"我钓了一条鱼，把它摘下来放回去，然后又钓，钓到的还是那条。我又摘下来，把它放回去，还挪了钓鱼的位置，没想到钓起来的又是它。"

"只能说那条鱼喜欢美女。"

麦可可的脸上没有出现预期的笑容。孙畅赶紧把自己的笑容打住。麦可可说:"所以我想，人生很无聊。就像钓鱼，钓来钓去就钓那一条，还是自己放回去的。"

孙畅说:"有的人钓了一天，连个鱼影子都看不见，而你却能几次钓到同一条鱼，算是幸运。"

"别哄我了。"

"如果不是幸运，那就是幻觉。"

"你才幻觉。你说郑石油保证跟我结婚，你说你能找到郑石油，你说只要我不走就跟我结婚……你回车回车总回车，却没一条兑现。"

外面传来一阵哄笑。孙畅扭头，发现一群学生趴在窗外偷听。他挥手驱逐，学生们三三两两地走开。直到窗外没人了，他才把头扭过来，说:"有的话是抱着希望说的，但不是每个希望都能实现。"

"那不就是说谎吗?"

"必须澄清，你奄奄一息那天，我是在替郑石油喊话。"

"可我没把你当郑石油。你的每句话都拍在我脑门上，一句话一个包。我是听到你说跟我结婚才醒的。要是郑石油这么说我早气死了，谁还信他呀？”

“这么说我喊错了？”孙畅有些着急。

“没喊错，”麦可可停了一会儿，“你是个好人，所以我一直忍住不说，以为自己能消化，可还是消化不良……其实，我也在找理由哄我。我说挺住，没准儿哪天郑石油会在我面前双膝落地。我还说加油，一定要活着看见‘大灰狼’和郑石油一起完蛋。但这些理由能哄小孩，却不能哄大人。我对他们没兴趣了，再也找不到活下去的理由了……”

孙畅滚动着眼珠子，似乎在帮她找理由。忽然，他把眼珠子定住，说:“你该有份工作。人一忙，就没闲工夫想什么生死。”

“有个场招跳舞的，我想去，可人家说要脱衣。”

“你不是会弹钢琴吗？可以做家庭老师。”

“我那水平也就蒙蒙你们，蒙不了别的家长。”

“可以学。你这么年轻，没你学不会的。”

“我讨厌考试。从小到大，我都考烦了。”

“总有一两件你不烦的吧？”

“有。”

“什么？”

“死。”

孙畅眉头一皱，说：“打住吧。也许你该去看看心理医生？”

“去了，他们说服不了我。你说，如果没有爱情，人为什么还要浪费粮食？不如让地球松口气。”

“你这么优越的条件，还愁没人敲门？你完全有资格为爱情活着。这就是理由。”

“在网上找了，没一个来电的。”

“眼角别太高，找个心好的吧。”

“就你这标准，高吗?”

“别拿哥开玩笑。”

“我是认真的，”麦可可盯住孙畅，“你要是不讲信用，我还得死一回。”

“那死的将会是我。”

孙畅一拍脑门，正好拍在那天撞破玻璃的伤口上。旧痛还在。

## 14

从校门出来，孙畅一路没踩刹车。他像即将分娩的产妇，用最短的时间赶到妇产科，把麦可可说的跟小玲全部吐了一遍。小玲气得胸腔一放一收，说：“她一定是疯了。”孙畅问：“你们医院一般用什么方法对付疯子？”小玲仿佛被针戳了一下，忽然有了主意。她带着孙畅去找精神科大夫。大夫听完他们长长的讲述，说：“这样的病例，只能到康复医院强行治疗。”

小玲和孙畅都摇头，因为这不属于他们的权利范围。他们唯一能做的就是惹不起躲得起。每天下班，他们都去孙不网的外婆家吃饭，到了深夜才悄悄回来。但是，他们回家的路线再也不是直的，而是从前楼绕过去，再从后楼绕过来，最大限度地回避那个窗口。小玲再也不敢穿高跟鞋，生怕上楼的脚步声惊动她。锁孔已经加了润滑油，开门时不会发出响声。进门之后，他们不开灯，也不开窗帘，摸黑洗完澡就上床睡觉。早晨，他们先透过猫眼看看楼道，确实没有发现可疑人物才出门，然后飞快地下楼，一路小跑而去，仿佛麦可可就在身后。

一天深夜，他们被门铃声惊醒了。

孙畅一抽鼻子，说："是她。"门铃响了一遍又一遍。孙畅把小玲紧紧地搂在怀里，好像魔鬼就要钻进来了。待门铃停息，他们轻轻地下床，摸到门后，把耳朵贴在门板上。他们听到麦可可在低声抽泣。她一边抽泣一边说："我知道你们在家，你们是故意躲我。孙老师，小玲姐，开门呀……我又不是恐龙，你们干吗怕我？求求你们，让我进去。我不会给你们添麻烦，就想跟你们说说话……"

小玲凑到猫眼上，轻轻地说："怪可怜的，让她进来吧？"

孙畅说："你就不怕打开潘多拉的盒子？"

小玲把孙畅拉到猫眼边上。孙畅看见麦可可手里抱着一大束鲜花。花束里没有玫瑰。他说："也许这会儿她没疯。"

小玲亮灯，把铁门打开。麦可可欣喜地说："小玲姐，孙老师，我想死你们了。"她擦着泪痕走进来，把鲜花插在花瓶里，像打量老朋友那样打量客厅。小玲说："坐吧。"麦可可放松地落下去，在长沙发上弹了几下。孙畅和小玲分别坐在两边的短沙发上。麦可可说："孙老师，那天我情绪不好，吓着你了吧？"小玲说："他倒是没吓着，我差点儿吓得半死。"麦可可赶紧道歉。小玲说："妹子，我们家的什么东西你都可以拿，唯独不能拐卖人口。"麦可可的脸唰地红了。她说："对不起，我太急。"小玲说："这事慢也不行。"麦可可说："不是这个意思，我的急是指……"

小玲和孙畅都扭头看着她，急于知道她的意思是什么意思。她说："像我这种刚刚被欺骗过的，本该一朝挨蛇咬十年怕井绳，好好地消停消停。我真的努力了，每天都在心里加一块超厚钢板，使劲儿地压住那些冒出来的泡泡。我曾经发誓把爱情扔进冰箱，让它冻起来，发誓别相信、别爱、别结婚。但是……我做不到。少一分钟没有爱情，我心里就发慌、害怕。我需要婚姻，而且是越快越好。你们……能帮我介绍一个吗？"

小玲说："要找一个配得上你的，挺不容易。"

麦可可说："我的条件不高，心好就行。"

"这年头，不缺帅哥，就缺好心眼。"

"那就找个次好的，反正我也想明白了，不是每个人都能找到最好的。"

"我帮你打听打听吧，说好了，只是打听打听。"

"整个太阳系，就你俩对我好。"说完，麦可可在小玲的脸上叭地亲了一口，惊得孙畅和小玲的眼珠子差点掉出来。

## 15

小玲在脑海里搜索她认识的未婚男子，范围从单位扩大到亲朋好友，结果发现没一个适合麦可可的。她问孙畅："你们学校有没有合适的男老师？"孙畅说："倒是有一个，但不敢介绍。"

"舍不得呀？"

"谁敢找个发神经病的？"

"她现在不是好了吗？趁她心情愉快，赶快找个男的填上去。

万一她旧病复发，没准儿又要逼你还债。”

孙畅觉得小玲说的不是废话，就买了一瓶好酒，做了几个好菜，请匡老师到家里来交流。匡老师身高一米七几，五官摆得到位，虽然眼睛偏细鼻梁欠高，但小玲说：“外表没问题。”孙畅介绍，匡老师上政治，知道伊拉克什么方位有石油，懂得美国次贷危机的来龙去脉，还为巴以和谈写过信、出过主意。小玲说：“才华没问题。”孙畅又介绍，每次为灾区捐款，匡老师都没落下。去年，他还给贫困学生买过蚊帐。小玲说：“心眼没问题。”孙畅说，匡老师是演讲比赛的评委，好多观众表面上是去看比赛，实际上却是去听他点评。小玲说：“口才没问题。”

匡老师干了一杯酒，问：“那问题是什么？”

小玲说：“女方太优秀。一般男人征服不了她。”

匡老师说：“先认识认识吧，如果征服不了，就当体验生活，反正吃亏的不是男人。”

正在饮酒的孙畅突然噎住，像喉咙里卡了鱼刺那样翻起白眼。他用力吞咽，直到把酒顺下去，眼眶里的白眼仁才消失。他说：“匡老师，我特别希望你有个严肃的态度，因为她太不一般了。”

匡老师问：“怎么个不一般？”

孙畅说：“她像思想家那样追问生命，像校对员那样纠正错误，像商人那样认可合同，像季布那样一诺千金，像西施那样貌若天仙。如果你没有负责任的打算，那千万别跟她玩，否则准出大事。”

“既然你这么说，那我就来回真的。”

“好好地爱。爱能融化冰雪，催生万物。”孙畅语重心长，弄得比托孤还要悲壮。匡老师感动得眼圈发红。他们干完那瓶白酒之后，匡老师就像电影里的“金刚”那样，咚咚地拍打着胸膛，说：“如果全人类的良心都烂了，那唯一不烂的就在这里。把她交给我，你们放一万个心。”

星期天，小玲和孙畅把匡老师带到麦可可的住处。小玲介绍麦可可。孙畅介绍匡老师。介绍完毕，麦可可第一句就问匡老师：“人为什么要活着?”匡老师回答：“爱情。”这个回答就像对上了暗号，立即让麦可可的眼睛熠熠生辉。匡老师从地球变暖谈到北极冰川，从广岛原子弹爆炸谈到伊拉克难民。他感叹地球没了指望，生命已无守护，人要幸福地活下去，只能依靠爱情。为什么？因为爱情是痛苦生活的麻醉剂。听到此处，麦可可的眼睛不单是生辉，已然嗖嗖放电。

孙畅和小玲悄悄地退出去，轻轻地掩上门。他们一转身，就以离开爆炸现场的速度往楼下跑。好像跑得越快就越跟这件事情无关。就在即将跑出楼道时，小玲的脚闪了一下。孙畅赶紧把她扶住，避免了一场扭伤。小玲双手合拢，看着麦可可的那个窗口，说：“阿弥陀佛，但愿他们能成。”

孙畅也抬头看着，说：“没想到好口才还能治病。”

## *16*

寒假，孙畅带领全家到海边旅游。躺在海水里看天，他有一种空前绝后的轻松，仿佛刚刚还完房贷。但是，他立即否认了这个比喻，觉得这种轻松不是用钱可以购买的，它不是经济问题，而是人生内容，比还完钱更高级，更形而上。有了这种心情，海水就变成深蓝，天空一尘不染，水温恰当宜人。小玲和孙不网的嬉闹声从附近传来，轻轻拍打他的耳根。他像一块糖那样浮着，漂着，尽情地舒展四肢，仿佛被融化了。

从水里起来，他觉得海滩上的沙子也比过去来时柔软。忽然，他在人群中看见一个熟悉的背影，追过去，果然是匡老师。两人都不是一般地惊讶，张开的大嘴似乎能把对方吞掉。匡老师问："你怎么会在这里？"

"我怎么就不能在这里？"孙畅说。

"太巧，太巧了。"

孙畅的目光在人群里搜索，问："一个人？"

"还有一个，在阳台上观察敌情。"

"啊……"孙畅眉开眼笑，"这么说你们谈得还算顺利？"

"你说她怎么就那么爱思考？动不动就问为什么。"

"平时我们没问你都抢答，现在有个爱问的，那不是瞌睡遇到枕头了吗？你本来就是个解答疑问的专家。"

"有点儿奇怪，"匡老师放眼茫茫大海，"也许，我能游过去。"

"拜托，一定要游过去，不管遇到多大的阻力。"

"试试吧。"

匡老师扎进水里，挥臂游去。孙畅一直目送他，直到他在海里变成了一个小黑点，才转过身来。小玲突然出现在他身后，问："你看谁呀？"孙畅说："匡老师。"

“他怎么来了?”

“来的不光是他。”

小玲张开的嘴巴丝毫不比匡老师的小。她说:“怎么像个影子?走到哪儿跟到哪儿,成心不让我们放松。”

“算了吧,人家接了那么大一个包袱,真正需要放松的是他,他们。”

第二天,孙畅就退房了。他们坐长途汽车回家,把大海让给了匡老师和麦可可。一路上,孙畅都在夸匡老师,说他是个好人,有机会一定要报答他。但是,孙畅只是学校里的普通一员,基本上没报答匡老师的机会。新学期,上级派人到学校搞民主测评,让全体教职工推荐一位副校长。孙畅想都没想,就把匡老师给推荐了。结果,匡老师只得一票,部分同事还以为是他自己推荐自己。

一天傍晚,孙畅在办公室里加班。匡老师大步走进来,一拍桌子,说:“老孙,这恋爱没法谈了。”孙畅抬起头,问:“什么情况?”

“你看看吧,”匡老师把上衣捞起来,“简直就像扒冬虫夏草。”

孙畅看见匡老师的背部、胸部全是纵横交错的抓痕。他想到的第一个词就是“伤痕累累”。他问:“你养宠物了?”匡老师把衣服砸下来,说:“什么狗屁宠物?这都是女恐怖分子的杰作。”

“怎么会抓成这样?”

“电影看了,海水泡了,鲜花送了,甜言蜜语也灌了。但是,她竟然不让我碰她,还骂我要流氓。”

“你是不是太急?”

“都两个月了！你说这年代，还有谁谈了两个月没身体碰撞的？老孙呀老孙，人家两分钟干成的事，我两个月都没干成，算是对得起你了吧？”

“纠正一个字，你对得起的是她，不是我。”

“别以为我看不出来，她爱的人姓孙。”

“不是爱。”

“不是爱她干吗要到海边去追你们？”

“在海边，不是巧合吗？”孙畅真的糊涂了。

“她坚决要去，不容置疑，可到了海边，连门都不出，每天就站在阳台，像个军事专家那样举起望远镜。开始我以为她在看地形，准备跟对面打仗。后来碰到你，我才知道她在找人。”

“怪不得那天你嘴巴张得比鲨鱼的还大。”孙畅忽地皱起眉头，“问题是，她怎么知道我的行踪？”

“不是你告诉她的吗？”

“我没事找事呀？躲都躲不及，就差移民了。”孙畅提高嗓门。匡老师的双手下压，不停地按着空气。他说：“你是不是在躲债？”

“算是吧。”孙畅的声音忽然来了个低八度。

“所以，你们就想尽快把这笔债转到我的名下，也不管她正不正常，是不是神经病？”匡老师一边质问一边拍打桌子。

“我们以为……你能感化她。”

“丢你个老母。原来你们是拿我去堵枪眼，还讲不讲人权呀？”匡老师拍打桌子的手立刻变成拳头，朝孙畅挥去。孙畅的脸一歪，嘴角流出血来。他抹了一把嘴角，说：“你这么做，还怎么跟学生讲德育？”

“现在，我想跟他们讲决斗。”

匡老师气冲冲地走了。孙畅忽然对着墙壁咆哮：“那我的委屈呢，又该向谁发泄？我好心救命，凭什么还要添这么多烦恼？我又不欠谁，干吗跟我要婚姻？救命时说的话能算合同吗？如果这也算，那骂人的话就该当法律。你们，都把垃圾扔到我这只桶里，难道我就那么能装？告诉你们，我也想找个地方，把这口恶气吐出去……”

骂着骂着，他啐了一口唾沫。

## *17*

孙畅问小玲：“是不是你告诉麦可可的？”小玲说出发前两天，曾在小区里遇见过麦可可，因为没话找话，就问她愿不愿意去海边散心，没想到她竟然当真了。那绝对只是一句礼节性的邀请，无论从表情还是语调都判断得出来。孙畅一下瘫在床上，像被谁定格似的久久不动。小玲挠他的胳肢窝，他没一点儿反应。小玲又挠他的脚板心，他还是没动。他好像已经变成了一块床板。小玲俯身吻他。他推开小玲，说：“难道你还看不出来吗？我被人爱上了。”

小玲把他从头到脚打量一遍，然后抓起一面镜子举到他面前。他看着镜子里的脸，说：“原来是个帅哥，难怪那么抢手。”小玲把镜子贴近，给他一个大特写。他闭上眼睛。小玲说：“为什么不看鼻头？不仔细看还以为是大蒜。为什么不看鬓角？年龄都被花白暴露。你也太把自己当人才了吧!”

“没准儿人家爱的就是人才?”孙畅闭着眼睛说。

小玲一撇嘴:“别太自恋了，把你当人才的脑子都有问题。”

“难道我是自作多情?”孙畅仍然闭着眼睛。

“你本来就不应该打开这个病毒!”小玲忽然呐喊，把镜子砸到地板上。孙畅睁开眼，飞快地坐起。地板上全是镜子的碎片。小玲的脸黑下来。卧室里的空气搞得很紧张。窗外，天空乌云翻滚，就差一道晴天霹雳。孙畅把小玲揽在怀里，轻轻抚摸她的后背。手掌一上一下，他感受到了脊背轻轻的震颤。一滴泪从小玲的眼眶率先掉下，接着就是数不清的眼泪。她说:“什么世道呀?连爱情都活偷活抢。早知如此，当初还不如不救她。她的命是命，难道别人的命就不是命了吗?就不怕我也会站到楼边边上去?有没有同情心呀?”

“其实，我们对她的生命完全可以不负任何责任。”

孙畅拉开床头柜抽屉，找出那份保证书递到小玲面前。保证书上写着:“如果营救麦可可失败，责任不属于孙老师。”上面有日期，有郑石油和蒋警察的签名。小玲的泪水立刻止住了。她三下两下把淋湿的脸蛋打扫干净，揣着保证书跑出去。孙畅从卧室追出来，说:“我去给你保驾护航。”

他们来到麦可可家。她家地板上像刚下了一场雪，全是照片的碎屑。孙畅和小玲踮起脚走到沙发边坐下。他们发现茶几上还码着一摞新照，第一张就是麦可可与匡老师在海边的泳装合影。麦可可拿起照片，又撕了起来。照片上的匡老师和她都被肢解了，他们的脸和腿分别落在茶几的两边。小玲说:“这么和谐的照片，你也舍得撕?”

麦可可撕得更起劲儿。她说:“为什么性不能在婚姻之后?”

“没有谁规定在婚姻之前。”小玲说。

“那他为什么要逼我?他明知道我被男人骗过，为什么就不能等到结婚那天?他不是来爱我的，而是想吃免费午餐。”

小玲说:“从免费开始，然后再为一生买单，这就是爱情。”

“那当初你和孙老师，也是从免费开始的吗?”

“我们那时，没现在这么开放。”

“我要的是爱情，又不是开放。他如果能像孙老师对你那样对我，那今天我就不至于坐在这里撕照片。他比不上孙老师的一个小指头。孙老师幽默，他油腔滑调;孙老师稳重，他放荡;孙老师喜欢谈精神，他却三句不离肉体……”

“孙老师再好，那也是别人的丈夫。”小玲打断她的对比。

“所以，我一直在拍脑袋，提醒自己不要拿孙老师当标准。可是，我把脑袋都拍痛了，还是做不到。”

小玲掏出那份保证书，麦可可接过去看。小玲说:“孙老师只是个救命的，没能力再救你的爱情。他的任务已经完成，希望你别再打扰他。”麦可可把保证书甩到茶几上，说:“这是郑石油签的字，又不是我签的。”孙畅说:“谁签都一样。反正它能证明不是我主动要跟你套近乎的。我没那么善良，也没闲心跟你练口才，都是被他们逼的。”麦可可指着保证书上那行字，说:“如果营救失败，你可以不负责任。问题是你没有营救失败呀。既然你没让我死成，那就必须负责到底。凡是你答应过的，都应该算口头合同吧?”

"你……"小玲气得扬起了巴掌。孙畅赶紧把她抱住。

## 18

孙畅在网上发帖，寻找愿意换房的户主。一星期之后，他在小玲上班的医院附近找到了一家。那是一幢老楼，外表虽然斑驳，但也可以说它历史悠久。楼梯尽管破旧，还堆满了杂物，但它能催人回忆。户主姓梅，梅花的梅，太有诗意了。房子在第三层，不用爬得上气不接下气。整套房子的面积比他家约小两平方米，这的确是个差距，但可以用"小玲上班方便"来弥补。每个房间都有瓷砖破裂的现象，但也可以忽略不计，眼睛是用来读书的，谁会持久地盯住瓷砖不放？室内灰暗，一是采光不好，二是墙壁偏脏，但可以用"更换灯泡和重新刮墙"来解决以上难题。沙发是仿皮的，虽然脱了一层壳，但不影响坐姿，更不影响休息。橱柜的两扇门虽已歪斜，幸运的是燃气灶还能点火，抽油烟机尚能转动。孙畅在看房的过程中，就已经把自己给说服了。

当晚，孙畅让小玲在电脑上翻看那套房子的照片。由于他拍的大都是局部，所以小玲没发现房子的缺点，反而看到了阳台上的鲜花、客厅的吊灯、卧室的窗门和卫生间的瓷盆。把这些闪亮的镜头一综合，小玲得出结论："房子不错。"孙畅立即举起两根手指，说："面积比我们家还多两平方米。"

小玲说："为什么要换房？我可不想占人家的便宜。"

孙畅指了指对面的楼房，说："唯一的办法就是躲，否则她会把我俩也培养成疯子。”

“凭什么？我就不信合法的还怕非法的。过去让着她，那是怕她撞地板。现在她雄赳赳气昂昂，公开跟我抢老公了。我要是再不举起手术刀，她还以为我这个医生是假的。”

“不可能跟一个疯子讲逻辑。”

“什么疯子？我看她是装疯！”

小玲无意撤退。她给每个房间都换上了更亮的灯泡或灯管。只要在家，她就敞开屋门，把电视机的音量调到最大，既像宣示主权又像是故意挑衅。孙畅每天回家的第一件事就是关门，接着是关电视，然后再关那些用不着的电灯。一天傍晚，孙畅刚把卧室的灯关掉，小玲立即跑过来把灯打开。两人一关一开，灯光忽亮忽熄，闪了几十下之后就再也不亮了。尽管卧室一片昏暗，但开关仍然吧嗒吧嗒地响着。两只手不断重复，只为按开关而按开关，完全忽略了天花板上的灯早已烧瞎。孙畅说：“难道你不觉得我们的行为很像疯子吗？”小玲悬在开关上的手像遭了电击，忽然停住。孙畅继续说：“发疯一定是在不知不觉中，就像今晚我们比赛按开关，就像那天，你一会儿挠我胳肢窝，一会儿砸镜子，一会儿哭，情绪一时数变。”

“我只是生气，我很正常。”小玲说。

“再正常也顶不住她的胡搅蛮缠，相信我，发疯也会传染。”

“那你的意思是我们还得当逃兵？”

孙畅在黑暗中点了点头。他们开始利用茶余饭后的时间打包，书柜和衣柜慢慢被腾空。一星期下来，客厅里到处都是纸箱，有好几摞已经码到了天花板。夜深了，他们还蹲在纸箱中间捆着绑着。忽然，门铃响了。小玲警觉地说："是她。"孙畅说："别吭声。"两人又低头绑手里的纸箱。他们绑了一道又一道，直到把一卷绳子全部用完。打结的时候，他们才发现纸箱已被绳子覆盖，就像草绳覆盖螃蟹，于是都笑了。门铃又响了一下。小玲起身开门。麦可可走进来，看了看零乱的客厅，说："你们要搬家呀？"

孙畅说："不……不是，是清理废旧物品。"

"你们家的废品真不简单。"

麦可可坐到纸箱上。小玲像盯贼似的一直盯着她。她似乎也感觉到了不友好的气氛，屁股还未坐稳又站起来。孙畅问："有事吗？"她弱弱地说："我是来跟你们告别的。"

"去哪儿？"孙畅有些惊讶。

"我爸已经签字，这辈子他就为我签了这一次。"

"是移民吗？"孙畅问。

麦可可摇头，说："是去康乐医院。"

孙畅和小玲都有些意外，同时也感到了几分轻松。孙畅说："也许这是个明智的选择。"麦可可说："我这么做，并不是因为我真的患了精神病。我想跳楼，是因为郑石油一直不跟我结婚；我割手腕子，是因为你们没帮我找到那个骗子；我跟你们要婚姻，那是因为孙老师曾经斩钉截铁地向我保证。我的所有要求其实都有根据。"

"那你干吗还要去康乐医院？"小玲问。

"因为我不忍心破坏你们的家庭。"

小玲说："这和我的家庭八竿子都打不着。"

“有因果的，”麦可可忽然激动，但立刻压低嗓门，“就算没关系吧，反正我已经决定去医院了。我这么决定，是不想再打扰你们。放心吧，我会好起来。你们，其实没必要搬走，何必弄得那么辛苦？”

孙畅说：“看到你能控制情绪，我很高兴。”

“孙老师、小玲姐，除了你们，我没什么人值得告别。拜拜。”

麦可可转身走了。直到她的脚步声彻底消失，孙畅才把门轻轻关上。小玲说：“她要是早点儿觉悟，我们就不用绑这么多纸箱了。”

## *19*

生活平静了两个多月。孙畅和小玲基本不提麦可可。这天，一家三口坐在餐桌边共进午餐。他们的面前分别摆着：一盘每100克含蛋白质20克左右的鸡肉、一盘有生血功能的菠菜、一盘防癌的红薯，外加一碗解表散寒的香菜豆腐鱼头汤。正当他们吃得起劲的时候，邮递员给小玲送来了一封特快邮件。她把特快邮件打开，里面躺着一把钥匙，还有一封信。信是麦可可写的，她拜托小玲抽空帮她开开门窗，淋淋盆栽，让家里保持透气和生机。小玲被这份信任感动得鼻子发酸。

下午，小玲和孙畅打开了麦可可的家门。他们推开所有的窗户，让光线和空气进来。阳台上，盆栽全部都枯死了，一片灾后景象。小玲惋惜地说：“没得救喽。”孙畅拿起喷壶，往枯干的盆栽上淋水。他每淋完一壶，就会拈起盆里的泥土，放在手掌里搓搓，看看它们是否已经湿透。一盆淋透了，他才又淋下一盆。每次来给房间通风，孙畅都这么坚持着。小玲说："一个人不断地往枯死的盆栽上洒水，请问这是什么人？"

"疯子。"孙畅回答，"但是，也许它们能活过来。"

孙畅淋了两个星期的水，一盆迷你蕨类盆栽由黄变绿，枝叶渐渐舒展，先后扬起。它竟然复活了！孙畅举起这盆唯一复活的植物，请示小玲："我们是不是应该去看看她？"小玲说："其实，我天天都在想她，只是不愿意相信而已。"

他们按照信上的地址找到了康乐医院。医生告诉他们，麦可可不像一个病人，甚至连药都不用吃，大部分时间都在散步看书。医生让孙畅和小玲在接待室等着。不一会儿，麦可可推门而入。她惊喜地扑过来，同时搂住孙畅和小玲，说："总算有人来看我了。"三人相互拍了拍肩膀，然后分别落座。麦可可的脸红扑扑的，眼睛里没有乌云。孙畅从包里掏出那盆蕨。麦可可双手捧接。她把鼻尖凑到叶子上，深深地吸了一口气，吸得蕨的枝叶都抖动起来。

小玲说："妹子，该出院了吧？"

麦可可说："我还不能完全克制，有些想法还不能从脑子里清除，比如，我为什么要活着？"

孙畅说："要弄清这个问题，恐怕你得在这里待一辈子。"

麦可可说："不想清楚，我就不敢出去。我一直认为，活着就是为了得到爱情。可是，医生们都给我的试卷打叉叉。他们说只为一件事而活，很容易走极端，也就是说假如这件事没办成，就会产生悲观情绪，甚至有轻生的念头。"

“那医生们有没有正确答案?”孙畅问。

“牛医生说，想活着就别想事，一想准得死。”

孙畅说:“我不同意这个观点。”

“马医生说就像投资，不能只投股票，还必须分一点钱来投资楼市、黄金，甚至投资感情。这样一来，即使某个投资亏损了，别的投资还可以弥补。他说一个人要为自己多找几个活着的理由，就像多找几份兼职。只有这样心理才会平衡。”

孙畅说:“我同意。活着的理由就是不为一个理由活着。”

“说得真好!”麦可可由衷地赞叹，“但是，要相信起来却不容易。如果哪天我能说服自己真的相信这句话，那你们就可以来接我了。”

小玲说：“到时我们租一辆高档轿车，像别人接新娘那样来接你。”

“谢谢!”

彼此又说了一会儿相互鼓励的话，孙畅和小玲就起身告辞。幸好他们还能赶上末班车。由于这是郊区，坐车的人不是太多，小玲尚能靠着孙畅的肩膀。他们的身子随着汽车晃荡，似乎把刚才压抑的情绪也一同晃走了。小玲问:“孙畅，你为什么而活着?”

孙畅说:“为了你和孙不网能过上有尊严的生活。”

“其实这就是爱情，只不过附加了一个结晶。也许，麦可可的想法没错。”

孙畅反问:“那你活着的理由是什么?”

小玲说:“为了给你和孙不网洗衣服、煮饭。”

“我们的理由都不崇高，和年少时的想法大不一样。”

“但是实用。”

“什么都讲实用，包括理想。你说，世界上还有多少人在问活着的理由？”

“不知道。也许有百分之五十的人会问，也许只有百分之十，也许就麦可可一个人。为什么问这个问题的人会发疯呢？”

“所以，牛医生的处方才是真高明，只是我不愿承认。”

汽车在他们的讨论声中哐啷哐啷地前行。他们很快就看见了城市的灯火。眨眼间，暮色就要降临。他们透过尾窗望去，康乐医院的上空还有一抹余光。余光里飘着一团棉絮似的云。

## 20

午睡的时候，孙畅做了一个梦。他梦见麦可可又站到了对面的楼顶，冲着窗口喊他的名字。他吓得当即坐了起来，发现小玲也跟着醒了。虽然不在梦里，他却还能听到梦里的声音：“孙畅，你要是再不给我婚姻，我就真的跳下去了。”

小玲飞箭似的扑向窗台，拉开窗帘。孙畅看见麦可可穿着病号服，怀抱那盆迷你蕨，站在对面楼顶的护栏上。她头发凌乱，五官扭曲，正对着这边咆哮。原来是真的！时间仿佛被谁倒了回去。孙畅的脑袋轰地炸了。他像另一支箭射到窗口，喊：“非得跳吗？还有没有别的选择？”

麦可可说：“别像前次那样骗我，我已经不信你了。”

“想知道我们为什么而活着吗？”

“我只为爱情，别的理由都进不来。”

“因为我们随时可以死，所以才敢活着。”

麦可可一愣，仿佛被触动。孙畅说：“什么叫作随时？就像你拿着一个遥控器，主动权在你手里，想关就关，想开就开。既然你有主动权，为什么不可以把死先放一放？就像存钱那样先放在银行，存它个几十年的定期，不到万不得已绝不使用。”

“已经万不得已了。”麦可可轻轻一跺脚，差点闪下去。

孙畅说：“别着急，深呼吸，也许你可以先闻闻盆栽，也许我们可以先听听音乐。”说着，他拍响了钢琴。琴声节奏混乱，高低音不准，仿佛被手拃住，手松时声音流淌，手紧时声音断流，但勉强还能辨别这是《月光奏鸣曲》。麦可可似乎在听。孙畅吃力地弹着，反反复复就那么一小段。麦可可忽然尖叫。孙畅说：“对不起，我没学过，我只能凭记忆，模仿你弹到这里。”

“你在浪费时间。”麦可可说完，手一松，盆栽直直坠落。她的目光被盆栽牵引。她的身子也慢慢斜出了栏杆，仿佛要去追赶那盆蕨。小玲吓出一声惊叫，说：“妹子，你别跳，我们可以给你婚姻。”

麦可可倾斜的身子刹住，回调，重新垂直在栏杆上。孙畅看着小玲。小玲已泪流满面。麦可可抬头看过来。孙畅说：“听见了吗？只要你不死，我们就给你婚姻。”

麦可可说：“你骗人。”

“要怎么做你才相信？”孙畅问。

“发誓。除非你们举手发誓。”

孙畅举起右手，说：“我发誓。”

“还有小玲姐。”

小玲把左手慢慢举起，轻轻地说：“我发誓。”

麦可可看着窗后两只庄严的手，犹豫了一会儿，才从栏杆上小心地爬下去，回到楼顶平台。小玲的双腿一软，身子歪斜。孙畅及时把她抱住，不停地叫着“小玲小玲”……他用手指探了探她的鼻息，好像已经没了呼吸。他掐她的人中，为她做人工呼吸。她的嘴唇微微一抽，鼻孔里喷出一丝弱气。他的嘴唇没有离开，而是轻轻地吻了起来。她的嘴唇有了响应，舌头也动了。两张为了呼吸的嘴纵情狂吻，好像要把一生的吻全都用完。

## *21*

夜深了，风有些冷。孙畅还伏在楼顶的栏杆上，看着对面的窗口。一共两个半星期，总计17.5天，窗门始终闭着，窗帘也没打开。但是，每当天黑，总会有光从窗帘的边边像水或像琴声那样漏出来。那些光非常非常暖和，把整个窗口烧热，甚至烧出了光芒。从这个角度看，他才发现窗口美得揪心。它有一股磁铁的力量，直接扯着他的心脏。每天晚上，他都会站在这个位置，这个麦可可曾经想跳楼的位置，持久地看着那个窗口，经常会看到天亮。窗口像一张银幕，不断地闪现他过去的生活：他像投降那样举起两只出汗的手掌，他和小玲在床上翻来覆去，麦可可教孙不网弹琴，他和小玲在墙壁上比赛按开关……但是，他看见次数最多的画面，就是自己和小玲在窗框里肩并肩地举手宣誓，像一张永久的合影。那两只分别举起的庄严的手，仿佛就是人类最后的希望。

漆黑的身后传来脚步声。孙畅没有回头。脚步声越来越近。他仍然没动。一件大衣落在他的肩头，他的身子吓得一抖。

“回家吧，老公。”

这个声音比小玲的嗲，是麦可可发出来的。

## 凡一平

凡一平，本名樊一平，壮族。1964年生，广西都安人。毕业于河池师专（今河池师范学院），此后曾就读于复旦大学中文系。广西民族大学硕士研究生导师，第十二、十三届全国人大代表，广西作家协会副主席。

20世纪90年代中期以来，出版了长篇小说《跪下》《顺口溜》《老枪》《上岭村的谋杀》《天等山》《上岭村编年史》《蝉声　唱》等八部，小说集《撒谎的村庄》《沉香山》等十部，散文集《掘地三尺》。获过广西壮族自治区人民政府文艺创作铜鼓奖、广西青年文学独秀奖、百花文学奖、《小说选刊》双年奖等。长篇小说《上岭村的谋杀》《天等山》等被翻译成外文在瑞典、俄罗斯、越南、泰国、柬埔寨等国出版。

根据其小说改编的影视作品有《寻枪》《理发师》《跪下》《最后的子弹》《宝贵的秘密》等。

# 我们的师傅

## 我

我的师傅死了。

他死去的消息是大哥告诉我的。大哥来南宁看望住院的大嫂，只待了半天就要回去。他说韦建邦死了，明天出殡。韦建邦虽然不是我们的什么亲戚，虽然他的一生很坏，但总归是本村人，如今他走了，送一送是应该的。

大哥的话是在为他的匆忙返回说明理由，但在我听来却是一种提醒，或是一种规劝。韦建邦曾经是我的师傅，教我偷窃，大哥是知道的。为此大哥恨死了他，也恨死了我。直到后来我洗心革面，并成为一名作家光宗耀祖，大哥才原谅了我，也似乎原谅了韦建邦。

我该不该回去为我的师傅送葬?

大哥没有明示，就走了。他去汽车站乘车。我呆呆地在医院坐了好长一会儿，又在我的奔驰车里冥思苦想了许久。

然后，我给大哥打电话：等等我。

我开车回上岭。大哥坐在车上，喜滋滋的，像是捞虾的时候捕得一条大鱼回家，眉飞色舞跷腿坐在太师椅上，像个功臣。他现在就跷着腿，朝着车窗外扬眉吐气，不时看我两眼，像是满意我回去奔丧、送韦建邦上路的行为。大哥是个好虚荣和要面子的人，有我这么一个有头有脸的弟弟，去为村里一个被诟病一生的逝者送别，这是慈悲为怀并且家教极好的表现。我也看了看极有成就感的大哥，说你可以在车里抽烟。大哥的一只手本来就在兜里，直接抽出来，连带着一盒烟，是我抽不惯送给他的硬中华。他把一支烟叼到了嘴上，正要点火，却放弃了。他说算了，还是不抽了。

车子到了乡里，准备经过圩场，我停了下来。大哥和我都下了车，一同抽烟。我边抽烟边向圩场走去。圩场人流稀疏，或许是天色已晚的缘故，也或许不逢圩日。我站在空旷的圩场中央，像站在一个恐怖的山谷。关于我童年时在圩场所做或发生的一切，像溶洞中受惊吓的蝙蝠，呼啦啦地飞出，向我扑来。

我的第一次行窃，便是在这个圩场。

那年，1972年，我8岁。

在实地实际行窃之前，师傅韦建邦对我的教导和训练，已经有一段时间了。我们从来不在师傅的家里受训，而是在山上的岩洞、悬崖，以及河边的乱石滩、沙滩，还有河中等。这些艰险的地方是我们的训练场，我们在这里那里摸爬滚打、攀登和奔跑，令行禁止，像一群特种兵。事实上，师傅韦建邦就是把我们当作特殊的战士来培养和教练的。为此，他专门带我们去公社看过三部电影，一部是《奇袭》，另一部是《铁道卫士》，还有一部是《渡江侦察记》。这三部反美、反特和反蒋的电影里，其中的英雄人物或正面形象，是我们学习的榜样。师傅要我们学习他们的机智和勇敢，如何达到目的或完成任务，又保全自己、再接再厉。同时，师傅强调了解反面人物的重要性，他先搬出一句那时我们还听不懂的古文“知己知彼，百战不殆”，然后解释这句话的意思，是说如果对敌我双方的情况或底牌摸得一清二楚，打起仗来一百次战斗都不会有危险。师傅的学问和教学方法让我们佩服。后来我们知道，师傅是在宜山上的高中，那是一所著名的中学。若干年后我考取的河池师专，学校所在地便是宜山，与师傅的母校一河之隔。

我说的我们，指的是与我同一批受训的学徒，或者同学。他们是蓝上杰、韦燎、覃红色和韦卫鸾。但是我们在一起的时候，是不允许互相称名道姓的，只叫外号。师傅给我们起的外号分别是：我——老鼠，蓝上杰——黄狗，韦燎——野兔，覃红色——老猫，韦卫鸾——花卷。

在这些外号里面，花卷算是比较好听的，可能是韦卫鸾长得好看的原因吧，她也是我们这批学徒中唯一的女性。

经过一段时间的刻苦训练，并且通过了严格的考核，我们终于要实战了。师傅给我们的任务是：偷收购站韦有权的钱。

那天是圩日。那时的市场是七天一圩，也就是逢星期天便是圩日。星期天圩日，对还在念书的我们来说，是行窃的好日子。

那天的圩场像往常的圩日一样，热闹而有序。如果说有什么特别或不一样，就是圩场上出现了5个8到10岁的身怀绝技的儿童，这是一个训练有素的偷窃团伙，今天是他们第一次出任务，也是一次大考。而且他们是独立独行，师傅没有出马。师傅为什么没有出马？我后来想，不是因为师傅信任我们，而是为了保护我们，也为了保护他自己。师傅是个贼，他的声名十里八乡都知道的。他如果出现在圩场上，就会引起人的惶恐，就像黄鼠狼出现在鸡群里鸡一定会紧张和警惕一样。

我们在圩场的出现，果然没有引起人们的注意，像几只小黄鳝钻进了鱼塘一样。

收购站在街的西侧，在邮电所和食品站的中间。那是人流密集的区域，也是现金收支最多的地方，我如今用金融中心来形容它。我们到达收购站的时间是上午九时许，韦有权柜台上的座钟有指示。我们选择在这个时间到达，是因为这个时段人开始多起来，而韦有权掌握的钱还有大部分没有支付出去。这是我们的可乘之机。

在这之前一个小时，我跟踪韦有权去信用社取款。他住在公社的宿舍，这是师傅告诉我的。公社就是后来的乡政府。我认得韦有权，我拿松鼠皮卖给过他。一张松鼠皮收购标价是一角钱，但他通常给我五分，最多八分。他克扣的原因是品相不好，就是看不顺眼，总之是他说了算。我听很多人说他们卖给收购站的货物，都被韦有权克扣，没有得过全价。收购站就是韦有权一个人，他大权独揽，为所欲为，被人们背地里称为南霸天。

更早的时候，我就在公社宿舍守候了。而我出门的时间还要早，鸡叫就出门了。我悄悄离开家，来到河边。师傅已经在竹排上等我们。我、黄狗、野兔、老猫和花卷到齐了，他便把我们渡过河去。我们六个人站在四根竹子联结的排筏上，光着脚。因为超重，竹排没在了水里，河水也漫过我们的脚踝。我感觉到刺骨的冷，因为这是岁末冬天。我相信其他人的感觉也和我一样。但我们都站得很稳，像已经抽穗的水稻一样。竹排渡过河去，师傅先上岸，然后一个一个地接我们上岸。他一句话都不说，似乎嘱咐都含在牵着我们的手里了。然后我们穿鞋。等我们穿好鞋，发现师傅已经不见了。他和竹排消失在清晨的河雾中。

岸边是公路，沿着公路往西走五公里，便是菁盛的圩场。我、黄狗、野兔、老猫和花卷离圩场还有一公里的时候，便分开了，各司其事。

盯梢是我的工作。

公社宿舍有两排平房，韦有权住在后面一排右边数过来第二间。这也是师傅事先告诉我的。他虽然没来，却什么情况都懂。我爬到两排房子靠右侧的一棵树上，开始俯瞰。

韦有权的房门开了。他先出来刷牙，披着一件棉衣。然后他再进去，过了一会儿出来，还穿着那件棉衣，却比先前光鲜齐整多了。他的头发油油亮亮，全往后翻，像一边倒的草丛。他关门而不锁门，说明屋里还有人。一个带绳的包拎在他手上，随意地轻飘晃荡，说明包里现在没钱。他一边走一边吹着口哨，说明他昨天晚上睡得或过得很舒服。过后我知道他有一个比他年轻20岁的妻子。

等他走得不太远，我从树上下来，跟随在他身后，保持不被他发现的距离。

他走到位于街中心的信用社，进去，一定是取钱。出来的时候，他原来拎的包变成挂着了，而且还搭上了一只手，像加了一把锁。

他往收购站去。收购站已经有卖货的人在那里排队了。其中就有我们的人，他是老猫。老猫的手里拎着一个麻袋。我知道麻袋里是一条蛇。黄狗、花卷和野兔我虽然没有看见，但我知道他们就在附近，在相应的时机才会出现。

韦有权一到收购站，所有人整排地让开，给他通过。他拔出别在裤腰带上的钥匙开门。开门后他一点儿也不着急收购，而是先检查收购站里尚未运走的动物，看看有没有死的。果然有一只死的，那是一只果子狸。他不慌不忙、不痛不痒地把果子狸从笼里拿出来，放进一个桶里。然后他给活着的动物食物和水。罢了，他搓搓手，像是把气味搓掉一样。他终于坐到了柜台边，打开抽屉，把算盘拿出来摆上，把笔和笔记本摆上，还给钟上链。做完这些事情，他才把挂包从身上拿下来，放进抽屉里，目光也跟随进了抽屉，手在抽屉里还有动作，像是拉开拉链和区分大钱和零钱。

第一个是卖蛇的。是一条眼镜蛇，是一个50岁左右的男人。排队的时候他就一直拿着，双手拿捏得十分老到，像是个专业捕蛇者。韦有权也像跟他很熟，看了蛇一眼，就示意他自己将蛇拿到一边的蛇笼去放。等他回来，韦有权给了他四元钱。他满意地走了。我看了看墙上眼镜蛇的收购价格，是一斤一元。那条蛇目测也是四足斤。说明韦有权也不是每个人都克扣的。

第二个是卖金银花的。是个老婆婆。老婆婆的金银花装在背篓里，满满当当的，已经晒干，我估摸有5斤左右。韦有权将金银花过秤，扣除背篓的重量，果然是5斤。但是韦有权以金银花未干为由，扣掉了1斤的水分，只付了4斤的钱。老婆婆不服，央求韦有权再给3角钱。她举着手里的一只空瓶子，说再给我3角钱买煤油吧。但韦有权就是不给。老婆婆只能走了。

接着轮到老猫了。老猫摸索麻袋将蛇头摁住，然后一只手伸进袋子里，捏住蛇头，将蛇拖出来。这也是一条眼镜蛇，有两斤重，半米长。老猫一手抓蛇头，一手握蛇的尾部，像捧着一把剑，战战兢兢正要交给韦有权的时候，蛇忽然滑出老猫的手，掉落在地。

一声尖厉的喊叫，在这个时候及时发出：毒蛇咬人了！

喊叫者是花卷，我知道是她。制造混乱策应老猫是她的任务。

收购站果然乱作一团，顿时像炸开的锅。人们四散躲逃，我推你，你推他，像电影里遇到轰炸的平民。

地上的蛇爬到墙根，走投无路。它昂起头，面向人，吐着蛇芯子，威吓着观望它的人。

韦有权坐不住了。他站起来，离开柜台。他操起一把叉子，独自并且从容不迫地向蛇走去，像个孤胆英雄。他手里的叉子一下夹住了蛇的七寸，将蛇控制住。他回身看见了当事人老猫，看着足有两斤的蛇，恶狠狠地说：一斤半。老猫没有异议。韦有权将蛇直接拿到蛇笼去放，然后返回柜台。

他拉开抽屉，准备掏钱付给老猫，发现包不在了。

但我在，花卷在，加上老猫，我们都还留在现场，像三个诚实、勇敢的孩子。

公社公安很快就来了，就一个。我们认得他，叫谭公安。谭公安原本不认得我们，但现在认得了。他问了我们的姓名，还问了我们之间是什么关系。老猫说我们是同一个村的人，那条蛇是我们三人共同捕获的，一起拿来卖，然后一起分钱。谭公安让我们把身上的东西都掏出来。我们掏出身上所有的东西，就是没有钱。韦有权又一一搜我们的身，见不到一分钱。谭公安相信我们，把我们放了。我们开始还不走，因为韦有权还没有把钱给我们。韦有权骂骂咧咧地说，他妈的，你们没看见我的钱都被偷光了吗？要钱没有，要不你们把蛇拿回去！

我们选择了把蛇拿回去。在回去的半路，老猫把蛇放生了。这条蛇没有牙齿，是师傅事先亲自拔掉的，他不想因为谋财而闹出人命。而我们选择把蛇拿回，是不想让韦有权和谭公安过后发现蛇的秘密或真相。

我、老猫和花卷见到师傅时，黄狗和野兔已经在师傅身边了。看到黄狗和野兔，我知道韦有权的钱，已经变成了我们的钱。按照计划，我负责侦察，老猫负责演戏，花卷负责助演，黄狗负责技术，野兔负责接应。所谓的技术和接应，就是黄狗趁乱偷走了钱，再交给在外面的野兔转移。

师傅当场给我们5个人每人一元钱。

那趟偷的钱我至今不清楚具体的数额，但至少上百元。我问黄狗和野兔，黄狗说我看都不看就交给了野兔。野兔说师傅教育我们不该问的不要问，你问了不该问的问题。

有一段时间我对师傅耿耿于怀，觉得他是在剥削我们，压榨我们，像资本家和地主老财。我甚至还诅咒过他死。直到若干年后我考上大学，从第一学期第一个月起，我每个月都收到十元的汇款，汇款人没有留名，但我知道是师傅寄的。在大学时期，他没有中断过汇款。我相信他给我寄，同样也会给老猫寄，给黄狗寄，给野兔寄。花卷虽然没读大学，但师傅肯定没少资助她。她是女孩，是师傅最疼的人。

“小弟，我们走吧。”大哥在说话。

大哥看见我在圩场上站得太久，又什么东西都没买，知道我只是在回忆。

我第一次行窃那天，回到家，大哥问我一天都去了哪里。我说我去赶街了。大哥从我身上搜出了一元钱，问钱是从哪儿来的，是不是偷的。我当然说不是。我说我和蓝上杰、韦燎他们抓得一条蛇，拿到收购站去卖，分得的。大哥当时信了。但是很快，收购站的钱被偷的事情传到大哥那里，我被大哥狠狠揍了一顿，要我承认钱是我偷的，是韦建邦教唆的。我当时想打死都不能说。大哥见我被痛打都不认，才觉得冤枉了我。他大概也认为，假如收购站的钱是我偷的，我的身上不可能只有一元钱。在这一点上，师傅的确是保护了我，也保护了他自己。因为那天，师傅一天都在村里晃悠，他有足够多的收购站失窃事件不在场的人证。

陈年往事，大哥是不可能追究了，甚至都不记得了。此刻站在他身边的弟弟，已然是人五人六、社会名流，纵使有可耻的过去，那都是可以忽略和谅解的。就像韦建邦，他如今人已死，一生和一身的罪业，都可以宽恕，并将归于尘土。

我继续开车，去送别我师傅。

师傅的家在上岭村的东头，我家在西头。也就是说，红水河从上岭村流过，师傅家在下游，我家在上游。在通桥梁之前，行人要从码头过，进出村庄，是从上游过。如今有了桥梁，建在东边，车辆进出村庄，则变成从下游走了。

临近村庄，大哥说，我们坐船过去吧，把车留在河这边。

我说为什么。

大哥说避讳。你的车是新车好车，不宜经停丧家。另外，你现在的身份，也不便过于张扬。

我接受了大哥的建议。

我们坐船渡河。天色已黑，所有的景物都只是一种颜色，家乡的山峦和河流两岸的竹林，像是一幅涂上焦墨的图画。河面上是有一些波光，但不足以映照那庞大的山水。

摆渡的艄公是我小学同学，叫潘得康。他的家离我家也就是10米远。小时候他去学校上学，要路过我家，而我从码头外出和回家，则必须经过他家门前。他在我们班上，是最守规矩的老实人，却只读到小学毕业就辍学了。他要接他爸爸的班。他家祖孙三代都是艄公。摆渡是他们家的专属，甚至码头也是。码头现在叫得康码头，但原先不是，而是以得康的爷爷命名的，得康的爷爷死后，就以得康的父亲命名，现在以得康的名字命名码头，意味着得康的父亲也死了。他的父亲在他12岁的时候就死了。他12岁开始接班，意味着他已经当了43年的艄公，因为他与我同龄。得康码头原来陡峭和窄小，有100年以上的历史了，它是由先人踏出来的，而非开凿而成。它在10年前得到修建，我是做了贡献的，或者说跟我师傅有关。

十几年前，师傅与得康忽然到南宁找到我。他们的到访与码头有关，具体地说就是来找钱修建码头的。得康开宗明义，说码头虽然是以我家的人命名的，但所有权属于集体，属于上岭村，也就是说属于国家。他的言外之意，是国家能给钱修建码头就好了。而我是领国家工资的人，帮助找到国家的钱来修建上岭村的码头是我的责任。

关于码头的事，师傅一言不发。但他的到来和在得康身边、我身边的存在，却胜似千言万语。我从前的、偷窃的师傅，已经断了联系20年、回村也不再见面的师傅，突然出现在我的眼前，让我十分激动和害怕。他或许是自愿来的，或许是被得康“绑架”来的。得康为码头的事，为什么要带上韦建邦？说明他知道我和韦建邦曾经的师徒关系，不可能不知道。他要挟韦建邦，再用韦建邦来要挟我？

师傅已经是老人了。他那年应该已近70岁。头发已经基本掉光，剩下没几十根，发白而细软，像荒漠中的残存的草，也维持不了多久。我招待他们吃饭的时候，发现他的牙倒是结实和齐整，咬得动我夹给他的鸡胸脯，应该是装了假牙。

我满口答应：你们放心，修建码头的钱，包在我的身上。

我找到修建码头的20万元钱，已经是两年后。两年来，码头成为我的一块心病，为了找钱“治病”，我不遗余力，多方求告。终于，自治区财政厅专项拨款20万，层层下放到市里、县里、乡里，由乡里实施修建。码头修建好了，我“药到病除”。

船只向对岸的码头驶去，我的同学潘得康驾轻就熟。因为我的归来，他兴奋地说个不停。他肯定知道我这次为什么回来，为谁而来。他说，你坐船过河是对的，我早已经在这里等你了，我晓得你一定回来。我说，现在有桥了，还有人坐船渡河吗？这个我以为老实的同学幽默地说，你就是。

船只靠上码头。我和大哥上岸。大哥问我要不要先回家，休息到天亮再去。

我说，我自己去就好，你休息。

师傅的家灯火通明，人声鼎沸。周边的人家也被灯火照亮，被不眠的人激活，仿佛一个夜市。

我像一名不速之客，进入灯火和人群中。我本想在房屋外边先找个角落，默默观望和缅怀我的师傅，但我肥胖的身躯和独有的光头特征，很快引起了人们的注意。一个司仪过来，引领我去上香。

我走进师傅的家。在灵堂前，我首先看见师傅的遗像，像一个粗藤盘结的树根，在等候我。我瞻仰师傅，他沧桑、黑黄、浮肿，脸上满是皱褶和斑点。这应该是他晚年的照片。师傅年轻的时候可不是这样。他英俊潇洒，红光满面，像电影里的好人。从某种意义上说，我拜他为师，是被他的相貌所吸引。他的长相和气质的确和村里人不同，他一点都不猥琐，也不粗鄙，尽管他是个贼。他为什么是个贼，或者说他为什么成为贼？他的经历让我好奇，为此我接近他。我走近他之后，发现他有满肚子的故事和满身的本事。他的字写得好，画画更好。总之，他令我着迷，也令蓝上杰、韦燎、覃红色和韦卫鸾着迷。严格来说，我们拜他为师，是为了成为有本领的人，而不是为了做贼。后来我们果然都不再做贼，或者说我们除了贼的本领不再使用，师傅教给我们的其他本领，我们各有专长，都用到了极致。

我接过司仪递来的香，跪拜我曾经敬爱也曾经怨恨和疏离的师傅。我一边跪拜一边默念：师傅，请走好。师傅，谢谢您。师傅，对不起。

师傅的众亲属在给我鞠躬回礼。他们守在棺材的两旁，披麻戴孝。我知道师傅没有子女，所谓的亲属，应该只是他的兄弟姐妹及其子女。师傅的房子，在几年前进行了重建，18米宽30米深、4层的楼房，在村里算是上好。师傅在人生接近终点的时候，为什么还要起新房？我想无非是为了给埋怨他一生的亲属们有个交代或回报吧。毫无疑问，师傅如今死了，他的丧事无比隆重，因为天明出殡之后，这幢房子就不再是师傅的了。他的亲属将继承和分掉他的房子。

法事已经在进行。在屋外新搭起的帐篷里，菁盛乡最著名的道公和风水师樊光良，正率领他的团队，敲锣打鼓念唱经文。他们专心投入、精神抖擞，像一支不辞辛苦、敬业为民的文艺轻骑兵。

发现我来了，樊光良离开他的团队，走过来和我打招呼。招呼过后，他仍没有归队，继续和我说话，变成聊天了。樊光良是我的高中同学，他的学历也止于高中，但他的道行神通，非我作家兼大学教授所能比。

老同学，你来了，就是对师傅最好的超度。樊光良说。

你凭什么认为他是我的师傅？我说。我对樊光良的指认感到吃惊，因为我上高中时已经不做贼了。

我晓得，他是你师傅。我也有师傅，这没什么。樊光良说，他摸着他的胡须，像抓着什么把柄一样。

人非圣贤，孰能无过，逝者为大，这你应该懂吧？我说。我的意思是让樊光良不要纠缠我和韦建邦的师徒关系。

对的，我对你讲的就是这个意思呀。

我说，你是大师。

樊光良说，可是你比我有出息。

那可能是因为我们的师傅不一样。

你凭什么认为我们不是同一个师傅呢？樊光良说。

我吃惊，是吗？

我比你晚些年拜他为师，只是你不晓得而已。樊光良说，他点烟抽，也递给我一支。我不是你那批学徒和那个团队的。

那为什么我不知道你，你却知道我？

所以我成了道公，你成了作家和教授呀。

我心里骂了句狗日的，嘴上却说你才是人类灵魂的工程师，因为你天天和灵魂打交道。

没错，他边说边笑，我们的师傅，该为我们骄傲。

就像你那帮正在做念唱打的徒弟一样，他们也应该为你这个师傅感到骄傲。

我和樊光良表面轻松和谐其实针锋相对地聊着，反正我打算在这里一直待着，直到出殡。有樊光良在，正好可以解闷和解乏。他陪我聊个把小时，再过去念一会儿经，又过来和我聊，像是两边开会或应酬的领导。我说你这么不用心，不专心，不怕师傅收拾你吗？樊光良说我与师傅通灵了，照顾好你，正是他的意思呀。

我竟然莫名地感动。

半夜三更，吊唁的人大多已经散去，或已经睡着，忽然来了一个人。

她穿着黑色皮衣，挂白围巾，沉重而急速地向房屋走来，径直朝灵堂进去。我在屋外看见她朝逝者跪拜，上香、斟酒。虽然她背对我，身影也不熟悉，但我心里仍跳出一个永不能忘的名字：花卷。

等她出来，我迎上前去。她也看见了我，认出了我。

她叫我的学名：樊一平！

我说你怎么知道是我？

她说你太好认了，电视上也见过你。

我这个样子的确是不能犯罪了，因为不好逃。

那我是谁？认得出来吗？

我说花卷。

她不生气，说真名呢？

韦卫鸾。

## 韦卫鸾

韦卫鸾是村里韦庆雷和农妹花的大女儿。她8岁的时候，下面就有四个妹妹和一个弟弟。可想而知，她家的境况会有多惨，她的日子会有多难。

我和她是小学到初中的同学。

拜韦建邦为师傅，是我拉她加入的，或者说是我引见她接触了韦建邦，拜师是她的自愿。

小学一年级暑假放假那天，我追上正在赶回家的韦卫鸾，说我带你去见一个人。韦卫鸾说不去，我要回家干活。我说那个人很好玩的，他可以教我们玩。韦卫鸾说是谁呀？我说韦建邦。她一听，吓了一跳，说不不，韦建邦是坏人，我爸晓得我跟他玩，会打死我。我说我跟他玩都有半个学期了，我大哥到现在都不晓得。她不答应，继续走。她垂在背后的辫子一甩一甩的，像抽人的鞭子。我以为愿望落空了，没想到她在离我十五步的地方停下，忽然回头，说你讲的都是真的？

我领衣不蔽体的韦卫鸾去见韦建邦。我们在韦建邦家门外的时候，听见他在拉二胡。那旋律相当特别，和我们平时听到的和唱的歌曲不一样。后来我才知道他那天拉的是《二泉映月》。

我和韦卫鸾顿时被音乐吸引，但为了不打扰他，我们就在门外站着听，直到音乐停止，我们进去。

韦燎、覃红色和蓝上杰已经在房屋里了。原来刚才的曲子，是韦建邦拉给他们听的。

韦卫鸾的到来，让韦燎、覃红色和蓝上杰很惊讶，也很兴奋。他们围着韦卫鸾团团转，像是一群黑猫围着一只白猫。我很得意，因为他们想做而做不到的事情，我做到了。

韦建邦却不高兴，他训斥我：你带她来干什么？

我脑子飞转，找到一个理由，说她会唱歌。

韦建邦看着瘦不拉几的韦卫鸾，说唱一个我听听。

韦卫鸾也不怯场，唱了起来。她唱的是《红灯记》的选段《我家的表叔数不清》——我家的表叔数不清，没有大事不登门，虽说是，虽说是亲眷又不相认，可他比亲眷还要亲。爹爹和奶奶齐声唤亲人，这里的奥妙，我也能猜出几分。他们和爹爹都一样，都有一颗红亮的心。

韦卫鸾的嗓门把我们镇住了，我们目瞪口呆，像一群面对鲜草嘴巴却套上了笼头的羊。

韦建邦微微点了点头，说：但是需要调教。

这句话一下子把韦卫鸾控制住了。她像迷途中遇到了一个领路的人，决心跟这个人走。她眼巴巴看着韦建邦，生怕他不教她。

一个星期后，我们正式拜韦建邦为师傅。我们的初衷，是要学他身上所有的本事。

师傅说首先，我要教会你们活下去的本领和方法。

这个本领就是偷窃。

我们起初都很惶恐，是不愿意的。韦卫鸾最不愿意，她央求师傅：我可以不学这个吗？

师傅说：我不养不能自食其力的人，你走吧。

韦卫鸾没有走，那时师傅刚教她学会了简谱，五线谱正开始学。她舍不得孜孜以求的音乐本领，最终留了下来。

在师傅的教导下，经过一段时间刻苦的体能和技能训练，我们学会了偷窃的本领。在实际行窃的前一天，师傅制定了一条行窃的准则。

师傅说：你们要牢记一条，穷人和亲戚的东西不能偷。

师傅没有解释为什么穷人和亲戚的东西不能偷，但我们大致能懂。穷人本来就穷，东西再被偷走的话，就更难活了。亲戚的东西为什么不能偷，因为那是亲戚。

所以第一次行窃的对象，我们选择了既不是穷人也不是我们大家亲戚的收购站的韦有权。

行窃之前，一对一的时候，我问韦卫鸾，你害怕吗？

韦卫鸾上下牙齿打架，哆嗦得说不出话来。

我说到时你要喊的，你现在就开始喊，喊出来就不害怕了。

她说朝什么地方喊？朝谁喊？

我说朝着高山喊，朝着河喊，朝着我喊。

喊什么？

就按师傅吩咐的。

于是，韦卫鸾朝着高山，朝着河，朝着我，连喊了三句：毒蛇咬人了——毒蛇咬人了——毒、蛇、咬、人、了！

喊完她就哭了。

等她哭完，我说还害怕吗？

她说：万一我被抓了，你会不会救我？

我说：我拼小命都会救你。

她笑了。

首次行窃成功之后，韦卫鸾换上了一套新衣裳。我知道一定是师傅给她买的，至少是悄悄多给了她一套做衣服的钱。那时候买布还需要布票，她家有的是剩余的布票。穿上新衣裳的韦卫鸾越发好看，真正像一朵花。她那套印花的衣裳，随着身体的发育和岁数增长，像击鼓传花一样。我后来看见她二妹穿，她三妹穿，四妹穿。她们四姐妹，像山岗上的四棵树，所有的风都为她们吹，所有的日子都为她们破碎。后面四句，是我多年后读到的海子的诗，用来形容多年前的韦卫鸾四姐妹。我觉得海子的这几句诗，就是为她们写的。

师傅认真地教韦卫鸾音乐。到小学五年级的时候，他忽然说：我教不了你了。

韦卫鸾以为师傅不喜欢她了，伤心地说，师傅，我什么地方做错了，我一定改。

师傅说：你想继续进步，就需要更好的老师。

韦卫鸾说谁呀？

师傅写出来：克里斯蒂娜·迪乌特科姆；维多利亚·德·洛斯·安赫莱斯；安娜·莫芙；姆佳德·泽弗里德；琼·萨瑟兰。看着一串长条的名字，我们都蒙了。

师傅说：这是世界上五位最著名的女高音歌唱家，她们可以做卫鸾的老师。

师傅改口不叫韦卫鸾花卷，而叫真名。

韦卫鸾说：我上哪里找她们呀？就算找到她们也不肯教我呀。

师傅说：我知道在哪里能找到她们。只要找到她们，她们肯定教你。

我们用怀疑的眼光看着师傅。

师傅说：她们在菁盛中学黄盖云老师的房间里。他藏有这几位歌唱家的唱片。你们去把唱片偷来。唱机就不用偷了，我有。

我们兴高采烈自告奋勇地进行分工。花卷韦卫鸾唱主角，老猫覃红色演配角，黄狗蓝上杰负责技术开锁，野兔韦燎负责接应，我老鼠还是负责侦察。

但是花卷说：我要老鼠配合我，有他在身边，我不害怕。

于是我和老猫换了工作。

那天是星期三，老猫侦察到黄盖云老师一天都有课。我们决定那天行动。但是那天我们也有课呀，怎么办？头一天晚上，野兔给第二天的科任老师韦先老师下了泻药，第二天一早我们便得到了放假的通知。韦先老师是野兔的叔叔，是我们上岭小学两个教师之一。另一位老师是苏满洲老师，他上个月腿断了在家休养，所有的课都由韦先老师来上。

我们潜入菁盛中学。这也将是我们下学期就读的学校，我们等于先来看看，熟悉环境。假如遇到有人发问，我们计划就这么搪塞。师傅有明示，老猫事先又踩过点，黄盖云老师的房间很快就找到了。黄狗不到10秒钟就把房锁打开。我和花卷溜了进去。

房间很小。一张床，一张桌子，一箩筐书，房间基本上就满了。桌子上有一台唱机，唱机上和唱机边有唱片，唱片里都是当时革命样板戏的歌曲。我们也知道我们想要的唱片不可能在这里摆放着。那么在哪里呢？

床底。只能在床底。

我钻进床底。在床底最里边，我搜出一只箱子，并把它拖出来，像老鼠拖出油瓶一样。

这是一只皮箱。皮箱上灰尘不是很多，说明距上次打开的时间不是很久。皮箱的按锁已经坏了，一摁就开。

箱子里果然有唱片，还有书。花卷按师傅提供的名单，迫不及待地找她想要的唱片，找着四张，维多利亚·德·洛斯·安赫莱斯的没有。花卷说可以了，示意我把箱子放回原处。我没动。我被箱子里的书吸引着。《安娜·卡列尼娜》《复活》《巴黎圣母院》《包法利夫人》等，它们像花生吸引老鼠一样，让我不舍。我看了看花卷，花卷说你想看就拿呗，我就拿了那四本书。

我们回到村里，进师傅家。师傅的唱机已经搬出来擦拭干净。师傅放上唱片。歌声响起。我们听完克里斯蒂娜·迪乌特科姆唱，听安娜·莫芙唱，然后听泽弗里德唱，听琼·萨瑟兰唱。她们的歌词我们听不懂，但她们的唱腔圆润高亢，好听。花卷自然是听得比我们投入和着迷，过后她肯定还要反复地听。

师傅发现了我多偷来的书，他没有怪我。他看了看封面，说："托尔斯泰、雨果、福楼拜，以后就是你老师，如果你想将来当一名作家的话。"然后他还点了书里好多人物的名字和细节。说明这些书，师傅都看过。

就在那年，1975年，我们小学读完后升初中。在菁盛中学，我和韦卫鸾分在同一个班，初19班。班主任、语文老师、音乐老师都是黄盖云。当他自我介绍报出自己大名和任课任职情况的时候，我和邻桌的韦卫鸾面面相觑，只见她目瞪口呆，我则是暗自庆幸。我觉得能做黄盖云老师的学生，真是缘分呀。韦卫鸾可能跟我想的不一样，她可能想的是做黄盖云老师的学生，却偷了他的东西，心里有愧。黄盖云老师那年30岁出头，不是本地人，却来菁盛中学7年了。未婚。他的普通话字正腔圆，真是好呀。如果他不是老师，我们这些讲普通话夹壮语的壮族孩子，会以为是他讲得不标准。后来韦卫鸾说得一口流利的普通话，跟北京人似的。我也马马虎虎，让别人猜不出我是壮族人。

这都是黄盖云老师的功劳。当然他的功劳不止这些。

语文期末考试的时候，作文题是《我的家》。交完卷的当天晚上，黄盖云老师突然通知我去他的房间。我去到他房间里的时候，发现韦卫鸾已经在那里了。她畏葸地站在墙边，黄盖云也指示我，与韦卫鸾一起并排站。他表情严肃，我觉得大事不妙。

他先拿出我的试卷，问我：你的作文《我的家》的第一句话，幸福的家庭都是相似的，不幸的家庭各有各的不幸。我问你，这句话是怎么得到的？怎么来的？

我一愣，知道坏了。写作的时候光顾显摆，却忘了保护自己。这句话的出处就是《安娜·卡列尼娜》。这本书是我从黄盖云老师这里偷来的。我当时还下意识地看了看床底，而且黄盖云老师也注意到我看床底了，这简直是不打自招。

我说不记得了，但肯定不是我的话，是引用的。

引用谁的？

托尔斯泰的《安娜·卡列尼娜》里面。

好了。他说。他转而拿出另一份试卷，看着韦卫鸾。

韦卫鸾，你在《我的家》的作文里，写到你的母亲。你这样写：我的母亲喜欢唱山歌，她的歌声虽然没有克里斯蒂娜·迪乌特科姆嘹亮，也没有琼·萨瑟兰多情，她不懂舒伯特，也不懂施特劳斯，但是她的歌声纯朴、清甜，像我家后面的山泉。好啦，我的问题是，你是怎么知道克里斯蒂娜·迪乌特科姆，还有舒伯特，施特劳斯的？

韦卫鸾已经慌乱得不行，几乎就要瘫下了。她模仿我，也看了看床底。我想这下彻底完了。

没想到黄盖云老师说，好啦，我知道了。你们回去吧。

那天晚上，我辗转反侧，彻夜难眠。我想到了被示众和开除的结局。

黄盖云老师评卷和宣布分数。

我和韦卫鸾的作文是满分，并被当作范文，由各自来宣读。

我念我的作文《我的家》。当我一念“幸福的家庭都是相似的，不幸的家庭各有各的不幸”这句剽窃而来的话时，情不自禁地看着黄盖云老师，他像一座沉默、挺拔的青山，让我仰止。

轮到韦卫鸾念时，韦卫鸾看着黄盖云老师，说我不念。我想唱作文里写到的琼·萨瑟兰唱的歌，行吗?

黄盖云老师说行。

韦卫鸾说琼·萨瑟兰是澳大利亚女歌唱家，我唱的是她唱的歌剧《拉美莫尔的露琪亚》选段。

然后她开始唱。她的唱词我们同学全听不懂，但是她唱得好不好，我们还是听得出来的。她很出色。那是她第一次在四十人以上的观众面前演唱。她的歌声征服了全班，并不胫而走，传遍全校。整个菁盛中学很快知道，初19班有一位了不起的歌唱达人，她叫韦卫鸾，上岭村人。

过后，我们把事情告诉师傅韦建邦。师傅缄默了半天，然后说：我不做你们师傅了。从今往后，我们断绝一切来往。

我们如遭晴天霹雳，问为什么。

师傅说：为了你们的将来。本来，我就有这个打算，等你们初中毕业，我们就脱离师徒关系。现在，黄盖云的行为，把我的计划提前了。

我们又问为什么。

师傅说：你们以后会懂的。我只能告诉你们，好日子就快来了。只要和我这个师傅断绝关系，你们的好日子就来了。

好日子最先降落在韦卫鸾的生命中。

1977年，13岁的韦卫鸾初中毕业，被县文工团特招，成为演员。这是黄盖云老师推荐的结果。

也在那一年，黄盖云老师调去县中学。他的才华和韦卫鸾的天赋一样，最终没有被埋没在寂静寥落的乡村。

临别的时候，黄盖云老师把我单独叫到房间。他打开那只皮箱，说：这里面剩下的书，都送给你。好好读吧。

我说：老师，我错了。

他摇摇头，说：你师傅是不是韦建邦？

我说：他已经不是我师傅了。

但是将来，你们有成就的时候，希望不要忘记他。

我说：我会永远记得你，老师。

与黄盖云老师一别，我再也没有见过他。我在菁盛中学念高中，并在那儿考上大学。大学毕业，我被分回菁盛中学当教师。一年后我调到县文化馆，当创作员。

黄盖云老师在县中学，照理，我们是可以见面或来往的。但是，我们就是没有。

这和韦卫鸾有关。

我考上大学以后，第一封信是写给韦卫鸾的。我在信里向她示爱。

但是，韦卫鸾没有回信。

一封不回，再写一封。在大学头两年里，我坚持写了十八封信。

韦卫鸾一封也没有回。

我听老猫覃红色说，她爱上了黄盖云老师。

这便是原因。

我调到县文化馆以后，与还在县文工团的韦卫鸾也只见过一面。那次见面我只说一句话，你是不是爱上了黄盖云老师？她的回答也是一句，是的。

然后我们就再也不见面了。

我和韦卫鸾的再次见面，居然是30多年后了，在师傅韦建邦葬礼上。

此时此刻，这个雍容华贵的半老徐娘，正落落大方地和我这名光头老汉闲聊。在我们相继为师傅寄托哀思之后，我们同坐在一条长椅上，靠得很近，让村里人以为我们是天生的一对，或曾经的鸳鸯。

在醒着的村里人的目光中，我问韦卫鸾：你最后为什么没有嫁给黄盖云老师？

韦卫鸾说：他不要我。

为什么？

不该问的不要问，她搬出师傅曾对我们的告诫对我说，更何况现在才问这个问题，有意义吗？有意思吗？

我说有意义，但没意思。

“我后来嫁到了柳州，”她说，“嫁给一个当官的。他的官越当越大，后来就不要我了，离了。但给了我一大笔钱，现在都还给，因为我们有一个女儿。女儿在意大利，也是学声乐的，美声。”

这就有意思了。我说。你未竟的事业，后继有人了。

黄老师结婚了吗？后来。

我说这个问题怎么是你问我，应该是我问你。

韦卫鸾说，黄老师不要我，不娶我，他说那不是爱，是感恩。

我认为也是。

好吧，你说是就是，无所谓了。她仰脸看着有星星的苍穹。

我给她一支烟，并为她点燃。

你怎么样？老婆退休没有？女儿像她妈漂亮，还是像你？她边吞云吐雾边对我说。

我生男生女你也清楚？

都一个村里的人嘛，她说，我回家的时候，村里人没少说你，自然知道一些啦。

我困了。我说，还打着哈欠。

我真困了。

我靠在椅子上睡。樊光良们在对面的铜锣声也阻挡不了我进入梦乡。在梦乡里，年轻貌美的韦卫鸾，站在一朵云上，向我飘来，并为我歌唱。

我忽然醒了。睁眼一看，一拨人呼啦啦向马路那边拥去，像是来了什么大人物。天已经放亮，马路上停着一辆加长版的劳斯莱斯幻影。从车上下来四个男人。四个男人都派头十足，尤其是走在前面的两个。这走在前面的两个，烧成灰我也能记得，他们是黄狗蓝上杰和野兔韦燎。

## 蓝上杰　韦燎

蓝上杰和韦燎，曾是我的生死兄弟，这毫无疑问，不可否认。加上老猫覃红色，我们四兄弟，智勇果敢、配合默契，像《加里森敢死队》里那伙恶贯满盈、身怀绝技、上阵杀敌以功抵罪的囚徒。

在我们这个团伙里，黄狗蓝上杰最专业，他干的都是技术活。从别人的口袋里掏钱包、开门锁，那都不在话下，轻而易举。他的绝活是开保险柜。

小学四年级寒假的时候，我们去了一趟县城。那是我们第一次出远门，也是第一次做大生意。菁盛乡太小了，有钱人不多。隔壁金钗乡稍大一点，但一来二去，已满足不了我们的胃口。县城必然成为我们的目标，像经常考九十分的人一百分必然是他的目标一样。

都安县城无疑是我们见过的第一个城市。有好多条街，不像菁盛和金钗，只有一条街。每条街上，人头攒动、熙熙攘攘，像蜂窝一样密集和喧闹。我们像几只小蜜蜂钻进蜂窝里，却要干惊天动地的事情。

我们先在县城考察、侦察、踩点，并因地制宜计划了两天，决定对食品公司屏北店下手。

临近春节，买肉的人自然多了起来。那天我们盯上的店面卖了足有4头猪的肉，并且卖得很晚。店面工作人员有两个人，一人割肉称肉，另一人收钱。到下午五点钟的时候，收钱的说不卖了，割肉的也说不卖了。收钱的要赶在银行停止营业之前存钱，割肉的确确实实太累了。老猫和花卷这时出现了，他们手里都有肉票和钱。肉票当然是偷来的，好多。两人一前一后，磨磨蹭蹭，啰啰唆唆，开口说要五花肉，完了又改口说不要了，改要猪颈肉，总之磨蹭到银行停止营业的时间为止。收钱的看时间过了，只好把钱放在了店铺的保险柜里。

店铺锁上了。两把巨大的锁，像两个老虎头挂在绷紧的锁链上，收钱的和割肉的各拿一把锁的钥匙。这都没问题。问题是进去后保险柜能开吗？黄狗是询问过师傅保险柜的知识和开保险柜的诀窍，师傅也辅导过他，但都是在口头上或纸上。真正的保险柜，黄狗没见过呀，今天第一次见。他能行吗？当然我们也做好了撬保险柜的准备，甚至是端走整个保险柜的准备，但那是万不得已的事情，是下策。

夜深人静，黄狗和我进入店铺。花卷、野兔和老猫在外面放哨，分一哨、二哨和三哨，像电影里重要战事的警备一样。面对像花岗岩一样坚硬沉重的保险柜，我是头皮发麻，束手无策，袖手旁观。黄狗也盯了半天不动。他像是努力地回忆和遵循师傅的教导，也像是思考如何灵活运用科学技术破解锁码。就在我觉得黄狗不行的时候，只见他触碰了保险柜。他屏息静气，左耳朵贴在柜面，像医生听孕妇的胎音。右手拇指和食指捏着柜面的旋钮，轻轻地来回扭动。只听一小声嗒响，他一扯柜门，开了。

剩下的事，就由我来做了。我把柜里的钱都拿出来，装进口袋里，关上柜门，用布擦掉指纹和脚印。

然后我们溜之大吉，逃之夭夭。

这趟行动收获不小，足有460元之多。

黄狗在这次行动中厥功至伟，也令师傅刮目相看。他摸了摸黄狗的脑袋，又抚摸他的手，说你这家伙，脑瓜子活泛，耳聪目明，心灵手巧，了不得。

师傅难得表扬人，我们对黄狗羡慕得不得了。

但是师傅又说：将来，你的智慧如果用在正道上，一定非富即贵，并且福运长久。你将来赚了钱，一定要多做善事，积累功德，抵消现在的罪孽。

师傅看着我们其他人，接着说：包括你们，将来都要走正道。跟着我走不远也走不久的，因为你们现在跟我走的是歪门邪道。你们是不会饿死了，但是完全有可能被打死呀。所以读书才是根本，是正道和王道。

黄狗蓝上杰领会师傅的教导最积极，也最到位。他读书用功，成绩优异。高中毕业时他成为菁盛中学的高考状元，被上海财经学院录取，学的是金融专业。大学毕业后他先留在上海一家大型国企，当会计师。然后，他辞职南下，去深圳创业。但发达是近几年的事情。如今的身家已过百亿。他发达后果然不忘初心和师傅教诲，行善积德。光上岭村这座桥，耗资8000万元，他捐了5000万元。师傅家翻建的这幢楼，想必也是蓝上杰捐助的，他有这个心，也有这个能力。他和野兔韦燎本来就是臭味相投，现在又走到一起。

野兔韦燎是我们这个团伙里反应最快的人，什么都快：学得快，跑得快，想得更快、更远。总之什么事情或任务到他那里，不可能完成的都能完成。他是我们团伙的智多星、参谋长。

去县城干大生意便是他的主意，或者说他是策划或导演。

开始我、老猫和花卷都以为不可能，简直是异想天开。黄狗不置可否，他保持中立，像是野兔与他商量过了。

我、老猫和花卷认为，一帮连县城都没去过的人，竟要到县城去大显身手，就像小学没毕业的人要跳级升高中一样，成功的可能性微乎其微。

况且师傅并不知道这件事情。

野兔说，第一，成功之前，绝对不能让师傅晓得我们的行动和计划，否则失败无疑。因为师傅历来把安全和保险放在第一位，他决不会允许和同意这么危险的行动计划。第二,万一行动失败，所有的罪过，我一个人扛。

有了野兔的分析和保证，我们的态度松和多了。其实，我们都很想去县城，见大世面。黄狗的中立态度有了倾向，鲜明地站在了野兔一边。

野兔又说，你们一定要一切行动听指挥，严格按照计划的步骤走，做好每个人该做的事情，就能成功。

野兔的意思，按现在影视行业的说法，就是听导演的，按剧本演，演好自己扮演的角色，影片就能成功大卖。

在那次行动中，我们都听野兔的指挥和按他的计划行事，果然成功了。

那次先斩后奏的行动，师傅表面上是对野兔进行了严厉的惩罚，罚他在一里长的河滩来回跑半天。这对长跑健将野兔来说算得了什么呢？只不过是给一个敏捷好学的学生加几道练习题罢了。

现如今的野兔韦燎，是一名电影导演。这我肯定知道。多年前他看上我的一部小说，想拍成电影，但没钱买版权。他在北京，是通过电话跟我联络的。我说电影是你导演的话，我版权送给你。然后我们还签了版权赠送的合同，是通过邮寄签的文件。后来电影拍成上映了，导演却不是他，编剧是他。我打电话给他，说你是不是把我的小说版权转卖了？他说没有。我说韦燎，别骗我，影视这行业，我虽然涉足不深，但也是略懂的。于是他在电话里跟我诉苦，说兄弟，我在北京混得不好，我想当导演，但影视界的水太深了，我没资历，更没资本，只能通过编好本子，先赚点钱，换取人气、人脉，导演我是肯定要当的，请相信我。看在之前我们是同门同学和同行的情分上，这件事情，请不要声张。

我没有声张，因为我不敢。韦燎一句“同门同学和同行”，像紧箍咒，震慑了我。同门是什么？是名贼韦建邦的门徒，同学也是，是他的学生。同行是什么？就是我们都曾经是贼。我们这几个贼，为什么那么多年没有来往，没有见面，不就是为了回避和隐瞒“同门同学和同行”这一可耻和可怕的事实吗？

况且我们还有约定。

大学录取通知书下来了。黄狗蓝上杰考上上海财经学院，老猫覃红色考上广西民族学院，野兔韦燎考上广西艺术学院（他一毕业便北漂），我考上河池师专。我们这个团伙中的4名男生，全部金榜题名，成为天之骄子。

我们5个人（没有考大学的花卷也特地来了）的庆贺聚会上，野兔说，我有个建议，或者说我们来个约定吧。第一，从今往后，我们互相之间，不能叫外号了。因为我们都不再是贼，师傅也早已和我们断绝关系，我们不再有师傅了。第二，从今往后，我们不要有过多的来往，最好是不再有来往，因为我们都已是天之骄子，前途光明。但我们有不光彩的过去。并且我们都清楚你、我、他，过去是什么货色。我们自己清楚就罢了，但如果我们经常聚首的话，别人就会晓得我们是一个团伙，我们的过去，就会像埋在地下的尸骨一样被翻出来，臭不可闻，遗臭万年。

韦燎的建议得到我们其他人的认同，成为约定。花卷后来不理会我的示爱，我认为除了她爱上黄盖云老师，另一个原因，便是与约定有关。

近40年来，我们遵守约定，没有来往，没有见面。

但如今我们破坏了约定，因为师傅韦建邦的死。我们不约而同地来到师傅身边，祭奠逝去的师傅，像一坛尘封几十年的酒，被我们端出来，昭告世人和天下。曾经叱咤十里八乡的盗窃团伙，只剩下老猫覃红色暂时没来。

蓝上杰和韦燎看见我和韦卫鸾了。但是他俩顾不上与我和韦卫鸾打招呼，而是径直去拜祭师傅。他们捧着香，朝着师傅的遗像和棺材，跪下去，一叩首、二叩首、三叩首。然后他们起立，把香插在香炉里，再半跪着，分别在师傅前方的3个酒杯里斟了三道酒。这一切他们都做得中规中矩、不减不增，像是十分守道和守德的人。那两个跟随来的人，也和他俩一样，看上去一个是蓝上杰的保镖，另一个是韦燎的助理。

蓝上杰和韦燎终于来到我和韦卫鸾跟前，大家互相寒暄。我原以为大家会叙旧，但是没有。谁万一或不经意提到小时候的事情，就会有另一个人打断或岔开，提及的是近来并且是光彩的事。

比如蓝上杰近些年风生水起的事业——金融投资。深圳赫赫有名的上杰金融投资集团，便是蓝上杰的王国。他当董事长就是当王。房地产、人工智能、物流、影视业等，什么都干。他003××3的股票，在2008年我就买了，后来越跌越买，越买越跌。2015年，在股价从96元跌到7元的时候，被我斩仓。我投入的写作挣来的血汗钱，几乎全喂了股海里不知哪条鳄鱼。但这个剧痛，我没有跟蓝上杰说，此刻我也不打算说。此刻蓝上杰就在炫耀他的股票，已经飙升到110元了，昨天还拉了个涨停，而且封板了，今天应该还要拉一个。他的目光朝师傅的灵堂那边转移，补充说，这是师傅在保佑我，善有善报。

看着蓝上杰眉飞色舞、志得意满的样子，我把已涌到嘴边的咒骂和血水，又咽回去，像把打落的牙齿吞进肚子里。

韦燎的事业也是水涨船高。他终于当上了电影导演，刚拍完一部暂名叫《幸运的酒徒》的电影，投资全部来自蓝上杰的集团，2个亿，请的全是明星。这也就解释了韦燎为什么跟蓝上杰一道来，为师傅送别。因为如今他俩是同盟，又成为一个战壕里的战友，或一根绳子上的两只蚂蚱。

这两只自以为是英雄豪杰的蚂蚱，此刻不忘调侃和奚落我——

蓝上杰：老鼠，你现在混得还不错嘛，虽然是大学专科文凭，但当了作家，又当了教授。

我说：约好不叫外号了的。你叫我老鼠，那我是不是叫你黄狗呢？

蓝上杰马上说：不叫，不叫了。樊作家樊教授，您现在写一千字多少稿费呀？上一节课领多少钱？

我说：在你眼里肯定是不多的，但已足够让我过上有尊严的生活。

蓝上杰说：你还有几年退休？应该快了吧？

我说：你是组织部的人，我就告诉你。

蓝上杰说：我的意思是，等你退休了，可以聘请你到我集团公司去干，专门负责集团公司的文化建设。年薪30万块，或者你大胆和有眼光的话，我送你百分之零点零一的股份，年薪30万块应该不止。

我说：谢谢，就怕到时候你又改主意。所有的约定都是捉摸不定的，尤其是提前好几年约定，就像约定的婚姻或预先安排的接班人，越提前越不牢靠。现在的私营企业，要么发达，要么没落。还是等我退休后视你集团公司的具体情况再定吧。

蓝上杰说：我的企业只会越来越好。我的接班人是我大儿子，是我和前妻生的，他是留美的金融管理学博士，比我强。

言外之意，你还有二儿子，甚至三儿子？

没错，和现在的妻子生的。一个5岁，一个3岁，都比较小，因为妻子年纪小嘛。

韦燎在一旁补充：蓝总夫人比蓝总小28岁。

我说：这我就放心了。

蓝上杰把手搭在我肩上，像用一根戒尺或一颗试金石衡量我的品德一样，他语重心长地说：一平，我家族的事情，让你操心了。

韦燎延续蓝上杰的火力，接着调侃和奚落我：大作家一平，你现在的小说版权，如果我还看得上的话，是不会再亏待你了。有钱！

我说：我的小说，你肯定是不会再看上了。

为什么？

我看着早晨戴着墨镜的韦燎，说：因为你看不见，发现不了呀。

他把墨镜摘下来，我看见他两眼通红，是连续通宵达旦的结果，但此时此刻，却像悲伤所致。我还是火眼金睛的，他说，小说的优劣，就像人的好坏，我仍然是看得出来的。

我说：这样就对了。你不把眼镜摘下来，我还以为你瞎了。

韦燎和蓝上杰见从我这里，得不到太多奚落和调侃人的快感，就把目标转向了韦卫鸾。

卫鸾，亲爱的韦卫鸾同学，韦燎说，他张开双臂，我多想拥抱你呀，你曾经那么美，从你现在依然保持的肤色和气质，还可以想象你当年有多美！他突然把双臂收回来，让打算投怀送抱的韦卫鸾扑了个空。可惜现在不是拥抱的时候，也不是拥抱的地方。

韦卫鸾似乎感觉到了被耍弄，但是她不生气，依然笑眯眯，低三下四地说：韦燎，你当电影导演了，可惜我老了，主角我是不敢想了，你就让我演个三号、四号，我也就心满意足了。

韦燎摆手，不，哪能委屈你呢？你要演我就给你演主角。

真的？

当然是真的，韦燎说，你演一个老女人，坐在轮椅上，在回忆她年轻时候苦难而甜蜜的生活和爱情。

可是我年轻不回去了呀，我这么老了，怎么化妆也像不了我年轻的时候。韦卫鸾信以为真，忧伤地说，年轻的我怎么演？

用替身呀。韦燎说。

那……我老年的戏多，还是替身的戏多？

替身的戏多。韦燎说。

多多少？

很多。老年的你只有两场戏，开头和结尾，耗时一分钟。

有台词没？

没有。

那还是主角呀？

这个问题要辩证地看，替身戏再多，演的还是你呀，对不对？我也想让你演年轻时候的自己呀，可是你演得了吗？演不了了吧？谁让你老了呢？

谁让你老了呢？这句话才是韦燎最终要表达的意图。他在嘲弄、蔑视韦卫鸾年轻时候对爱情和生活的好高骛远，以及对身边伙伴们爱意的忽视。年轻貌美，心高气傲，把潜力股当垃圾股，这是短视和势利。人老珠黄，无爱寡欢，悔不当初，这是因果和报应。韦燎的这句话言简意赅，却像一颗凶恶的子弹，射向可怜的韦卫鸾。

但韦卫鸾居然承受得了，她像沙丘或一块海绵，把冲击力吸收了。那替身能不能让我女儿来演呀？她跟我年轻的时候一模一样。她说。

这个可以有！蓝上杰抢着表态说，母亲做不到的事情，可以用女儿来弥补。

我看不下去也忍不下去了，说蓝上杰，韦燎，你们是回来吊唁师傅的，而不是回来摆阔和挑选演员的。良善之心，天地可鉴，何况师傅在听着，也在看着呢。

这句话把蓝上杰和韦燎震慑住了，像笼子罩住了两条轻佻的蛇。我了解蓝上杰和韦燎的性情，他们信天地，更信师傅。

他们忙不迭给韦卫鸾赔不是，也给我赔不是，然后面朝师傅灵寝的方向，抱拳说，师傅，对不起。

太阳东升，初冬的上岭村变得明亮和暖和。留在村庄里的村民，打算送韦建邦出殡的，正陆续过来。睡了一个晚上的我的大哥，也来了。他换上了一件灰色的羽绒服，这是他衣服中最素的。他先把奠仪交给司仪，再过去给韦建邦上香，才过来见我。

大哥见到了我身边的蓝上杰、韦燎和韦卫鸾，这些他弟弟小时候的伙伴或团伙成员，衣着光鲜、道貌岸然地站在他跟前，像是披了人皮的畜生。他曾经认为是这些畜生把他弟弟带坏或拖上贼船的，也变成了畜生。如今他应该不是这么看待了，因为在村庄人们的眼里和议论中，他们都比他弟弟强。稍差一点的韦卫鸾，虽然当大官的丈夫变成了前夫，但是有花不完的钱呀。最坏的人如今变成了最强最好的人，看见了吧？

大哥显然发现少了一个人，他东张西望，然后问道：覃红色呢？怎么没看见？

我们中有人回答说：他还没有来到。

大哥通过手机看时间，说：还有10分钟，就要出殡了。

我们四个人神情乱了起来，像是一个实体发生了动摇。

韦卫鸾说：他可能是不知道师傅去世的消息，没人通知他。

韦燎说：不会，我刚才还看见他弟弟了。

蓝上杰说：他明显是比我们都忙。

我说：看来，覃红色是我们这五个人里，唯一遵守约定的人。

韦卫鸾、韦燎和蓝上杰愣怔，然后释然，像恍然觉悟或明白什么事理的样子。

我们清楚地知道，官至副厅级领导的覃红色，这个时候不来，是不会来了。

这个时候，择定的吉时已近。樊光良和他团队的法事已达到了高潮。他们移步到灵柩边，指挥和引导亲属们向即将出殡的亲人告别。

我、蓝上杰、韦燎、韦卫鸾，主动加入了亲属的行列里，也没人拦我们。我们绕着灵柩走，一圈一圈又一圈。在樊光良团队凄楚吟唱的煽动下，有的人默默流泪了，有的人失声痛哭了。所有的人根据与韦建邦的关系，来称呼他并祝他走好。叔叔，走好。伯父，走好。舅舅，走好。韦建邦，走好。

而我的称呼是：师傅。

# 师 傅

师傅韦建邦从一个名校的高才生变成贼的过程，对很多人来说是个谜。在我作为他徒弟期间，我其实很想了解，但始终无从了解或没有真实地了解，尽管他沦为贼的原因众说纷纭。有的人说韦建邦在校的时候赌博欠了一屁股债，因此走上了偷窃的道路。有的人说韦建邦的学业成绩都是靠偷题取得的，继而扩大到偷钱财。还有的人说韦建邦的祖上就是贼，做贼是隔代“遗传”。这几种说法或版本，我知道只是猜测或传说，是不真实的。师傅一开始就教育我们不要相信运气，如果说有运气的话，那也是建立在扎实的技术和能力的基础上。师傅博古通今，他的才学方圆几十里无人能及，偷题或作弊成就不了他浑身的本领。他常挂在嘴边的一句话是：王侯将相宁有种乎？意思是说没有人天生就是帝王、元帅、丞相。他用这句话来激励我们，并延伸到省长县长也不是天生的，同样，科学家、文学家、艺术家、金融家也不是天生的。人不要在乎自己的出身和环境，只要付出努力，并善于把握时机，一定能在事业上有大作为。根据师傅的这些言论，那几种说法，肯定不是他做贼的原因。

那是因为什么呢?

师傅不主动说，我们当然也是不敢问的。

我去宜山读大学，是了解师傅的机会。因为我就读的河池师专，与师傅的母校宜山高中，是同城，仅一河之隔。

那条河对岸的高中，直到20年后，我才走进去。

我去宜山高中讲课并参加宜山高中80年校庆。这所古老的高中在我一踏入时便让我震撼。它古木参天，湖光山色，小桥流水，曲径通幽，更像是一个公园。这么优雅的环境竟然使韦建邦变成了贼？而我为什么20年后才第一次进入这个学校？

究其原因，是我对师傅不感兴趣，或者说我正试图忘记他。

我已经以师傅韦建邦为耻。

就这么简单。

多少次，我在我的学校这边散步，望着河对岸的学校，我的目光的确是软弱和羞耻的，因为那所学校出了个韦建邦。他是个贼，是我的贼师傅。我虽然不是贼了，但是贼的历史却难以磨灭，就像人身上深刻的伤疤。那个从那所学校出来的人，伤害或带坏了我。我之所以没有被毁掉，我的命运之所以逆转，是因为那个人良知未泯同时也是我努力抗争的结果。我一定要忘掉过去，忘掉韦建邦，必须忘掉。两所学校之间的这条河，就像两个国家的界河，这边的国民和那边的国民曾经相濡以沫、情深意长，但如今已断绝往来、势不两立。

我之所以接受宜山高中的邀请，是因为校长廖梦宜是我大学同班同宿舍的同学，他报出的讲课费是我在别的学校讲课费的三倍。况且过了20年，我功成名就，身上有了很多光环。我不担心也不再惧怕可耻的伤疤被揭露，就像一辆博物馆里战果辉煌的老坦克，我不担心和害怕它漏油。

我跟校长同学说我想打听一个人，是20世纪50年代末或60年代初你校的学生。你帮我查一查他在学校的经历和表现。他叫韦建邦。

校长同学问我，韦建邦是你什么人？

我说：他是我师傅。

什么师傅？

偷窃的师傅。

校长同学一愣，然后笑笑，像一棵铁树开花，开心地说：我一定帮你查个水落石出。

3个月后，校长同学来南宁开会。吃喝之前，他给我一份用信封装的材料，说你师傅韦建邦的奇闻逸事，或者说兴衰荣辱史，都在里面。我取出材料来看，发现既模糊又凌乱，是一些旧档案的复印件和知情人的回忆片段。校长同学说还是我来概括和讲述吧，都在我脑子里。

于是，校长同学讲述我师傅——

韦建邦是国立宜山高中41班的学生。这个班级序号是从1949年宜山解放后重新排序的。如果从解放前建校之初算起，肯定不止这个序数。他是1957年9月至1958年12月在宜山高中就读。1939年生人，被学校开除时19岁。

韦建邦是怎样被学校开除的？的确是因为偷窃。

但他偷的不是钱财，偷的是人心。

具体地说，他偷了一个女人的心。

这个女人叫覃天玉，是宜山高中的老师，大韦建邦6岁。

覃天玉上韦建邦这个班的语文。她上课的时候，全部的男生和部分女生几乎都无法专心听课，因为她太漂亮了。光漂亮也就算了，她还有一种特别的气质，优雅、温柔和高贵，像一朵开在高山顶上的花，让人感觉遥不可及。

总之，欣赏她的美貌和气质，以及聆听她温润、纯正的声音，是最高级的享受。至于她讲课的内容，那就无所谓了。

反正，韦建邦是彻底地迷上了她。这个来自都安县上岭村的18岁的壮族小伙子，对她一见钟情、不能自拔。他全然不顾自己浑身土里土气，普通话还说不好，老夹带壮音，但是他有勇气呀，还有智慧。他一开始在课堂上画她，后来背地里也能把她画出来，而且越画越好。他还给她写信，先是把信夹在作业里，后来通过邮局寄。他的字迹隽永飘逸，文笔优美洗练，散发着王羲之、黄庭坚的韵味，弥漫着托尔斯泰、普希金的气息。

覃天玉对韦建邦接近疯狂的爱慕和表白，一开始是置之不理的。这位绝代佳人、名门闺秀，见过和接触过的爱慕者实在是太多了，而且不乏佼佼者。韦建邦算什么呢？一个土包子，而且年纪比她小，还是她的学生。为这样的人心动，这怎么可能？一万个不可能。

但是后来，渐渐地，她发现了他的可爱和优秀。他的画其实很不一般，他画她不仅仅相貌逼真，而且通过神态画出了她的内心：孤独和忧郁。他的书信其实也不是模仿名家，他有自己独特的表达和思想。他的语文成绩进步迅猛，稳居第一名。他的普通话也不夹壮了。

她回信了。有了第一封，便有第二封。

然后她和他有了约会。在龙江边和北山，夜晚和假日。

自然而然，他们的恋爱关系被发现了。不可能不被发现。

于是学校找他们谈话，他们承认了。学校接着搜出了他们往来的信件。

严重的问题出现在信件上。

在韦建邦写给覃天玉的信中，存在着右倾思想。那是1958年，反右斗争如火如荼的时候。

韦建邦理所当然被开除，遣送回乡。

覃天玉被吊销教师资格，到图书馆当管理员。

韦建邦在宜山高中的经历和表现，大致就是这样。

我听了校长同学的讲述，难过了半天。覃天玉后来呢？我说。

40岁的时候嫁给了一个丧偶的军人。

现在还在吗？

在。退休了。

意思是她在韦建邦被开除15年后才出嫁。我推断说。

这15年里，他们肯定有联系。有人见过他们在一起。

我明白了。

明白什么？

韦建邦为什么会做贼，我说。他被遣送回了上岭村，心还在覃天玉身上。他不停地给她写信，一封信是8分钱，超重的话再加8分，挂号信还要更多。如果跑去宜山和覃天玉相会，负担更重。这都需要钱。可是后来他连买一张邮票都困难，甚至一分钱都没有了。那年月的上岭村，劳动是工分制，缺地短粮，又没有集体经济，是不可能有现金分配的。怎么办？只好偷。韦建邦是什么时候开始做贼的？不知道。但他因为做贼被抓，村里人说，是1966年，是在宜山被抓的，然后被公安遣送回来。以后他再也没有被抓过，或许他金盆洗手了，也许他成贼精或贼王了。

上述的后面一段，是我的推测和判断。我没有对校长同学说。

校长同学看着肥头大耳、红光满面的我，说：“你居然也做过贼？而且贼师傅是我校培养的高才生。”

都说名师出高徒，我说，但是论及智商和情商，我远远不及我师傅。

如今师傅死了，眼看就要出殡。黄土一埋，我从此再也看不见师傅了。

我要求抬师傅的棺材，得到师傅亲属的同意。蓝上杰、韦燎也参与进来，站在了棺材的一头。韦卫鸾说，那我为师傅打伞吧。我们上岭的殡葬风俗，是女儿为父亲的遗像打伞。师傅没有女儿，韦卫鸾在最后一刻，做了他的女儿。

随着一声起柩的号令，棺材被抬了起来，架在了抬棺人的肩上。我在棺材中间的一边，人也不够高，其实不怎么被棺材压着，但我却感觉到师傅和我贴得最近。他无声无息与我亲近，像阳光温暖土地、肥料营养禾苗。我睿智、痴情、淡泊和苦难的师傅，在他走完80岁人生的时候，此时此刻，我才感觉情深至骨、恩重如山。

我们将师傅抬到大路。我们走在大路上。然后我们上山，把师傅埋在山上。

我们回到已经没有师傅的师傅的家。一个师傅的亲属把一幅画交给我们。画面上是我、蓝上杰、韦燎、覃红色和韦卫鸾的画像。肯定不新，但也不是太旧，是30多年前的画作。画面上是师傅强硬地与我们断绝关系后分别时的情景——

我们都回头望。

那个脸圆圆、红扑扑的矮个子少年，是我；

挥手的少年是韦燎；

戴帽的少年是覃红色；

最高个的少年是蓝上杰；

唯一的、哭鼻子的少女，是韦卫鸾。

画面上没有师傅。他隐身，在相当长的岁月里，天天看我们，想念我们。

2019年4月26日于南宁当然堂

## 朱山坡

朱山坡，本名龙琨，1973年6月出生，广西北流市人。出版有长篇小说《懦夫传》《马强壮精神自传》《风暴预警期》，小说集《把世界分成两半》《喂饱两匹马》《中国银行》《灵魂课》《十三个父亲》《蛋镇电影院》等，曾获得首届郁达夫小说奖、林斤澜短篇小说奖、《上海文学》奖、《朔方》文学奖、《雨花》文学奖等多个奖项。现为广西民族大学驻校作家。

# 深山来客

有一年夏天，洪水过后，镇上的人看到一个陌生的中年人背着一个耷拉着头的女人走进电影院。他们觉得很奇怪，迅速摸了一下情况。令人吃惊的是，中年人是撑船从上游的支流鹿江来的。一条简陋的乌篷船，窄小得只能挤得下两个人。蛋河很少行船了，因为湾多水急，十分危险，曾经翻过好几次船，淹死过人，尤其是洪水过后，河道更加凶险莫测。鹿江很长，很窄，满是水草，几乎不为人知，它的尽头是鹿山。对蛋镇上的人来说，鹿山既陌生又遥远，像传说中的地名。蛋镇没几个人去过鹿山，不仅仅是因为偏僻，还险峻，不通公路，是深山野岭，仿佛是世外之地。过去是瑶民住的地方，他们很少出山，现在已经人迹罕至。中年人自称从鹿山来，都把蛋镇人吓了一跳，那得经历多少艰险啊！

“我们大清晨撑船出发，晌午到达蛋镇，刚好赶得上电影。”中年人长得高高瘦瘦的，憨厚老实，脸膛比镇上的男人都白净，还显得比镇上的男人更斯文，“看完电影还得回去。船上有火把，还有猎枪。”

人们不知道中年人叫什么名字，或者他说过了，他们也记不住。他们都叫他鹿山人。背上的女人是他的妻子。

看上去鹿山人的妻子五官长得真好看，是一个美人的模样，很年轻，但身体不好，脸色苍白，嘴唇没有一点血色。主要是腿不好，走不了路，浑身没有力气似的。蛋镇上的人都替她担心，也很疑惑：费那么大的劲儿来到蛋镇，难道就只为看一场电影？

是的，鹿山人的妻子来蛋镇就只为看一场电影。那天，鹿山人背妻子进电影院后，随即出来了，蹲在海报墙墙脚下卷烟叶，一直在烧烟。烟很香，把电影院门卫卢大耳吸引过来了。他给卢大耳烧了一卷烟叶，呛得卢大耳一边粗俗地骂街一边大声地叫好。

“你不陪老婆看电影？”卢大耳问。

“不陪。电影跟戏一样，全是骗人把戏，我不爱看。”

“你对老婆真不赖。”卢大耳说，“烟叶也很好，我怎么从没烧过这么好的烟叶。”

“这是山里的野烟，遍地都是。除了电影院，山里什么都有的。”鹿山人把口袋里剩下的烟叶都送给了卢大耳。烟把卢大耳呛得涕泪横流。

电影散场，他赶紧逆着人流进去找他的妻子。然后，背着妻子匆匆往蛋河方向走。步伐仓促，似乎又去赶下一场电影。

后来，在镇上几乎每个月都能见到一次鹿山人背着他的妻子来到电影院。每次都是从蛋河旧码头下了船，鹿山人背着她赤脚经过碾米房，从四方井过来，沿着石板路，穿过肉行，来到电影院外，在海报前驻足一会儿，看看今天放什么电影，然后去售票窗口买一张电影票。电影快要开始了，鹿山人把妻子背进电影院，安置好，便出来，绝不偷窥一眼银幕。电影散场了，他进去把妻子背出来，往河边走，上船，离开蛋镇，从不过多停留，更不在镇上过夜。卢大耳和鹿山人建立了相互信任的关系。卢大耳掐过时间，鹿山人从不在电影院里多待一分钟，他出来后，有时候还跟卢大耳边烧烟边攀谈一小会儿。卢大耳知道，鹿山人不看电影其实是为了省钱。他的衣服补丁很多，补丁的颜色各不相同，看上去实在有点寒碜。他还自带了干粮，烤红薯或南瓜饼。镇上的人都同情他，实际上也是担心居住在鹿山的人：在深山里，他们靠什么为生呀？靠什么养活孩子呀？

人们的好奇心和注意力主要在那女人身上。后来他们都知道了，鹿山人的妻子病得很重，危在旦夕。这让他们感到异常吃惊。但鹿山人似乎习以为常了，远没有他们揪心。趁她看电影之机，鹿山人从船上取下一些山货，竹笋呀、木耳呀、山药呀、干果呀，还有兽肉什么的，卖给镇上的人。“山里人不容易，能帮就帮吧。”大伙对这些东西并不是十分热爱，但也呼朋唤友把它们都买了。鹿山人千恩万谢，然后飞跑去卫生院买些药。药不多买，鹿山人说，山里什么草药都有，什么病都能治，买点西药主要是为了应急。

鹿山人的妻子得什么病，大伙都慢慢看得出来：严重贫血症，根治不了，而且会越来越严重，身体慢慢垮掉，最后死掉。有人说，像这种病应该往北京、上海，至少得往省城的大医院送治。可是，哪怕是把鹿山卖掉，鹿山人也筹不到那么多钱啊。

他就只能按山里的医道医术和药物治疗。这也没什么不对，很多城市里治不好的病，在山里却能治好。因此，大伙也没有责难他，只是觉得他可怜，他的妻子更可怜。

“她哪里也不愿意去。她只喜欢看电影。只要看上一场电影，她就觉得病好了一大半。”鹿山人说。

见过鹿山人妻子的人都相信鹿山人说的话是对的，因为他们发现，从电影院里出来后，鹿山人的妻子原来苍白的脸竟然变得有些绯红，耷拉着的头也抬了起来，尤其是那双暗淡无光的眼睛变得像野草叶尖上闪亮的露珠。甚至，她要尝试着双脚踮地走路。电影真的有神奇的疗效。然而，未必每一部电影都是一剂良药。有一次，看了香港电影《胭脂扣》，从电影院出来，她在鹿山人的背上两眼发直，披头散发，哭得像山猫一样。鹿山人一边安慰她，一边往河边飞奔。好像是，若慢一点，她便要断气了。

如果不是为了看电影，鹿山人夫妇是不会千辛万苦撑船来到蛋镇的。鹿山人自己说，他原来也不是鹿山里的人，是从他曾祖父那代才从武汉搬迁到那里的。曾祖父是武汉最有名的戏子。有一天，一个国色天香的女子来听他的戏，迷上他了，连听了一个月。跟戏里一样的是，两个人走到了一起。山盟海誓、人尽皆知之后，曾祖父才知道她竟是北京一个王爷的爱妾，但已经无法回头，只好带着她一路逃奔。辗转无数地方，最终才在鹿山安定下来。只是，从此以后，隐姓埋名，不再唱戏，做普通人。鹿山人没去过大地方，来到蛋镇也不愿意过多抛头露面，低调而谦卑，办完事就离开，好像跟他的祖宗一样，还坚持隐姓埋名、小心谨慎地生活。

卢大耳知道许多鹿山人的秘密。经过卢大耳的传播，秘密便成了公开的消息。卢大耳说，鹿山人的妻子身世也很复杂。她是来自武汉的知青。来到鹿山前，她的父亲跳进长江不见了。来到鹿山后第二年，她患贫血病的母亲也死了。鹿山来了十一个知青，到最后只有她一个人留了下来。武汉没有亲人了，她不愿意回去了。更重要的原因是，她和鹿山人好上了。

从神态和动作就轻易看得出来，鹿山人和妻子十分恩爱。从河边到电影院的路上，鹿山人不断地转过头来问背上的妻子：累不累？饿不饿？晕得厉害吗？妻子每次都是做出否定的回答，还不时给鹿山人擦汗，轻轻摸他的脸……蛋镇人把鹿山人当成了楷模，不少平时经常争吵的夫妇自从见识鹿山人之后竟然变得相敬如宾。蛋镇人还把鹿山人夫妇当成了客人，每次见到他们都主动凑上去，问鹿山人：这次又带什么山货给我们？他们对山货倾注了最大的热情，一抢而光，扔下来的钱让鹿山人感到既惊喜又不安。而他们更关心的是鹿山人的妻子。电影还没有开始，她就坐在电影院墙脚下等待。他们围着她嘘寒问暖，有时给她递上一碗热粥，一杯热开水，或者一根冰棍。还有人给她塞人参、鱼肝油、麦乳精甚至雪花膏，这些都被她婉拒了。有一次，鹿山人上船离开了，走了好长一段水路，竟然又折返回来。因为妻子才发现有人在她的布袋里塞了名贵的山东阿胶，她坚决要物归原主。可是没有人承认是自己塞的，大伙都劝她收下，补补身子。但她一再拒绝，决不肯接受。鹿山人很焦急，最后把阿胶交给了老吴，请他代转交原主，她才同意回家。

“你们不必为我们担心。鹿山，除了电影院，什么都有。”她苍白的脸上一边是歉意，另一边是感激。

这天晌午，鹿山人背着妻子又来到了蛋镇电影院，却在海报墙上看到一张白纸黑字的告示：台风将至，今天不放电影。妻子难掩失望，立马瘫软在鹿山人的背上，用力扯他的耳朵，责怪他来晚了，要是昨天或前天来就不会错过电影。鹿山人不断地解释安慰。他的两只耳朵红彤彤的，都被扯裂了吧。街道上的人为应付即将到来的台风正疲于奔命，顾不上他们，只是匆匆跟他们打一声招呼就算了。

鹿山人背着妻子要走，却被妻子阻止了。

“我要看电影！”妻子像孩子撒娇似的说。

鹿山人说：“台风要来了，今天电影院不放电影，我们赶紧回家吧。”

妻子说：“可是，我们比台风先到呀。”

鹿山人说：“台风过后，我们再来。”

妻子说：“你害怕台风呀？你害怕回不了家呀？”

鹿山人沉默了。谁不害怕台风呀？台风来了，摧枯拉朽，地动山摇。还有暴雨、山洪，猛烈得惊心动魄。

妻子从鹿山人的背上挣扎着下来，扶着墙挪步到电影院正门，伸手摸了摸“蛋镇电影院”的牌子，突然变得莫名的哀伤，竟掩面低声地抽泣。

鹿山人吃惊地问：“好好的你为什么哭？”

妻子说：“我心里的悲苦，像台风，像鹿江，像山洪暴发。”

鹿山人知道妻子内心的悲苦，但这还是她第一次说出来。

平时，她从不埋怨，也从不哀叹，心里最难受、最绝望的时候，也只是对鹿山人说:“我想看一场电影。”于是，鹿山人连夜准备，第二天一早便出发。这一次，本应该是昨天或前天出发的，但因为要收割最后的一亩庄稼推迟了。

鹿山人也黯然神伤，向妻子保证说:“台风过后我们还来看电影，一个月看两场。”

妻子说:“我不等了，等不及了……我等不到台风过后了。”

风似乎越来越紧了，天空中的云朵也变得慌乱起来。鹿山人不知道怎么说服妻子，只是俯下身子，试图让她爬到他的背上，然后回家。可是，她固执地拒绝了。鹿山人尝试性地去背她，被她推开了。鹿山人站起来，要抱她。她躲闪开了，双手抚着电影院的牌子，突然号啕大哭。那哭声就像山洪暴发，悲痛欲绝。后来镇上的人回忆说，这辈子从没有听到过如此撕心裂肺的哭声，像孟姜女哭长城，电影院都快被她哭塌了。路过的人们都停下手里的活，围过来劝慰她。

“台风马上要到了，电影院没人上班了，连学生都放假回家了。”

“只是少看一场电影嘛，又不是世界末日。只要电影院还在，就还会有电影看。”

“台风过后，你可以连看三天电影。住我家里，管吃管穿，要住多久都行。”

……

可是，谁也无法劝止她的哭。不是一个孩子在哭，而是一个内心悲苦的人在宣泄。鹿山人和大伙都束手无策。这样哭下去，对本来就病弱的她会雪上加霜。

这个时候，电影院院长老吴从电影院走出来：“这是哪个龟孙子贴的告示？”一把撕下自己亲手贴上的告示，对鹿山人的妻子说，“今天照常放映！”

鹿山人妻子的哭声戛然而止，用哀求的眼神将信将疑地盯着老吴。老吴让鹿山人背起妻子跟着他走进电影院。不一会儿，电影院里便传出片头曲的声音。

鹿山人从电影院里走出来兴奋地告诉大伙儿，真的放电影了！你们也进去看呀。

电影院的大门敞开着，没有售票员，守门的卢大耳也不见踪影，但大伙只是侧耳倾听，没有谁趁机混进去。他们都明白，这场电影是老吴专门给鹿山人的妻子放映的。在蛋镇电影院历史上，这是头一次免费给一个人放电影。可是，没有谁说阴阳怪气的话。

鹿山人在电影院外头蹲着，独自烧着烟叶。他们走过来，心照不宣地摸摸他的头，然后默默走开。不断有女人过来叮嘱他：“电影散场了，你带她到我家吃碗热鸡汤再走。”她们不厌其烦地给他指路，哪条街哪条巷。鹿山人一概答应，反复致谢。女人们发现，鹿山人满脸疲惫，更瘦了，明显苍老了许多，不禁叹息：“他怎么还背得动自己的女人啊！”

这次，鹿山人始终没有离开电影院一步，一直到电影结束，传来片尾曲的歌声，才进去把妻子背出来。

鹿山人的妻子脸上的绯红色更加明显，看上去比任何时候都亢奋。她在他的背上仍兴致勃勃，热泪盈眶。那是电影带来的泪水。鹿山人觉得今天的电影很好，妻子看开心了，心里感觉特别幸福。

老吴对鹿山人说，台风过后，欢迎你们再来看电影。

鹿山人对老吴千恩万谢。他的妻子眼含泪水，频频点头向老吴表达谢意。

老吴像一个老父亲，抬手轻轻地替她捋了捋被风吹乱的头发。

“你今天特别漂亮！”老吴慈爱地赞美了她。台风的先头部队已经到了，它们攻打着电影院的窗户。上次台风攻陷放映室，砸毁了一台放映机。老吴不敢掉以轻心，转身跑回电影院。

鹿山人以为妻子同意跟他回家了，可是，她说要去照相馆，“老吴说我今天特别漂亮。”

“时候不早了……”鹿山人说。

妻子说：“反正每次都要点火把回家的。”

“台风来了！”鹿山人伸出一只手去捕捉风，感受到了异样，焦急不安地说。

妻子说：“死都不怕，我还怕台风吗？”

鹿山人只好改弦易辙，去往国营照相馆。

这是蛋镇人最后一次见到鹿山人和他的妻子。这次台风过后，多少次台风过后，再也没有看到他们的踪影。

老吴有点想念鹿山人。他断言，鹿山人永远不会再带他妻子来蛋镇看电影了。可是，当别人问“为什么”时，他只是摇头，叹息，不愿意向大伙解释。

有人猜测说，洪水过后，是不是鹿江河道阻塞，行不了船？

也有人乐观地估计说，可能鹿山也有了电影院，比蛋镇电影院更宽敞更坚固，还免费，即使台风来了也不耽误看电影。

还有人小心翼翼地说，鹿山人可能带妻子去武汉治病了，只有大医院能治好她的病。

但就是没有人愿意说出那句话：鹿山人的妻子或许已经离开了人世。

……

有一天，国营照相馆在玻璃橱窗展出了一幅32英寸的大型彩色照片，装了金色的边框。照片里的女人穿着橘红色的旗袍端坐在黑色的椅子上，秀发及肩，脸色绯红，面带微笑，双目炯炯有神。

“多漂亮的女人啊！像《胭脂扣》里的如花。”

不少人乍看以为真的是演员梅艳芳饰的如花。但眼尖的人一眼便能辨认出照片上的人是鹿山人的妻子，当然，也看得出来，是化了妆的。国营照相馆的人说，鹿山人说好台风过后来取照片的，但两年多过去了，仍不见有人来取。

无论从哪个角度来说，这张照片都好得无可挑剔。后来，它一直摆在橱窗里，已经成为国营照相馆的广告。

镇上见过鹿山人妻子的女人，有时特意路过国营照相馆，就为瞧一眼她的照片。常常有人在照片前驻足良久，一言不发，仿佛想跟她说些什么，却又不知从何说起，直到惋惜和哀伤使她们的脸不堪重负，才默默走开。

## 黄佩华

黄佩华，壮族，桂西北西林县人。中国作家协会会员。文学创作一级。广西民族大学驻校作家。

出版长篇小说《生生长流》《公务员》《杀牛坪》《河之上》《五月病》，长篇传记《瓦氏夫人》，小说集《南方女族》《远风俗》《逃匿》，广西当代作家丛书《黄佩华卷》，散文集《生在平用》，民族文化丛书《壮族》《彝风异俗》，30集电视剧《美人窝》、20集电视剧《公务员》编剧。有作品译介到泰国、越南、俄罗斯和柬埔寨。

曾获第一届广西青年文学独秀奖，第二届、第四届、第五届壮族文学奖，获第二、第三届广西少数民族文学创作“花山奖”，第四届、第五届广西壮族自治区人民政府文艺创作铜鼓奖，第四届、第七届全国少数民族文学创作“骏马奖”。

# 铧尖地带

当凤岭森林公园里的知更鸟开始了它新一天的第一声鸣叫时，靠近公园的凤岭小区第18栋3单元的一个房间第一个听到了召唤，电灯立马亮了。

摁亮床头灯，人还躺在床上，宋寅时先是活动了几下四肢，又揉了揉双眼，睁眼瞥了一下床前墙壁上的电子钟，恰好4点40分。该起床了，他毫不犹豫地坐了起来。

他天生有早起的毛病，一般情况下，他每天大约在拂晓前就会醒来。于是每天中午他必须睡觉一个钟头左右，这样他才能保证每天有大约6个小时的睡眠时间。还在岗位上班时，由于睡眠不足，他每个周六的上午都被迫用来补睡觉，否则下一周的精力效率都将大打折扣。自从退休以后，宋寅时就着手管理自己的睡眠，渐渐养成了早睡的习惯。每天晚上11点半他就上床，然后半躺着阅读半小时，零点准时入睡。

至于他为什么在每天的这个时间醒来，直到他现在61岁半了也还没弄明白。年少时母亲曾经告诉他，还裹在背带里时他就经常会在这个时间段莫名啼哭，常常闹得一家大小都睡不安宁。后来父亲托问村里的老巫婆，老巫婆说，他生于寅时，本该是虎命，但知更鸟赶走了老虎，他前世就成了知更鸟。到读大学了父亲才把老巫婆的说法讲给他听，他觉得不可能，人怎么可能是鸟变的呢。该死的知更鸟。

从被鸟鸣声叫醒那一刻开始，宋寅时的脑子便被西江边那个神秘的三角地带所充斥。那是一个神秘而充满魔力的地域，今天早晨，他无论如何也要抢先占领那个地方，他要得到那个让他梦中想到过好多次的位置。也让那些家伙眼珠子嫉妒得红到发绿，拿他没有办法。一想到那个地方，他就从身体的深处生起一种冲动，而且汹涌澎湃。

就在昨天晚上，宋寅时和老伴何苹还在饭桌上爆发了一次争吵。何苹说老宋你就别去钓鱼了，冰箱冰柜都装满了鱼，她想买些苹果回来都没地方放，电视上说苹果要提价了，现在很多人都囤苹果了。他晓得老伴嗜果如命，每天要吃掉两个苹果，不过听后他还是有些恼火。揶揄说难怪她亲友关系差，鱼多了就不晓得送亲戚吗，这个送两三条那个送两三条，问题不就解决了，真是榆木脑袋。何苹撇嘴说他钓回来的鱼都很小，一条才二三两，而且多是罗非鱼、大头鱼，品质不高，拿去送人丢不起脸。他当然不服她的指责，渐渐地声音就大了起来。他气呼呼地说："何苹，我告诉你，我钓鱼是为了修身养性，我不在乎得什么鱼，也不在乎你说什么，我就是要钓鱼，我就是要把鱼拿回家，你可以什么也不干，但必须帮我把鱼分给亲戚，分给邻居，这点事难道你都不能替我排忧解难吗！我堂堂一个教授，才不像他们把鱼都卖掉，我不缺那点钱。"

后来是因为何苹担心争吵下去他的血压又上来了，主动先服软了，气氛才缓和下来。每次冷静下来之后他都觉得自己有点霸道，对不起何苹。说起来还真是他的问题，去年他从学校教学岗位退休后，研究所一直希望他能够再返聘几年，一起主持相关科研课题，但都被他谢绝了。他还在岗位的时候，什么时候有人主动邀请他主持课题了，一直都是弱肉强食，争得你死我活。他这个四级教授都拿十五年了，连评个三级的机会都没有。人退休了才想要返聘，去你的吧，老子不如钓鱼。

他曾经花了几个月的时间，对自己的晚年生活做了全面谋划。有人说他乡愁太重，劝他干脆回乡下老家去住，写点诗文，养花种菜，过田园生活。有人说老了就该安心养老，每天打打牌下下棋，什么也不用干，什么也别去管，也是一种快乐。还有人劝他写写书法炒炒股，不要整天去晒太阳活受罪。他确实想回老家，但是老家已物是人非，除了那间老屋，什么都不再熟悉了，于是就打消了这个念头。有一天他闲来无事，独自开车来到西江边，漫步在江岸上，忽然看见两岸星星点点，排列着许多垂钓者。这一发现令他眼前一亮，这不正是自己曾经熟悉和向往的生活吗。宋寅时不动声色就网购来了渔具，用不了几天时间就凑齐了行头，像一个真正的钓鱼人蹲到西江边去了。

他生怕影响隔壁屋里的何苹，便蹑手蹑脚摁亮了廊灯和卫生间的灯，轻声而迅速地处理了排泄洗漱事宜，前后总共花了不到十分钟。

他和何苹很久以前就分房睡觉了，原因是他四十岁以后开始体重超标，同时睡觉时也开始打呼噜，而且愈打声音愈大。他的呼噜声导致中学老师何苹患上了神经衰弱症，因而他们只能被迫分房分床睡觉。然而，尽管后来她的睡眠恢复了正常，但那个温暖的大床他还是回不去了。

回到房间，他穿上了新买的迷彩胶鞋、迷彩裤和迷彩T恤，戴上女儿送的电子手环，又将军绿色的绑绳缚上新买的瑞士军刀，扎扎实实地拴在腰带上。顿时，他感觉浑身多了一股威武之气，一种自信也爬上了黝黑的脸庞。凭他1米75的身板，就是穿树皮披蓑衣，都比江边那些家伙帅气，尤其比那个人模狗样的罗圈腿小李子强十倍。

想到那个小李子，宋寅时的胸口似乎被什么东西堵了一下。他咬了咬牙，决定不在这个时候坏了心情，于是从床头柜上拿起了一小串钥匙和强光手电筒出了房间，又到厨房拎起头天晚上准备好的牛奶面包和水，轻声出了屋门。

宋寅时踩着碎步从四楼下到楼底，打开了单元门。钢制的金属弹簧门发出刺耳的咿呀声，他生怕惊扰到还在熟睡的邻居，急忙拉住迅速回弹的门，让它减缓了速度，只发出吧嗒的轻微撞击声。

每天这个时候，凤岭小区都还沉寂在睡眠之中。若没有什么急事，人们一般都不会早起，都会静静享受黎明前夜幕笼罩下的安详。知更鸟不在意天黑，还在发出清脆的鸣叫声，一些不知名的鸟儿也加入了大合唱。借助微弱的路灯光，宋寅时走到了自家杂物房，摁亮电筒，将钥匙插进锁孔，扭开了房门。

杂物房是20世纪末许多住宅小区必备的附属建筑，置于主楼之下，一户一间，面积只有几个平方米，主要用于存放杂物。和别的家庭不同，宋寅时他们家的杂物房主要是存放书籍，另外一些杂物则是一些舍不得扔掉的旧电器、旧家具。当然，也会储存着一些一时消化不完的米油茶酒之类。

一股奇异的化学味道扑鼻而来，他不用分辨就晓得这是新买的渔具包散发出的气味。这款可以背在身后的帆布包是他从网上采购的，能把他除渔竿之外所有的渔具都装进去。这个渔具包是一个叫卢长伟的师傅介绍他买的。

几个月前的一天，宋寅时正开着电动车行驶在江边的小路上，他身上背着长长的渔竿包，脚踏板上搁着一个杂物包，左手把上还挂一个塑料袋。因为是新买的电动车，他开得还不太熟练，而且是在沙石路上行走，所以他一路走一路歪歪扭扭的，让人看着都替他揪心。当他经过一个拐弯时，那个装吃喝的塑料袋忽然扯开一个口子，包子、牛奶、矿泉水、水果瞬间撒了一地。他只好停下来将车支好，狼狈地将地上的东西一一捡起放回袋子里。

“哎，师傅，你没坐过单车的吧？哈哈。”

一个稚嫩而沙哑的声音忽然从路边飘来。宋寅时抬头一看，只见一个黑影正一颠一颠地朝他靠近，边走还边歪斜着笑脸在看他。他凝神再看，却发现此人原来是个瘸子。和以前他见过的瘸子不同，眼前的瘸子是腰部以上朝一边弯曲的，活像一个单括弧。他穿着黑 T 恤黑短裤戴着黑布帽子，加上木炭头一般的黑皮肤，整个人就像是赤道上来的人，浑身黑黝黝的。

钓鱼人都互称师傅，尽管宋寅时听了他的笑声有点刺耳，但还是停下来朝他点点头，以示友好。那人又笑嘻嘻地说："师傅，我看出来了，你肯定是坐办公室的，没坐过这种车吧。"

他听了这话便不想搭理他了，不过看对方行走说话都困难，也不像有什么恶意，于是，应和说："噢，真很少骑呢。"他顿了顿，又说，"我……我不是坐办公室的，退休了。"

"嗨，想钓鱼就钓鱼，退不退休不重要，对吧？不过，蹲在江边的多半都是我们老家伙呢。师傅，你这样子干吗要来钓鱼呢？钓鱼佬很辛苦的。"

"我算个毛师傅啊，出来玩玩的。整天在家里待着也闷躁呢。"宋寅时收拾好东西，复又跨到电动车上。

"你不要烦我啊。"瘸子似乎有点舍不得他离开，继续歪着头说："哎，你今年多少岁呀？"

"61了，去年退下来的。怎么样？"宋寅时有些不悦。

"哦，那我比你大两岁，算是老哥了。哎，你不如干脆就在这里钓吧，我一个人闷得很，我移两根竿挪个地方给你吧。前几天有个人就在这里上了一条12斤的大鲤鱼哩。"瘸子说，"人家嫌我话多过来，都不肯和我搭伴哩。其实我这个人蛮好的，不信你问人家。"

宋寅时脸上现出一丝微笑："师傅，看得出来，你不像是恶人。你贵姓啊？"

"免贵姓卢，上头卢，名长伟。你就免喊我师傅了，叫我老卢吧。"

"老卢，你还是常委呢。"宋寅时调侃说，"古人说，劝君莫钓三月鲤。这个季节鲤鱼不是还在交配吗？"

卢长伟讪笑："你别笑话我啊，我也是后来才晓得'常委'是个官名的，老弟，不然我早就把名字改成常委，过过官瘾了。我告诉你吧，不钓鲤鱼你来江边干什么？你不晓得的，鲤鱼已经下完蛋了。"

宋寅时没想到，他和卢长伟这么搭讪，后来就真的成了钓友。从那天起，他们几乎都挨在一起边钓鱼边聊天。因为好些年没碰渔竿了，久疏钓技，宋寅时在抛竿取鱼时经常把自己弄得手忙脚乱，狼狈不堪。卢长伟见状，并不笑他笨拙，还不厌其烦地手把手地指这点那。不到半个月时间，他居然能够自如地使用各种渔竿钓鱼了。每当想到卢长伟，他的心里都充满了感激。

那天，虽然宋寅时只钓到四条几两重的罗非鱼，但他还是觉得相当满意。这一天，卢长伟让他见识了一些以前没有见过的钓技，他还知晓江边有蛮横霸气的高团长，有个神一样的老赖师傅。

宋寅时打开照明灯，提起沉重的渔具袋，将两条背带套在双肩上，又拎起竿包，关好灯出了杂物房门。

他的电动车停放在小区大门边上。他每次需要用车时都要沿着一条石板路，穿过前面三排住宅楼，经过小区中央的一个八角亭，绕过一个水池，才能到达小区大门口。虽说这一段路总共不足二百米，但是每当他在黑暗中走过这条路时，心里还是有些发怵。

那个疯女人又在凉亭上过夜了，宋寅时只用眼角一瞄就能知道。疯女人是小区3栋的一个住户，时常在大热天里穿一件羽绒服，手拎一只旧旅行包在小区附近晃来晃去。据老伴说，疯女人的老公也是个半疯子，时不时在大冷天里穿一件文化衫到地铁口转悠，有时候还赤裸上身在小区里吓唬小孩。好在疯女人从来不会攻击别人，看样子很安静，走路也是小心翼翼，像是生怕踩上了蚂蚁。

也许是睡着了，疯女人静静地蜷缩在水泥制的长椅上，看上去像一堆破旧的棉絮。宋寅时记得，这个女人其实样子长得不差，只是脸色白得发青，没有几分生气。一头乌发差不多长到腰上了，散乱而浓密。他以前都忙于上下班，不太注意疯女人和她丈夫的存在。他退休以后在小区出没多了，才觉得有这么个人时常在小区里外徜徉。有时他大半夜回来也还能见到她缓慢地独自行走。他曾经和老伴提起过这对特殊的夫妇，老伴说，她听说这对夫妻原本有一个幸福的家庭，唯一的儿子曾经是个学霸，北大毕业后就到美国留学去了。不料毕业那年出了车祸，命丧异国他乡。先是女人精神受不了打击疯了，继而是丈夫也成了间歇性的精神病患者。单位曾经多次将她送进医院，但一直无法根治，变成了一个沉默的人。好在她从来不曾伤害过任何人，小区里的人们都默认了她的存在，大家相安无事。尽管如此，时常早出晚归的宋寅时还是对疯女人有些忌惮，生怕她什么时候吓到了自己。

宋寅时放轻脚步绕过八角亭，来到停车场，打开防盗锁，将电动车推了出来。这台二手电动车也是卢长伟帮忙搞来的，他先是帮宋寅时卖掉了原先那辆新车，换成了这辆六成新的旧车。在钓鱼圈里，多数人都是退休下岗的老头，吃的也是养老金退休金。这些人手头都不是很宽裕，他们的交通工具一般都是电动自行车居多，极少有人开个进口小汽车到河边去钓鱼，于是他就给自己买了一辆电动车。

当初宋寅时就曾经有过冒失，头几回去钓鱼他都把自己的美国产小吉普直接开到江边。结果引起了附近钓友的反感，没有一个人愿意搭理他，甚至对他敬而远之。有一天他用海竿钓到了当天最大的一条白鲢鱼，有十四五斤，他满以为会引起别人的注目，不料附近的钓友都对他的渔获反应冷淡，没有人过来近看一眼。后来有个人在和别人打电话聊鱼情时，还故意大声地告诉对方，说当天的鱼口如何不好，就是有个开车来的家伙瞎猫碰到了死老鼠，得了一条大白鲢。他听后终于知晓，那些钓鱼人是为什么疏远自己的，因为别人都是开电动车来的，而自己显然不合时宜，无意中冒犯了大家。

那次受到冷遇不久，他就花了5000多元钱，到市场买了一部广州产的五羊电动摩托车。为了不惹人注意，他还特意买了一款灰黑色的车，自称小黑狗，心想，这下应该可以亲民一些了。不承想，才是第二次骑到江边，就被初次见面的卢长伟一顿奚落。卢长伟告诉他，一般来江边钓鱼的人都不会骑名牌车，而是很便宜的车，多半是当地改装生产的一种架子车。这种车不仅动力强劲，而且车身长载重量大。后架上可搭乘一个人，也可以拉个类似麻袋水桶的东西，两侧甚至可以装载两个一米多长的渔具包。关键是蓄电池的防盗装置非常厉害，一般小贼根本没法偷走，而且价格实惠才两千多块钱，于是，他强烈建议他还是把新的品牌车换掉。

宋寅时感觉卢长伟并不像是在捉弄自己，似乎确实是在为自己着想，便同意将电动摩托车换成架子车。整个置换交易过程是在卢长伟的帮助下进行的，卢长伟的小舅子就是个开销售架子车店的，因而进展相当顺利，一番倒腾后宋寅时也只亏了不到一千块钱。

他在黑暗中把两个渔具包都捆绑到架子车上，把手电筒和手机都塞进裤袋里，然后跨上车，拧开了电门，轻轻一转把手，直流电动机就欢快地叫了起来。

清晨的街道灯光透亮，偶尔有一些早起的出租车在快车道上呼啸而过。辅路上能看见像他这样骑着电动车的人，有的是三轮，有的是两轮，车上都一律鼓鼓囊囊的，速度快得像一阵风吹过。

从宋寅时住的凤岭小区去往江边的距离其实不远，大约只有四公里的样子，只是要绕过凤岭公园，经过七道红绿灯，平时开车至少要耗半个小时。而这个时候，他的视野里只有昏黄的灯光和灰暗的树影。每到一个路口，也是一路黄灯闪烁，畅行无阻。一阵阵晨风吹来，让他感到无比惬意。一想到前面的西江沿岸还是一片漆黑，那个凸出的江滩上还是处在沉睡之中，他成了今天第一个踏足那块神秘土地的人，他就抑制不住一阵窃喜。为了抢先得到那个位置，宋寅时已经谋划很久了。

大凡对钓鱼这个行当有点小研究的人都晓得，钓位和钓技一样重要。鱼儿在江河里游动觅食都有自己的路径，专业一点说叫作鱼道。鱼儿通常都有自己隐藏的地方，或是洞穴，或是礁石，或是草窝里。一般而言，不同的鱼类会在不同的时间觅食，或昼或夜，或早或晚，不过有一点是共同的，那就是鱼和许多动物一样，都有自己游走的道路。如果钓鱼人的钓位恰好卡在鱼道上，那么中鱼的概率就会高出很多。老钓友们都晓得，那些从江岸往江上凸出的地方，往往就是最接近鱼道的点位，鱼儿无论从上游去往下游，还是从下游到上游去，都免不了要游过这必经之路。

刚开始时宋寅时并不晓得，钓位对于钓鱼人是何等重要。他以为只要把鱼饵挂在鱼钩上，用力往江里抛掷就可以钓到鱼了，然而情况并不是这样。要不是遇上卢长伟，他有可能不会知晓钓鱼场上的种种奥秘。

卢长伟不仅把宋寅时留在自己身边钓鱼，而且还帮助他置换了电动车，教他如何配制饵料，如何打窝，如何抛竿，如何卸钩，如何护鱼。这些年西江里不知哪里来的一些外来物种，比如罗非鱼和清道夫鱼，浑身皆是坚利的角刺，弄不好就会被刺伤五指，鲜血直流。宋寅时虽说以前钓过鱼，得过类似鲇鱼、剑骨鱼、纳锥鱼之类的，但都觉得没有处理这两种鱼棘手，往往每拉上来一条鱼就得弄好长时间。卢长伟就不同了，只见他帆布手套一戴，一手抓住鱼身，另一手一捏一扯就把鱼钩给卸下来了。至于鱼吧，若是稍大点的罗非鱼他就扔进鱼护里，小的就直接放生，但对于清道夫鱼可就不那么友好了。清道夫鱼学名“国王异型”，原产于拉丁美洲，又名甲鲶、吸盘鱼、垃圾鱼、琵琶鱼，因体形大，口唇发达如吸盘，以各种水底垃圾和鱼卵为食而臭名昭著。每当清道夫鱼被拉上岸后，一律拼命摇头摆尾，两只前鳍像两把不停挥舞的弯刀，坚硬的头部发出类似牛蛙的嗷嗷声。面对不祥之物，卢长伟都显得既生气又晦气的样子，卸下鱼钩后便将鱼狠狠往地上一掼，让那鱼自己挣扎而死。死了的清道夫很快就成了蚂蚁们的美食，第二天就只剩下一个骨架了。宋寅时其实是在网络上搜索过清道夫的，网上说这种鱼可以吃，主要用于打汤，但钓友们胃口都很刁，一律不吃，还十分鄙视它。

不过，宋寅时在钓鱼方面还是有学习和模仿天赋的。少年时在老家跟随父亲学习犁耙田，只在水田里摸爬滚打大半天，他就能混进大人中间施展拳脚了。因此不到一个月，他就把卢长伟教授的要领摸熟稔了。偶尔有钓友或看热闹的闲人路过，人家开口叫他师傅他也默认了。虽说他每天的渔获不及卢长伟的一半，但是对于只想到江边打发时间的他来说，钓鱼得多得少并不是排在第一位的事情。

随着时间的推移，宋寅时便渐渐晓得，江边其实也是一个小社会，这个社会里还隐藏了不少鲜为人知的秘密。除了他身边的卢长伟，经常光顾这里的还有不少钓友，有几个比较固定的钓友他都认识了。70岁的老高牛高马大，自称是军区干休所大院的，当年边境打仗时就是带兵的团长。高团长普通话说得不错，嗓门也大，开口动不动就你们懂个屁，老子当年如何如何。高团长时常和一个叫小李子的结伴来，有时候是两人挤一辆小三轮，有时是一人开一辆。那个小李子看样子也有六十大几了，个子不高，身板敦实而黝黑。他成天穿一身部队的训练迷彩服，双腿蹬一双高筒军绿水鞋，腰包里别着一把匕首和一部军用望远镜，一副武装到牙齿的模样。

有一次宋寅时来得稍晚，刚在卢长伟旁边抛完第三根海竿，小李子就朝他大声呵斥："哎，眼瞎了吗？你打到我这边了！"宋寅时定神一看，自己抛往江心方向的渔线和江岸是呈直角的，根本就没有朝两边歪斜，而且距离他也还有十余米远，这家伙分明是欺负他是个生手。他刚想搭腔，不想卢长伟已抢先一歪一歪地朝小李子走过去，大声地笑着喊："李哥，李哥，他是我老友，在大学干保卫的，他刚退休，麻烦你关照一下。"小李子眯着眼扫了卢长伟一下，又瞥了宋寅时一眼，面无表情地说："噢，干保卫又怎么样啊？不要钩到我的渔线就好，钩了我照样割。"见小李子转身走了，卢长伟还是歪斜着身体，认真地目测了一下宋寅时的钓线，打气地说："你打得很直嘛，再打它一竿，怕他个屁。"

在上游距离他们钓位30余米的地方，是一处从岸边往江心突出的部位，形似一只铧尖。卢长伟说，那个地方是这一带的黄金钓位，上游和下游都是深潭，是鱼群洄游觅食的必经之道。他曾经在那里钓过一两次鱼，渔获很不错，不过后来那里被老赖和老八范光头他们几个霸占了，他就再没有机会去那里钓一次鱼了。

"凭什么，他们能在那里钓，别人就不能钓呢？"宋寅时满腹疑惑地说。

卢长伟叹了一口气，诡谲地笑笑说："人家老赖厉害呀。"

宋寅时还是不明白，不服气地说：“就是那个满头白发，笑嘻嘻的老赖吗？他如何厉害法？”

“你不懂的。”卢长伟叹气说，“人家都把那里当成他们家了哩。”

宋寅时注意到，老赖他们钓鱼的那个地方虽然只是一个三角状的狭小地域，而且只有半边排球场那么大，但足可以打上十多条渔竿，够他们几个人在那里玩的。他每次来到江边，都会看到那几个熟人的身影，却不明白他们是怎么天天都能够占到那么好的地方。他不止一次去看过老赖拉大鱼，还跟他聊过天，只是他并不晓得那个人就是大名鼎鼎的老赖。钓上大货的时候，老赖总是高兴得像傻子逮到了画眉鸟，边开心地大笑边嘴里不干不净地骂着，仿佛上钩的不是鱼而是他的敌人。在江边，在钓友们中间，老赖俨然是一个鱼王，还是一个大师傅，他的名声主要是来自每天的渔获。他给人最初的印象是口无遮拦，没有什么城府，并不像一些钓友那样对钓技遮遮掩掩，故作神秘。他很随意地就告诉宋寅时，说他钓草鱼的饵料就是江边树上的牛奶果，钓鲤鱼则是用超市里卖的新鲜的甜玉米，罗非鱼最爱吃的是蚯蚓，等等。于是，这个在卢长伟嘴里没多少好印象的家伙，竟然在宋寅时眼里渐渐地平和高大起来。他晓得老赖是从县里提前退休后，和老伴来南城和儿子住在一起的。起初是和老伴一起带孙子，后来孙子上小学了，他不想天天为了追电视剧而跟老伴吵嘴，干脆开始重拾旧好，咬牙买了两根渔竿，来到江边，加入垂钓的队伍。令宋寅时讶异的是，老赖每天钓到的鱼几乎都贱卖给了鱼贩，他只留一些小鱼回家。老赖说他喜爱钓鱼但没有钱买渔具鱼饵，不卖鱼就没法玩了。

宋寅时还晓得，老赖原先是一个水泥厂的工人，十七岁高中毕业就在那个年产十万吨的工厂干了，可以说是奉献了青春和热血。前些年工厂改制，价值几个亿的工厂被几千万贱卖给了外地的老板，已有近四十年工龄的老赖和一批老工人也被强制退休，每月只拿不到两千元的退休金，为此，老赖走向旷日持久的上访之路。他们从县里告到市里，又从市里告到省里，但是都没有一个部门一个人好生接待，最后还被人家盯上了，每次刚出门人没到车站就被截了回来。“那时候真是笨蛋啊！”老赖无奈地苦笑说，“乱告状不等于抓石头打天吗？我真是笨啊。你看，我现在天天钓鱼不是挺好玩的吗？”

这个老赖太超脱太有趣了。宋寅时从卢长伟嘴里还晓得，原本高团长的手下小李子并不把老赖放在眼里，多次冒犯老赖不说，还曾经想动用武力把老赖赶出那个地方。老赖晓得了并不生气，笑着对小李子说：“听说你每个月退休金有五六千，我只有两千，你说哪个怕哪个啊。高团长每月能领一万吧，我就更不怕他了。”卢长伟生怕宋寅时听不明白，还解释说：“你说老赖这句话够狠不？太狠了。他的意思是他命贱，不怕命贵的。晓得吗？”

当然，老赖他之所以这么厉害，敢教训小李子，除了能钓大鱼，除了对钓鱼的热爱，他身边还有老八和范光头两个影子。老八姓八，是个广东人，自小就随父亲来到南城做酒楼早茶生意。父亲去世后他经不住诱惑，和人家合伙开了一家专营山野风味的酒楼。生意一时倒是红红火火，不过因食客曝光了一张吃穿山甲的照片，他被判了三年徒刑。出来后酒楼没有了，还欠下了一屁股债，只好整天躲到江边钓鱼打发日子。范光头自称在少林寺待过两年，后来受不了戒律的管束，只得还俗流浪四方，因为爱好狗肉鱼生，后来沦为了老赖的左右。

在宋寅时的眼里，卢长伟和老赖其实都是有一副好心肠的人，能够认识他们，与他们为伍，也算是自己晚年的幸事。只是一个星期之前，他见不着老赖了，那个突入江心的三角地带忽然没有了老赖的影子。卢长伟的眼里掠过一丝诡谲，告诉他老赖倒下了，被老八和范光头送进了医院，是死是活就不晓得了。

“他早晚要死在那里的。”卢长伟说。

令宋寅时疑惑的是，老赖消失后的第二天，范光头也不见了人影，只有老八一个人孤零零地守在那里，在十多根渔竿边上跑来跑去。第三天，老八也不来了。卢长伟灵机一动，没等别人缓过神来就抢了个先手，把铧尖给占住了。宋寅时晚来一步，挤不到卢长伟旁边，只好在卢长伟的老位置下竿。那天，卢长伟破天荒钓到了两条十余斤大草鱼，当场卖给了鱼贩，见宋寅时没多少渔获，还给了他两条巴掌大的罗非鱼。

此后两三天，那个西江边的三角地带成了钓友们竞相争夺的旺位。宋寅时自然也加入了竞争的行列，然而每天早上他都比卢长伟和高团长他们晚到一步。

今天已经是第八天了，宋寅时再不能坐失良机，他一定要拿下那个尖尖的铧嘴，体验一下拉大鱼的快感。

只花了10余分钟，宋寅时就把4公里路和7个红绿灯抛到了身后，驾着架子车冲上了江边的小道。覆盖在江边的夜幕还没有被拉开，四周还是黑麻麻的。几乎可以肯定，他前面的路还没有什么人涉足，他是今晨第一个到达江边的人。想到过一会儿中鱼后渔竿摆动叮当作响的铃声，想起狂拉江中巨物的惬意快感，还有那些钓友那羡慕嫉妒的眼神，他觉得天底下没有什么比这个更美好的了。此时此刻，他像一个大年初一到寺庙拜佛抢到头香的香客一样，胸口兴奋得怦怦直跳。

他把架子车径直开到距离铧尖十多米的地方，把车子支好，用电筒扫了一下前方，铧尖上空荡荡的，什么也没有。黑魆魆的江面传来轻快的水流声，偶有鱼跃声炸起，片刻又恢复了宁静。

黑幕在不知不觉中退去，拂晓悄然到来。他把七根海竿从渔具包中取出，又一一拉开，挂上饵料，压上铅坠，然后一一插在早已扎到岸边软土里的竿架上，准备往江心抛投。

这时，身后的江边小道上跳跃着一道灯光，径直向铧尖靠近。晨光中，宋寅时依稀看见，那是一辆三轮电动摩托车，那开车的扛着一颗泛白的脑袋，定睛一看，正是范光头。

车子戛然停住，范光头跳下车，转身从后座接过一个红布包的盒子，接着老八也跟着跳了下来。

宋寅时瞪大眼睛看着范光头和老八缓缓走近自己，他一时无法猜测这两人将要对自己有什么举动，下意识地双脚悄然拉开，两手攥紧拳头，以防不测。然而，这两人并没有像往常那样，一上来就动手抢占钓位，而是神情凝重，默默地捧着盒子放轻脚步走过宋寅时的跟前，就像是没有看见他这个人似的。

那块罩在盒子上的红布在晨曦中泛着血色，沉静而晃眼。

穿着袈裟的范光头双手将盒子捧在胸前，走过宋寅时身边，穿过一排渔竿，一直走进江水里，直到江水没过双膝了才停下来。与此同时，来到宋寅时身边的老八打开渔具包，取出一把香和一包草纸，打着火机，把香燃了。

伫立在水中的范光头，嘴里念念有词，缓缓地将盒子打开，然后将里边的东西一把一把地撒到江中。这时，宋寅时才顿然醒悟，这和尚撒的是什么东西。

他赶忙从老八手中扯了一撮香，把香举过头顶，朝范光头的身后连鞠了三个躬，心里默默地说："老赖师傅，你……走好啊！老赖师傅，你到那边，好好钓……鱼啊！"

2019年7月15日于南宁凤岭

## 潘小楼

潘小楼，中国作家协会会员，鲁迅文学院第21届中青年作家高级研讨班学员。作品入选“持灯使者”当代中国最新优秀小说推荐榜，获广西文艺创作铜鼓奖，广西文艺花山奖新人奖，广西少数民族文学创作花山奖，豆瓣阅读征文大赛小说组优秀奖等。由其中篇小说改编并联合编剧的话剧《女孩们》在北京人民艺术剧院首演，入选第六届北京·南锣鼓巷戏剧展演，并在全国巡演至今。

# 喀斯特天空下

## *1*

“你的耳朵一点问题都没有。”面容姣好的女校医给他仔细检查后说。

他仍不死心：“像我这样的情况，有没有可能会出现幻听？”

“你是听到什么了吗？”

“也不是，只是感觉岁月不饶人，”他没有顺着她的话说下去，“上周我没有去参加老白的追悼会，就是我们教研室教现代文学的那个老白，从发病到去世，不到半年，他也是59岁，也是今年退休……”

她打断了他：“你和他不一样，那人我们医务室的人都知道，一天三四包烟，得肺癌不意外。”她灵巧的指尖摁压到他的太阳穴上：“你最近是不是心理压力太大了？”

西医总会把搞不清病理的病症往心理学上引，中医则是往玄学上引，詹嘉民现在愈加笃信这一点。

10多年前，母亲的左耳也是无端肿了起来，市航道局门口私人门诊的老中医就说是“阴阳失调，气化失司，蒸腾无力，水谷不化，水温泛滥，湿浊内生”。

而母亲对这自有一番解释：“这是你外公在我耳边说话呢，人鬼不能通话，谁要硬这么做了，保不准会伤到人的元气，病痛就这么来的。”

“既然这样，他为什么不给你托梦？”

“他怕我醒后忘了，所以只在我醒着的时候说……”

当时詹嘉民正在为女研究生张晓的事心神不宁，母亲后来的话，他没怎么往心里去。不到半年，母亲就去世了。

就在今天上午，同样的事情发生在他身上的时候，他忽然想起小时候听过一种不好的说法：人油尽灯枯，气息微弱，才会看到不该看到的，听到不该听到的。

不过疼痛的确让人长记性。他现在终于知道，母亲跟他提过的，“像用绣花针剜”的耳痛。伴随着这新鲜的痛感，他本以为泯灭在记忆深处的话，慢慢地浮现了起来。

今天该是他去接女儿。红灯的时候，右前方停了一辆公交车，像个沙丁鱼罐头。车上的人你挨着我，我挨着你，几个靠窗的，半张脸被挤压到了玻璃上。过了正午，东南风已变得湿热，他们身上都起了一层灰的黏膜。往时，这情形还能让他感觉到些许优越，但现在，他竟生起对沙丁鱼们的羡慕来，心想至少他们还在社会流水线上运转啊。这想法一完形，即刻让他对自己感到厌恶。他这一代人，总习惯性地把自己当成零件，一旦被卸下来，便无所适从。而要他承认自己在精神上无法自主，是不行的。

前妻张晓的电话打了进来。“詹老师，”她对他的称呼从十几年前延续到了现在，只不过阶段不同，内涵各异，“你今天不用过来了，孩子自己有安排。”他行使探视权的时候，她总没那么痛快。还没等他发作，她仿佛看穿了他心思似的，补了一句：“是女儿自己不愿见你，她嫌无聊。”

前面有辆跑车别车，他扔开了手机，等他再捡起来时，她已经换了个话题：“……那边什么都安排好了，我和她下个月过去。”“狼来了”的出国戏码，张晓闹过几场。几乎成真的那次，是她在外文社交网站上认识了个法国人，据她说是卢浮宫艺术总监。那人还带了儿子来南宁见她，不知怎的就没有下文了。所以这一次，他没放在心上。倒是父女两人的隔阂，在今天这个特殊的日子，让他心有触动。他改了主意，没有掉头，继续直行，回拨过去，张晓说，女儿和同学在会展中心参加活动。

詹嘉民立马就可以判定自己是整个展馆年纪最大的人。

南宁国际会展中心在举办动漫节COSPLAY超级盛典，各路神通熙来攘往，白娘子拉着机器猫玩自拍，精灵王子和白发魔女双剑合璧。他不耐烦地错开人群。

“大叔！”一个黑袍少年，眼角画得斜飞，龇着獠牙给他塞了一张宣传单。他接过来一看，是哥特动漫社的简介，他看到了女儿的头像，旁边印了个词：哥特洛丽塔。

而詹优优本尊，就在伸到人群中的“T”型台上，穿着黑白相间的宫廷蕾丝齐膝洋装，裙摆不短，但却是蓬开的，领口还开得老低，对于她这个年纪来说，她的胸部发育得未免过于丰满。

出于一个父亲的警觉，他一眼就看到了“T”型台另一边戴黑框眼镜的男子，二十五六岁，电脑前久惯牢成的宅男脸谱，身材肥厚，面色惨白，眼神迷离。那人半张着嘴，目光追着詹优优走了一路，又在台下折腾了一阵，终于，试探着朝台上伸出了一支带有摄像头的挑竿。这一幕是有高度传染性的，在詹嘉民看来，连同趴在“T”型台周边举起手机的人，都成了嫌犯。

他没想到年轻时的三步上篮在今天还能派上用场，他“噌”地跨上了“T”型台，抓起她的手腕就往台下跳。

人群中传来一阵尖叫。

然而，最夸张的还是詹优优：“教授，不要啊！教授，不要啦！”人群自动给他们让出了一条通道。刚打过照面的黑袍少年堵在道上，龇开了獠牙，不知怎的，也让开了。

看詹优优的样子，不情愿归不情愿，詹嘉民拉扯起来，却也不费劲。

快到车边时，她甩开了他的手，一个箭步冲到后座去趴着了。等他坐上车时，因为疼痛变得薄弱的耳膜差点没被她的笑声震破，这让他感到羞赧。他跟她解释了他刚才的担忧，但她并没有要停下来的意思，他也不再强求。父女两人自说自话由来已久，或许也没多久，从她十三四岁开始吧。

倒车的时候，她从后面一把抱住了他：“行啊，詹教授！我从小就幻想着，有那么一天，在大庭广众之下，被一个男人挟持，没有解释，他就这么紧紧地抓着我，所有人都不敢反抗，谢谢啊詹教授，我的十七岁就此圆满！”

她呼哧呼哧的气流让他很不舒服，他直起了脖子，朝另一个方向偏。仿佛赌气似的，他越是挣扎，她越是要把他往回拽。

“青春期！”一和女儿有沟通障碍，他就这么想，在某个特定的时期，这简直是一通百通的安慰剂。

待她消停下来，他说：“我耳朵疼得厉害。”

“去看医生啊。”

“医生也没办法。这是你奶奶在我耳边说话呢。人鬼不能通话，谁要硬这么做了，保不准会伤到人的元气，病痛就这么来的。她跟我说……”

从后视镜里他看到她没在听了，而是摸出了手机滑滑滑：“哇噻，同学们都在刷屏刚才我们在展馆的小视频，还有人说你是型男大叔！”

## *2*

“这回又是去哪儿吃饭啊，江南？江南有什么好吃的！”车子驶过白沙大桥，詹优优虾一样在后座弓起身来，又倒下去，“‘宁要江北一张床，不要江南一间房’。”

“你还知道这个？”

“我一个住江南的同学说的，她妈老在她耳边叨叨，她人生的终极目标就是从江南换到江北。”

开阔的江面一收，车道两边换上了灰黄的大板楼，隐约还能见到远处的工厂烟囱，詹嘉民说：“我年轻的时候，这话可是反过来说的，那时候的南宁市，江北都是菜地，江南都是工厂……”

“那是古时候吧！”她说完，又独自咯咯大笑起来。

对于女儿的钝感，詹嘉民一直很纠结。一方面，他觉得自己的孩子不该是这样，总该有一点点他的影子，他的敏感，他的矜持，甚至是他的自负，他的冷漠；而另一方面，他又暗暗庆幸，在她5岁的时候，他和张晓离了婚，或许正是因为这样的钝感，让她免受伤害。

车子驶入福建路巷道，他放慢了车速。路越走越窄，巷道尽头，收在一架老葡萄藤下的，是市航道局大门，挂着白底黑字的木牌。

“到这干吗来了？”詹优优从后座爬了起来，土拨鼠似的四处张望。

詹嘉民没搭腔，在大院内停好了车，对她说：“下来！”她顺从了。他不知道自己是否已经摸到了和这一代“网络原住民”的说话之道：不要祈使，不要能愿，不要主谓，只要指令，要么像刚才在展馆一样直接动手。

六层米石外墙办公楼后，是职工生活区，排排红砖外墙的筒子楼前，是各家各户废弃的沙发和长椅单凳，三三两两的老人错落着，老得如同一个年纪。

詹优优朝詹嘉民伸出了手心，可他仍旧抓了她的手腕，绕了过去。

他记得这巷道曾经是后勤处的花木培植园，荒了一段时间，现在被改成了菜地，碎红砖砌成的外围墙坍塌处，是反弓的邕江。

“这么说，我们是要去干什么见不得人的事吗？”河边的黏土把上一次的雨水储存得很久，詹优优跟在他后面轻盈地跳跃。

她有着和张晓一样修长的双腿，只不过还没完全褪掉婴儿肥。

詹嘉民能跟她说什么呢？

他曾在市航道局工作过一个月，其实也就是清了一个月的河淤，是母亲带他去人事处静坐三个月换来的。

继父去世后，本该是子承父业。但人事处的答复是，编制紧张，先缓一缓。他当时20岁出头，照母亲的话说，这么一缓下去，他的工作、对象都成问题，这辈子就废了。

母亲开始有计划、有步骤地推进一场持久战。她卖掉了从果镇带来的一对金戒指，把在单位周边开荒种收的大白菜腌了好几缸，母子两人的饭食也由一日三餐缩减为两餐。深挖洞，广积粮，筹备停当，她便每天拉了他去单位人事处静坐。

到了人事处还好说，处长对他们算客气，就是从家里到路上这一段，对他来说无异于示众。像一个开放的动物园，单位的人得以近距离参观他们，对与己无关的弱者的指摘，仿佛都获得了豁免权。

对面楼刚搬来一个扎长马尾的姑娘，她身上散发着柠檬的气息，他老远就能闻到。他知道这一切她每天都会看到，而两人关系将止步于此，他在同龄人中已经变成了一个笑话，没人愿意和一个笑话交往，这让他一度难过到窒息。

每次他都跟在母亲后面，弓着腰，挎着黄绿的帆布袋，袋子里是他从工人文化宫淘来的封皮残缺的各科课本，他的视线所及是她坚定的脚步，唯有这能让他安下心来。不管是多坏的境况，这个比他矮了一个头的小个子女人，都能像扁虱一样在时代夹缝中存活下来，这是他所不能及的。她静谧的爆发力，让他在获得安定之余感到陌生。

然而，这么大的阵仗，换来了什么呢，航道局里和继父一样无足轻重的位置？在恢复高考的第二年，他考上了大学，那3个月的壮举，更是无足轻重。不过也无所谓了，那个年代本来就有太多的徒劳无功。

詹嘉民印象中这栋大板楼似乎从来没有这般薄脆，每走一步，就会震下一层碎屑。一梯两户的单元，楼道只能容下两人。邻居刚刚装修了房子，换了铁门，粉刷了外墙，白生生地止于单元中线。

詹优优从头上取下一根“U”型夹，掰直了，在另一户的木门锁芯里捣，看詹嘉民不解，她直说：“绕那么远的路，我们不就是打家劫舍来的吗？我挑这一家，门上都是灰，看样子已经很久没人住了，要是少了东西，近期也不会有人发现呀！”

他由着女儿折腾，直到她摊摊手，耸耸肩，他才掏出了钥匙开门进去。

一年前他上锁的时候是下了窗帘的，屋里很暗，空气中静置着呛人的霉味，是经年屋子的体味。

“詹教授，你你你是不是要解释一下……”詹优优说着，深吸了一口气，自己岔开了话题，“德古拉伯爵古堡的调性，我喜欢！”

他推开主卧房的门。房间里的床被支了起来。一个老式五斗柜，透着大工业时代的审美取向：简单、方正、实用，取代床成了房间的中心。他拉开了窗帘，光束中颗粒悬浮，那只雕着白兰的白瓷坛子，就摆在五斗柜上。

“这是你奶奶。”

“奶奶?”詹优优睁圆了眼睛，凑近坛子，“没有照片，没有家庭纪念日，我一直觉得她是传说中的人物。”

“在你出生前，她就去世了。你妈妈她一直反对我把你带过来。”每年他会过来待一会儿，只是到了他这里，烧香叩拜的礼数全免去了。

“骨灰坛放在家里，”詹优优眉头紧蹙，“詹教授，你这么哥特，你邻居知道吗?”

这么想或许不对，但在他看来，尤其是现在的光线下，装扮上了的她真的像一具眼神空洞，没有灵魂的玩偶娃娃。然而，有些话他已无人可说。

“你奶奶走之前说，不愿意葬在南宁市，至于葬在哪儿，她还没想好，我也没想好。”

“为什么不把她送到大本营去?”看他没反应，她又说，“青龙岗墓园呀！有一次，我们动漫社的人玩真心话大冒险，我玩砸了，被罚去那儿转了一圈，当然啦，其他人在出口等我。”

他没有跟她说的是，他去青龙岗察看过继父的墓地，继父的原配最先葬在那儿，继父入葬后，入口让母亲用水泥封上了，按两人合葬规格立的碑，她没有给自己留出位置。

“不过，今天我听到她跟我说，她想好了。”

詹嘉民想起上午下课铃响了，学生退散了，他放下手头的事。他第一次觉得民族大学文学院二楼梯形教室这么清静，这是他退休前的最后一课。南国5月的阳光从半壁大窗外斜照进来，白色窗帘飘飞，是看得到的清润。所有的一切，轻盈又易碎，他心里涌起迷雾一样的伤感。就在这时，他听到有个声音，像是从胳肢窝传出来的，“我要回去”，那是母亲的声音。十多年前她跟他说过，外公在她耳边也这么说。

“南宁离你出生的地方有多远?”

他没想到女儿会这么问。他10岁随母亲来到南宁市，就没回过果镇，印象中似乎是坐了一整夜的船。

“哎呀，我都帮你搜出来了，两个小时的车程!”詹优优不耐烦地扬了扬手机，“我们这就送她回去！和詹教授约会了12年，这是最不无聊的一次啦!”

## 3

副驾上的詹优优举起手机，使劲往后座偏，“咔嚓”一声：“在我认识的人里，还没有过死去的人呢。”

詹嘉民在她的手机屏幕上看到了她的脸和后座的白瓷坛子，他想跟她说逝者为大，但想了想，只说了句：“在我认识的人里，很多人都不在了。”

“那些不在的人里，你常会想起谁呢?”他这才注意到她戴着蕾丝美瞳，说这话的时候，她眼睛闪得晶亮。他想，只有对遥不可及的事物，人才会产生这样不同寻常的热望吧，有了足够的距离，人人都是叶公。

从他记事起，便没少见死人的场面，但真正让他过敏的，是市航道局对面楼扎长马尾的姑娘。

他大二那年暑假的一个夜晚，工会主席老婆揪着她的长发，从三楼拖到一楼，又从居民楼拖到篮球场。篮球场历来有集会广场的功能，对这个地点的选择，工会主席老婆用意昭然。人们听到动静后蜂拥而至，他们的生活已沉寂太久。作为事件关键人物的工会主席始终没有露面，最后还是工会的一个老大姐适时收了尾。

第二天早上，他早读回来，她迎面走来，她的气息还是像清晨一样清新。她把长发绞了，绞得乱七八糟。对满脸的瘀伤，她没有掩饰。他们从来没有说过话，这次也没有。擦肩而过的时候，她看了他一眼，她强忍着没有落下眼泪。他的脸红得发烫，他知道她昨晚在操场的人群里见到了他。

五天后，她在母子湾被人发现。母子湾原来叫母猪湾，位于南宁市的边界。邕江流到这里打了个回旋，常常浮起上游淹死的猪牛羊狗，饥荒年月，还有不嫌污秽的人去捞。偶尔也浮起淹死的人，大家都说，上游的尸首顺着江流来到这里，即将离开边界了，总会忍不住停下来，回头看最后一眼，所以也叫母子湾。上游的人无端失踪了，亲属会来这里守上几天，久而久之，这里便成了邕江的一个捞尸点。

他闻讯赶去。洪水刚退，河岸沙地上是一层稀松的泥浆，连同各种搁浅的秽物，在骄阳下挥发出温热的浊湿。远远看到滩涂上围着一大圈人的时候，他就闻到了一股不好的气味。他知道气味的源头在哪儿，但他管不住自己的脚步。带着自戕的冲动，他拨开了人群。在看到她搁浅的那一刻，他再也回想不起来她在对面楼梳马尾的样子，她在他印象中变成了物理存在。他大口大口呼吸着她残留在世界上的最后气息，直到鼻腔麻木，而他整个人也跟着腐败和分解。

他当时没有想到的是，多年后，他接触过无数女人，但再也没有办法闻到她们身上的任何气息。在他的嗅觉王国里，这一扇小小的闸门砰的一声关上了，滴水不漏；看似无碍，但几乎毁掉了他对情欲的嗅觉。当你没有办法在一个女人身上嗅到任何气味的时候，她在你眼里是什么样的呢？这么想或许不对，但他在夜深人静的时候醒来，看着躺在身边的又一个女人，他真觉得就是一具人形硅胶。

可在她被冲上母子湾的那一天，他又有什么办法呢，她是第一个让他难过到窒息的人，如果再来一次，他还是会头也不回地走向那片滩涂。

他大病了一场，不知道母亲是否察觉。她什么都没有问，他也就什么都没有说。此后的告别式和纪念会，他一概不参加。周遭人知道了他这个习惯，这类的活动不再叫他。

母亲住院的最后几个月里，张晓因为结婚的事和他闹得不可开交。系主任还专门找他谈了话。每天往返于教师宿舍和医院，在他看来就是在悬崖漫步。

关于结婚的事，母亲没有逼他，在这一点上，他还算自在。一天，母亲喝着他从住院部食堂买来的鲫鱼汤，忽然停住，放下了碗说："你找个人好好过；要是实在没办法，一个人也要好好的。"她说这话的时候，脸上仿佛是有光的。直到生命的最后一刻，她仍维持着她那个年代的人少有的从容，从自主里衍生出来的从容，这是他学不来的。在生命的洪流中，她知道哪儿有激流，哪儿有险滩，她知道水流的方向，她能够自己把控航向，跟随溪流汇聚到河，最终奔流入海。

真正困扰他的是，和母亲最后的告别。他一个人应付不来，他还没有做好心理准备。这种心理准备本该随着年纪的增长，在同类经历中圆熟，但那天从母子湾回来后，自我纵容让他一次次错失良机。

母亲生前最后一个月是由一个叫静姨的人护理的。在他尚未磨灭的果镇记忆里，家族中要是有了白事，一定会有几个得力的婶婆在主持。平日里，她们被埋没在庸庸碌碌的家务里，洗衣、做饭、带孩子，被尚在人世的婆婆折磨，或去折磨新晋的儿媳妇。只有在特殊的日子，她们非凡的操控力才有机会施展出来，大到白案的组织，小到对遗体的处置。静姨把他挡在各种琐事之外，她用这样的方式间接向他表明，她拥有这种担当。即便到了最后一天，她仍坚持独自给他母亲的遗体沐浴更衣，直到收拾停当，才让他进去。最后一面并未引起他的任何不适，母亲的遗容宛如真在。这个槛对他来说，就这么过去了。

他一度误认为静姨是家里的远房亲戚，但她是凭空冒出来的，料理完母亲的后事，她又凭空消失了。在他料理母亲遗物的时候，发现母亲存折上的钱少了一半，他才明白静姨是她请来的。那年暑假他在滩涂上的遭遇，母亲原来是察觉的。她只是尽己所能，来延长他在世间的安乐。她甚至早早把身后事安排妥当，用这样的方式，完成了对他的最后一次纵容。

而他长久以来逃避的副作用是，他从不觉得死亡有一天会朝他迎面走来，完成和他的拥抱。当他意识到这终将发生，他最担心的莫过于，自己会没有任何缓冲地为这几十年的逃避付出成倍的代价。

好在詹优优没有继续纠缠，在过久的冷场中，她昏睡了过去。她眼睑上涂着全黑眼影，仿佛仍饶有兴味地睁着一双黑漆漆的眼睛。

后视镜中，江水逆流而上，江面慢慢收窄，河堤也由黄土变成了石灰岩，这意味着进入了喀斯特的地界。

## *4*

詹嘉民加好了油，把詹优优摇醒："你要不要吃点东西？"

她朝另一边歪了过去："不吃。"

"那你在车上等着。"他转身下了车。

没想到她跟上来了："我还是下车活动一下吧。"

自进门后，詹优优那身戏剧化的装束就吸引了加油站便利餐厅所有人的目光。她身上所有的细节都是能够满足"被看"的，黑蕾丝宫廷齐膝洋装，白色蔷薇花缎带发箍，黑宝石颈饰，茶晶串珠连指手链，连同她黑漆漆的妆容，都是成套的。

又仿佛赌气似的，詹嘉民越局促，她就越不在乎："还真是没什么好吃的，哎，阿姨，再给我们这边上一根老玉米，两条火腿肠，三串卤煮豆腐皮……"

他看到她的黑唇膏粘到咬了一半的小笼汤包上，给她递了餐巾纸："你扮的是谁？"

她嘴唇慢慢显出了原色："这你就不知道了，COSPLAY（动漫真人秀）分两种，一种有原型，另一种是DIY（自己动手制作）。

我呢，既不崇拜谁，也不想变成谁，我是后一种。”

他听到几声轻浮的口哨，循声看去，有三个小年轻进了餐厅，挑了离他们最近的位子坐下，发片留得老长，牛仔裤卡得老紧，一直盯着她看。

“我是后一种——”他们捏腔拿调学起舌来。

个子最高的那个还低声叫唤：“大波妹大波妹，大波妹！”

他看她吃得差不多了，强忍怒气站了起来：“走吧！”

“我去下洗手间，唇膏没了，留着眼影怪怪的。”

等她的时候，他去超市买了两箱吃的往车上搬，这是高速公路上的最后一个加油站了。一看詹优优还没回来，他想起刚才那几个小年轻，赶忙往洗手间方向找。

就算吞食大麻，詹嘉民也没法想象出眼前这一幕。

詹优优抱着手，挨个看过围住她的三个小年轻。忽然，她从胸口里掏出了乳贴，往最高个脸上砸了过去，并以迅雷不及掩耳之势在他胯下一掏，旋即竖起了中指。最高个发现詹嘉民时，几乎是用上了求助的眼神。他迈不开脚步，和三个小年轻一样蒙了。让他们惊吓的不是她眼下的举动，而是她的突变。

她倒大大方方扣上了他的手心：“啊，被你发现了，詹教授，我可是练过的哟！”这回，轮到她把他往车里拖了。

“你看我的眼神像在看一个怪物，”重新上路的时候，她对他说，“也不赖，总比以前把我当白痴的好！”

她把眼影和脂粉洗干净了，蕾丝美瞳也拿掉了，显出原本干净秀气的五官。所有父母看自己孩子时，都会似曾相识。但现在他看着她，却有一种陌生感。

“你还真把我当白痴啊，詹教授！”

他慌乱地收回目光。

“你要是嫌弃人家呢，就大大方方地嫌弃，你知道不知道你拼了命要掩饰嫌弃的样子有多讨人厌！我要是母上，我也不和你在一起！”

詹优优的情绪化不是第一次了。他不会跟她掰扯，那样只会更糟。最好的办法，就是把她的话吞下去，冷处理。虽然知道是气话，他还是会感觉堵心，名为“青春期”的安慰剂不顶事的时候，他偶尔也会借用针对张晓的那一套：“女人嘛”。

“詹教授，为什么你刚才看我的眼神和看母上一模一样？”她偶尔会表现出些洞察他的本事，兴许就是从张晓那里遗传的。

车驶下高速，转了个弯，便进入了果镇地界。天际线上群峰起伏，近的黛青，远的淡蓝。他们走的是右江河谷冲积平原，不算陡。

詹嘉民摇下了车窗，一股饱含着雨后土石清气的空气活泼泼灌了进来，让他越发畅快。经过镇前小山时，他忍不住停了下来。

风没有变，山没有变，树没有变，连同他们的气息，这里的一切都没有变，詹嘉民诧异于自己曾离开那么多年，而其中间隔的时光，却透明得如同阳光下蜻蜓的翅膀。

“詹教授，詹教授，”詹优优举着手机一颠一颠地爬了上来，“你猜我和奶奶的合影在朋友圈里有多少个赞？”

自刚才他不搭理她起，她就开始酝酿各种讨好他的办法。

大概是怕冷场，她迫不及待地喊了起来：“64个！”

这样的话，詹嘉民不知道该怎么接。父女两人今天说的话，比之前五年说的加起来还要多，他只觉得脑仁疼，越往她的世界里走，就越是嶙峋古怪。

不过，这孩子好就好在同时拥有忘性大和自得其乐两大优点：“哎呀，这山这么小，这树这么矮，这上面什么也没有呀！”

“一拨开，就什么都看到了，这是覆盆子，这是金樱子，那是桃金娘。”他说着，取了张硕大的覆盆子叶，折成甜筒状，递给她去盛那些红珊瑚珠一样的小球。

她啜着指尖上的茄红色汁水：“味道像蓝莓，不过要好吃一些。”

“现在当季的是覆盆子；桃金娘的果期晚一些，仔细找找，还是有的。”

“你教植物要比古代文学好一点点。”

“我也就认识这些，你奶奶以前常用来泡酒。”

她已然沉浸在采集的欢快里，他找了一块光滑的母石，坐了下来。在前面河湾处蜷曲着的，就是果镇。太阳已经开始西斜，但他不想动。如果可以的话，他希望时间就在这一刻静止下去。

他小时候在果镇的家开过酒坊，但不是酿酒坊，是果酒坊。直到现在，他还记得后院屋檐下静置着的一口口陶缸，和空气中一团团雾一样的甜糟气。但他的儿时记忆多半不在那间黑洞洞的土石屋里。

那时候的他六七岁吧。在吹着和风的日子里，母亲会把他带到这山上来，告诉他，这是覆盆子，这是金樱子，那是桃金娘。那时候的她还那么年轻，系着蓝靛裙兜，丰盈又健壮。她步履矫健，身手灵敏，她的神色里透露着一股野心，仿佛这山上结着的果实都是她的，她要把它们通通揣到怀里去。

尽管短暂，但这是母亲最好的时光。往前去，她怀上他不久，父亲就去世了，他是个遗腹子。印象中爷爷奶奶从未给她好脸色，连带认为他这个孙子也是不祥的。往后去，一场席卷全国的大饥荒开始了，家家户户每天最重要的事，就是像盘点细软一样掰数自家剩下的粮食。

“你看，我找到了好些桃金娘！”詹优优兴冲冲跑了过来，叶子筒里的覆盆子已经被她吃光了，换成了半熟的紫红色桃金娘，“中评，味道太朴实。”

“等熟透了，变成黑红色，会更好吃。只是这东西不能多吃。”

“要不然呢？”

“去厕所的时候你就知道了。”

“暗黑系水果，我喜欢！”她小心翼翼地包了起来，“我要拿回去送朋友。”

他想起展馆的黑袍少年，就左右比画了一下：“是不是他？”

“你也不笨啊！”

他想到展馆里黑袍少年莫名让道，说不定就是她用眼色指使的，对她在加油站以一敌三的举动，他忽然释怀。做父母的，自己孩子欺负别人，总比被别人孩子欺负的好，在这一点上，他和所有父母一样市侩。

"那么，我们走吧!"

"再坐一会儿，风挺好。"

"等办完了事，回去还要两个小时呢!"

"我说了，再坐一会儿。"

"等等，詹教授，你该不会是反悔了吧!"

## 5

詹嘉民想起踩着稀松的泥浆走向母子湾的那个下午，各种搁浅物在阳光下挥发出来的浊湿。果镇就有这样的风味，外界的潮水一浪浪徘徊，漂浮物一层层在这里搁浅，新的，旧的，它的原生气味反倒辨识不清了。不知道从什么时候起，所有的中国小镇都长得一模一样，包括它们生长中的样子。车子在新铺好的水泥路面上穿行，这边的红砖外墙上挂着中国移动的巨幅广告牌，那边原果镇供销社外墙上还留着"扫除一切害人虫，全无敌"的斑驳红字。

詹优优一路不歇气地问："堂伯伯他们多久没见你了？他们会很开心吧？有拥抱的戏码吗？要我帮你录下来吗……"

车驶入多宝街尾时，他握着方向盘，手心却空空的。最末的那一间，是新起的一栋三层红砖楼。一大圈人围在门前，从人群里挣脱出两个孩子，兴高采烈地咬着糯米饭团跑过。

"他们在布施吗?"

"是在派送蛋饭，家里有孩子满月。"

"免费的吗?"

“也不是，象征性地给一点，一角两角都行。”

“我也要领一份！”

车子在人群外停了下来。

“哈，该不会，就是这一家吧！”

大概是堂嫂，领着个儿媳模样的女人在派蛋饭。詹嘉民没见过她，母亲领着他离开果镇的时候，她还没过门，堂哥那时候也还是个十五六岁的瘦高少年，现在的他身板厚实，正笑容可掬地抱着满月的孙子，在堂屋跟几个年长的来客说笑逗趣。堂屋有个小门连着后院，一拨婶婆妯娌在里面办桌菜。

堂哥认出詹嘉民时欲言又止，他把孙子让给了其他人。

“我们去西街。”堂哥低声说。

詹嘉民庆幸詹优优没有注意到刚才那一幕，她掬着一大捧糯米饭跑了过来：“五角钱这么大份！她们还给我加了扣肉、鸡蛋和红糖！”

果镇只有一条正街，周边像鱼骨一样依次横着西街、布海街和多宝街。西街离多宝街最远，在正街的另一头。堂哥把他带到了一个小酒馆，要了酒菜。詹优优在路上吃完了一大捧蛋饭，执意不上桌，和老板两个孩子在店门口玩，詹嘉民想想也好，就她这样口没遮拦，指不定会闹出什么事。

“你刚才看到的房子，去年刚盖好，花了10多万。

“你妈几十年前带你走的时候就说了，我堂叔的房子归我们，当然也包括地皮，其实也就是把我过继过去的意思，你们母子和我们杨家再没关系，虽说当时没有画押签字，但这话放老一辈那里还是认的……

“这件事，我没有跟我老婆、儿子和儿媳妇说过……

“堂爷爷堂奶奶，还有我堂叔堂婶，他们的坟每年都是我们祭扫的。”

堂哥的眼尾微微往下吊，脸色冷冰冰的，话也是残酷的。

他说的“堂婶”，是杨家之前的另一个童养媳，和父亲年纪相当，七岁买过来的，当粗使丫鬟使了几年，十二三岁就没了。因为是横死的，不能葬入杨家祖坟。每年扫墓，母亲总会领着他，带上祭品到杨家坟对面的小山坡。那里蜷着一个小小的包。日久经年，坟堆渐渐坍塌下去，倒是旁边的番石榴树繁盛起来。盛夏的时候，他还去摘过红心的果子，他清楚地记得碑上刻的是“阮氏”。阮氏虽说已经进了杨家，终究没有圆房，算不上真正的杨家人，因此还用本姓。依照詹嘉民原本的打算，是让母亲和父亲合葬；如果杨家族人不同意，就退而求其次，将母亲葬到阮氏旁，不至于又立一座孤坟。堂哥这番话，让他把最后的念头也断了。

詹嘉民没有提起母亲的事，他从钱包里取了些钱递过去，作为这场单边谈话的收结：“孩子满月，这是我的一点心意。”

堂哥把钱挡了回来。

还是詹优优适时跑了过来：“爸，我们快走吧，再不走我身上没东西送了呀！”他才注意到她脖子和手腕都干净了，而老板的两个孩子在拿着她的颈饰和手链玩。

父女两人走回多宝街街尾的时候，堂哥房前已经停了好几辆车，敞亮的堂屋也摆开了四大桌。主人还没有回来，人们也就没有正式落座。“一起吃饭呀！”不相干的人招呼他们。詹嘉民笑着摆了摆手，和詹优优上了车，堂哥远远地跟在后面，没有挽留。

詹嘉民没有驶回高速路，他把车停在河边。

“怎么说我们也带奶奶回来兜了一圈，她应该高兴吧！”夕阳下，詹优优光脚走在右江河畔的鹅卵石滩上，她捡起石子，一颗颗收到裙摆里。

他忽然升腾起一股对她的怨念。他现在才真的是后悔了。果镇就在身后，在他来之前，儿时最好的记忆还都原封不动地存在那里，并在虚妄的念想中甘醇。靠这层薄薄的纸，他好好过了几十年。而现在，在她的撺掇下，这层纸捅破了，所有的回忆都化作了尘埃。

还有一股埋藏得更深的，连他自己都不愿承认的怨念，是针对母亲的。追究起来，是她让他和自己的出生地脱离干系的，尽管在当时，这是活下去的唯一办法。

那段日子，果镇每天都会有人搬出箩筐，一只放孩子，另一只放铺盖，他们要到山里，到陇上去投奔亲戚。饥饿的焦虑压迫着人们的神经，让他们产生幻觉，觉得山的那一边，河的那一边，总能找得到吃的。他们被这种幻象刺激，迫不及待要采取行动。他们没有想过，山那边的人，河那边的人，也是这么想着，在往这一边赶。

奶奶，还有爷爷，在大饥荒前就去世了，倒也没受太多的苦。家里就剩他们母子两人。粮食很早就没有了，唯一能填饱肚子的，是红薯，用白米换的，一斤白米换四斤红薯。他记不清吃了多久的红薯，在后来的50年，他一看到红薯就想吐。可即便是红薯，也所剩不多了。在一天晚上，母亲终于搬出了一对箩筐。

“我们回尧村去！”她坚定得像宣传画上的铁娘子，“山上地里，蕨菜根、棕竹芯、芭蕉花，总能找得到吃的。”

尧村是母亲出生的地方，可他知道外公不在了，外婆找不到了，小姨找不到了，还能投奔谁呢？

就在这时，他们听到有人在叩门：“来两斤果酒。”

这对母子的震撼，不亚于在无人岛上听到了敲门声。母亲还没有把果酒坊招牌取下来，粮食一再吃紧，酿酒坊做不下去了，下游的果酒坊当然也就关门了，整个镇子的人都知道。可敲门那人不是果镇人，是南宁市航道局工作队的。他们从邕江的南宁段开始清淤，一路逆流而上，到了右江的果镇。

“我没钱，粮票和工分票行吗？”他握着那些比钱还金贵的票据，站在走投无路的母子面前。

这人后来成了他的继父。

对母子两人来说，又一个坎过去了。母亲没有想到的是，当初她让两人活下去的决定，会在50年后成为一个难题横在他面前。

詹优优“哗”地把怀里的石子倒了出来，捡起一颗，像铅球运动员一样抡起了胳膊，朝水面扔了出去，石子也如铅球一般，闷声咕噜扎进了水里。

詹嘉民在手机上刷到了她刚上传的图片，是她去往西街路上吃蛋饭的自拍，配文：“爷爷家的蛋饭哇咔咔！”他问她：“你妈妈看到你今天的朋友圈，有没有说什么？”

“当然没有，她被我屏蔽啦!”

“可你没屏蔽我啊。”

“因为詹教授不会干涉内政呀!”

他站了起来，加入了她：“扔水漂得这样，挑扁平的石头，侧下身，朝水面打出去，但不能平打，要估算着划一条弧线，像我这样。”

“哇，三跳!”她拍起手来的样子还像个孩子。

“好了，”他收了手，“车上有两箱吃的没能送出去，你随便拣点吃，吃好了，我们也就回去了。”

“可奶奶还在车上呢!”

“那你说怎么办?”

她的玩性刚刚上来，等她扔出了个五连跳的水漂，才停了手：“你不是说，等等……哎呀，麻烦死了，奶奶的爸爸，我叫他什么来着?”

“太爷爷。”

“就太爷爷吧！你不是说，十几年前太爷爷跟奶奶说，他要回来吗，后来她把他放哪儿了?”

## *6*

直到现在，詹嘉民还是弄不清二帝庙里供奉的是哪两帝，这座位于800里石山区和右江河谷冲积平原交界的庙宇，在喀斯特地界曾盛极一时。他开始记事的时候，这里已被改成了果镇卫生院。小时候发烧，母亲曾背着他往那里跑过一次。迷糊中，他记得是个二进的院子，依然有着庙宇的阴森，他这印象源于二进天井廊檐下一个垂死的人。那人在找生产队一头黄牛时，掉进溶洞撞破了头，被族人用竹椅从山上抬下来。不久，镇卫生院迁出。再后来，镇里出了一笔小小的钱雇几个山民拆了庙。

母亲出现幻听后，消失了一个星期，等她风尘仆仆回来，说是已经把外公葬在了这里。地方并不难找，在二帝庙原址后竹林的石洞。

二帝庙被推倒后，从原地长出一株大叶榕来，几十年来没人管它，慢慢地树冠也就长得如原庙大小。有人就地用碎砖在树下砌了个小小的神社，初一十五祭拜不断。就在刚才，詹嘉民还听到了人声，只是隔着杂木，看不真切。按母亲的说法，把外公葬在这里，挨着神社，他也常会有热饭热菜飨。

石山区的人在外头死了，按理不能葬回去。那年他五岁，不记得他做错了什么，爷爷不让母子两人上桌，他们已经在厨房吃了一个月的剩饭。但母亲是快活的，她把菜里的肉粒一颗颗挑出来，拨到他碗里。忽然外面有人喊道："詹家大姑娘在吗？"坐镇堂屋的爷爷一阵干咳喝断："这是杨记果酒坊，哪有什么詹家大姑娘，要有也是杨家儿媳妇！"母亲脸上微微抽搐了一下，慌忙起身迎了出去。外公被人抓壮丁，死在外头，这个版本或许还有诸多细节，但历经九年，外加无数人之口辗转到母亲这里，只剩下光秃的一句："你爹在福建没了。"

太阳下山后，天光还没暗下去，竹荫里已有些森凉。詹优优凑近碑文看了半天，说："詹炳腾……詹教授，原来你跟的是奶奶的姓，怪不得爷爷家的人都不搭理你。"

詹嘉民现在的姓氏，是母亲改嫁后给他改过来的。他只知道母亲和果镇杨家的人断了关系，但没想到断得这般彻底。照堂哥的话看来，母亲十几年前回来，也不曾去惊扰他们，不知道她是信守承诺，还是觉得杨家没有她的位置。

“你妈的命苦呵，”他小的时候，邻街婶婆看四下无人，常会跟他叹道，“你爸在，还是不在，她都是苦的。”她用了他们那辈人形容苦楚的最高级别，“跟烟叶一样苦。”

他曾在一张照片里见过父亲，那照片在母亲去世之后遗失了。20世纪30年代，拍照应该是一个家庭甚至一个家族的重大事件，所有人都换上了最好的衣服，他们衣褶里的高光是丝绸特有的质地。父亲坐在爷爷奶奶跟前，穿着深色马褂，浅色长衫，长衫的宽大下摆将他蜷曲的双腿掩藏得很好。父亲当时20岁，但看上去比实际年龄要小，面色苍白，眼窝深陷，颧骨高耸。这张长期被病痛折磨的脸，连同他看人的眼神，都带了一股病榻上的哀怜气。那一年，爷爷奶奶决定再给他找个老婆，9岁的母亲就是这样进的杨家，虽说是童养媳，仍当了粗使丫鬟使，打骂起来毫不怜惜。

詹嘉民想起那个婶婆的话，总觉得她说的是另一个人。在他印象里，不曾有这段经历给母亲带来的负面影响。真要说有，那就是激发了她超乎常人的求生本能。

詹优优似乎想起了什么重要的事，她从车里抱出白瓷坛子，塞到他怀里，把他拉到碑前，高高举起了手机。

他不耐烦起来：“又拍什么！”

“我和奶奶的合影在朋友圈集了70个赞，这张一定会超过

100个！”

今天她干的好些事，放到以前都是忌讳深重的，可他什么都没有说，毕竟就连他自己，很多礼数也不周全了。

“那么，我们就把奶奶留在这咯！”詹优优蹦跳起来，“太有成就感了，半天搞定詹教授耽搁了十几年的大事！”

“奶奶不会留在这里。”

“难道你有更好的地方？”

“没有。”

“那有什么好犹豫的！”她像只猫似的，到他身边作势蹭了蹭，“女儿留在父亲身边，多温馨的事！”

“你太爷爷是在外横死的，只能自己一个人。”

“这么个死法已经够不幸的了，死后还要被歧视？”

“女儿出嫁后，也不能和娘家人葬一块。”

“有没有铁锹什么的……”她在车后备厢翻得噼里啪啦响，听到这话，转过头来，“那我们就来开这个头，怎么样？”

正说着，大叶榕神社那边的杂木一阵窸窣，一个面色黑红的中年人走了过来。

“老远就看到你们的车了，还以为你们是旁边村子的，”他的普通话带着本地的口音，径直走到冢前上了香烛，“很少有人知道这里下过葬啊，你们是谁？”

## 7

“堂爷爷那骨坛里不要说骨头了，连衣冠都没有，当年大姑母和我爸不过是取了桃木，断成几截，充当金骨罢了。”

眼前这个中年人叫嘉兴，是詹嘉民的表弟。母亲十几年前回来给外公下葬，找的就是他们家。

他问詹嘉民：“她是……你孙女？”

“我是他小女朋友！”詹优优顺势拽紧了詹嘉民胳膊。

詹嘉民掰开了她：“我女儿。我婚结得晚，孩子也生得晚。”

嘉兴把白瓷坛子请过来，上了一支香：“你们没什么准备，就这么来了？这可不是半天一天就能完的事，上次大姑母花了整整一周！”

詹嘉民知道嘉兴有责备的意思，但他顾不了许多了，谁知道自己百年之后，詹优优对这些事又是何等潦草。他没有和嘉兴提果镇的事，只问按惯例该怎么办。

“我听说城里人买墓地，每20年得续一次钱，要不就被清掉，这么说来，还是葬乡下安稳！不过大姑母这种事确实难办，实在不行，回尧村去，在詹家坟附近给她找块向阳的坡地。”

嘉兴邀父女两人过去和他们一起吃晚饭。这次他们来了3辆摩托车6个人，有男有女，年纪都不小。

大叶榕下神社的兴盛，和一处水口有关。二帝庙不管是香火最盛的时候，还是被改成镇医院，周边都是约定俗成的禁伐区，茅草疯长。偶尔有孩子把牛赶到这里吃草，自己就跑到水口钓鱼。到大叶榕拜过的，总不会落空。这事传开后，来祈福的人渐渐多了起来。

“……二帝庙那墙牢啊，灰浆说是用糯米、黄豆、石膏磨成的，推主墙的时候，我爸差点被压死。我爸走之前的那年，忽然要我们替他来这里祭拜。他走了之后，我奶奶每年也还要我们过来。”

他们带来了活鸡，拾柴提水，宰杀烹煮。

“像野炊！”詹优优不顾嘉兴的阻拦，捋起蕾丝边泡泡袖插手，她的手机响了起来，詹嘉民避之不及，被她在衣服上揩干了手。“妈，我和爸在一起！吵吗？哦，那是因为我们在大街上！哪来的炮声啊，你听错了吧！你要和他说话，好——”

她把手机递给了他，做了个嘘声的手势。

他接过了手机直说：“我们在果镇，我们送我妈回来。”

詹优优听了这话，像一个演技浮夸的哑剧演员在原地直跺脚。

他觉得没什么好隐瞒的，大不了在电话的这头经受张晓的又一次抱怨罢了。同样的一件事，她的反应会比别人大好几倍。在两人最初交往的日子里，这性情透着几分可爱天真，倒也能增加些男女情趣，然而还没挨到结婚，他已难消受，最终变成两人分手的罪状之一。好比辛辣小菜，初尝新鲜，偶食开胃，但时间一长，还是清粥小菜和他的肠胃更匹配。

但这回张晓只是听，末了说：“也好。”

这反差让他想起两人分手的情形。成为张晓的初恋，抑或说，成为第一个让她歇斯底里的男人，他不知道自己是幸运，还是不幸。爱情和所有事物一样，凡是以非常形式开始，必定也是以非常形式终结。一开始两人跨越18岁的年龄差异走到一起，在民大轰动一时；后来因为他提出分手，各种传闻甚嚣尘上。接受这个现实，张晓花了整整6年的时间。他估摸差不多的时候，又一次跟她重提分手的事，她终于以他期待已久的平静，说了这句："也好。"

炊事帮不上忙，詹嘉民在边上干坐了好一阵，他忽然想去水口看看。詹优优撇下手上的事，蹦跳着跟了上来。

暮色下来了，陇上升起了一层薄纱样的水汽。现在是雨季，水口足有30平方米。喀斯特高地蓄积的雨水经由石灰岩间隙，在暗黑的地下河道流窜，其中一股，在石山区和河谷冲积平原交界处冒出，再汇入右江。

"比我想的要小，玩不了水漂。"詹优优说着，在他身边坐了下来，掏出了手机。

詹嘉民感觉自己冷落她已有好一阵，便同她说："在太爷爷那里拍的照片上传了吗，几个赞？"

"没传，那张我的脸照得太大。"

他想起刚才她的样子，说："你对你妈妈倒是客气。"

"啊啊啊，没电啦！"她收起手机，叹了口气，转过头来看他好长一会儿，说："客气对情绪化的人管用，对你不管用！"

他没接下去，只是笑。

"有时候你有种拒人于千里之外的神气，叫人生气，我偏要跟你反着来，我就喜欢看你不自在的样子。"

"我知道。"

"你刚才的话是认真的吗，詹教授？"

"哪句？"

"'女儿出嫁后，不能和娘家人葬一块'。"

"规矩是那么个规矩。"

“为什么女人一出嫁，就要众叛亲离呢?”

“总会变通的吧，说不好。”

“那出国该怎么算，还照这规矩来吗?”

“你妈妈这回又要跟谁结婚，罗浮宫艺术总监?”

“多少年前的事啦，詹教授好记性！其实你早就想问了吧，不好意思开口？揭底的事，由我来干!”

詹嘉民真后悔开了这个头。

“……那几年母上带着我和不同的外国男人约会，有盲流，有好人，因为我从中作梗，都没成。我是那种卖母求荣的人吗?是有那么个法国人，不过跟罗浮宫没关系，是个保安队队长——他自己说的。他要是穿上制服，非是加加加加加大号不可。那人的孩子都带过来了，用母上的话来说，是‘最有诚意的一个’。幸好我上过法语兴趣班，趁着他去洗手间，在他孩子身上套出话来了。那孩子说，爸爸常常‘旅行恋爱’，这事就这么黄了。你看吧，有时候也不尽是我的功劳哪。不过总的说来，多亏了我，后来母上才明白，她想做的事，没有男人帮忙她一样能成。你大概忘了她是做葡萄酒代理的，所以你大概也不会知道她在法国买了个小葡萄园。送我出去，她不需要跟谁结婚，她花的是自己的钱。”

“以后我也要防着你，你知道得多，嘴又不牢。”

“詹教授的情史也许没母上丰富，藏得也好，不过我可是看在眼里的哟!”

他自信在她面前没有任何破绽:“你知道什么?”

她狡黠一笑:“那个女校医。”

“我就知道！”他的反应越发让她欢欣鼓舞，“那天在韩国餐厅，我就觉得不对劲，虽然你说了她是你同事，纯属偶遇，但谁会在一个主打啤酒炸鸡的餐厅里只点一盘蔬菜沙拉呢，还跟我们拼桌，从头到尾都是一副要和我亲近的神气！不过她长得还行，人也没什么恶意，所以我没拆穿你们的小把戏。快问问我怎么知道她职业的！嗯，我在她身上闻到了酒精味，西医身上就这味！你也说了她是你同事嘛，所以我猜，她是你们大学的校医……”

他一时尴尬症发作，幸好这时嘉兴招呼他们过去吃饭，詹优优又蹦跳着过去了。

他留在后头，想了想，给张晓拨了个电话。

张晓似乎知道这个电话迟早要来，给他准备好了一套说辞：“事情不是你想的那样，出国这事吧，决定权在女儿，不在我，你该问问她的意见，她不是小孩子了。”

大叶榕神社前燃起了篝火，人们把最后的干柴都添了上去，火光蹿得老高，每个人的脸都是红彤彤的。主菜是鸡块和鸡下水一锅端的大杂烩，配着从水边采来的芋苗。芋苗用水焯过，用盐搓过，吸饱了大锅菜的汁水，入口时带着绵密的肉香。

“这是沾了什么脏东西洗不掉吗?”嘉兴说的是詹优优的黑指甲。她带着唬人的表情，摘下了一只只镶有水钻的琉璃甲。这时候看起来，她还算得上是个讨人喜欢的小姑娘。

她跟嘉兴要了一小碗米酒，不算过分，詹嘉民也随她去了。

“大碗喝酒，大块吃肉！”她低沉着嗓音说，一饮而尽，被呛到咳嗽，引得嘉兴他们大笑起来。

“来都来了，要是你们真没什么计划，”嘉兴咂巴着嘴放下酒碗，“我们回尧村去！”

## 8

前面摩托车队的车灯已经看不见了，他们的车还沿着新铺的二级盘山路慢慢爬。詹嘉民对路况不熟，不敢大意。路的这一边是悬崖，那一边就是夜空。雨季的夜，晴空越发湛蓝，那种从底子里透出的蓝，带着魅惑，让人麻痹，仿佛一头扎进去是再自然不过的事。

车灯照空的时候，他听到嘉兴在后座上说：“大姑母，转弯了！”

副驾上的詹优优条件反射地转过头去：“表叔在和奶奶说话？”

“是啊。”

“为什么要这么说？”

“怕她跟不上，回不到该回的地方。山里的人在外面没了，抬回来的时候，拐弯啊，过桥啊，都要招呼一声的。这事以前不常有，本来山里外出的人也不多。但从10年前开始，平县推行火葬，骨灰送回来的时候，大家都还按这个规矩走。”

“听上去还带点暗黑系的小温情呢，我喜欢！”

她坐立不安起来。车灯再次照空的时候，她小声说：“这次我来！”随即大喊一声：“转弯啦，奶奶！”接下来的一个多小时里，这个仪式被她执行得不亦乐乎。

在蓝色星夜下，隘口的尧村像一只巨大的珍珠贝母在微微含着光，梦境一样幽远又神秘，詹嘉民不敢肯定自己是否来过这个藏匿在喀斯特天际线的小村。

摩托车队过早通报了他们的到来。村人早早聚拢，但又因为敌不过困意早早散去。他们到嘉兴家落脚的时候，只有堂外婆和嘉兴老婆。詹嘉民想想也好，他本也不想惊动太多人。

白瓷坛子不能进屋，被请到屋檐下。

房子是新旧结合的两层红砖楼，还盖着瓦。“孩子们都去广东进厂打工了。”嘉兴说。嘉兴老婆到屋外给白瓷坛子上香和饭食。低瓦数的钨丝灯下，矮脚凳上坐着堂外婆。她足足有100岁了，背稍驼，手脚修长精瘦，眼神清亮，不像很多老年人那般浑浊。詹嘉民听不懂土话，嘉兴说她四五十岁时上过扫盲夜校，她跟詹嘉民说的是桂柳官话。

“十几年前你妈回来过一次，但我一想起她，还是她八九岁的样子，像这样。”她拉过詹优优的手。

“太奶奶，我有17岁啦!”詹优优兴奋地转向詹嘉民，“我全听得懂!”

堂外婆继续说:“既然回到山里来，就按山里的规矩办。该找的人我都让他们找了，该办的东西我也都让他们办了。别人有的，她一样不少。”

詹嘉民听到嘉兴在屋外打手机，像是在约什么重要的人。

“你外公……”

詹优优插话:“詹炳腾!”

“是叫这个名字没错，”堂外婆的腰弯下去，半伏在膝上，“炳腾以前常找我们借钱，说老婆孩子没饭吃了。钱一到手，他就往白崖跑。白崖有个山洞，附近好几个村的赌棍常聚在那里赌钱。钱在他手里都还没焐热呢，就输光了。‘赌嘛，有输有赢，我只是背运还没过去。’他总说。后来我们就只借给他吃的，不借钱了。有天早上，你妈捧着个空簸箕来叫门，说：‘婶，我爸让我来借米，一家人吃顿饱的，今天他要带我们到镇上去耍。’第二天，你外公一个人迈着方步回来了，脖子上挂着两大吊铜钱。我问他：‘老二，你老婆孩子呢？’他也不答，进了堂屋，把钱往八仙桌上哐当一甩：‘有钱了！’后来我们才知道，他把老婆孩子卖了，卖到哪儿也没说，只说母女3人卖了3个不同的地方……”

詹优优在边上一拍大腿：“詹炳腾啊詹炳腾，你真不像话！”

“是不像话。他自己也没好。那钱在他手里是过路的，没到三天，又输出去了。炳腾哪能让自己手里空着呢，偷鸡摸狗的事没少干，村里人都嫌他。几年后打仗征兵，他想了个主意，替别人应征赚佣钱。不知道他从哪里学来的本事，体检的时候，运气把肚子胀得跟鼓那么大，被退回了好几次，佣钱也赚了好几拨。最后一次，体检的时候他撞上了个军官，军官让他张嘴，泄了气，他肚子就瘪下来了，就那么入的伍。十几年前你妈回来，我们才知道他死在了福建。”

和生父的事一样，外公的事，詹嘉民也是听说的。不知道母亲在世的67年里，这些事是被她咽下去了，还是压根没往心里去。

“换装啦换装啦，”詹优优从尧村泉口回来，换上了件白底蓝花裙，“表姐的裙子我穿了正好！”

村里有个泉口，雨季流溢，旱季断流，对山里人来说，是个季节性的浴池。嘉兴和詹嘉民从泉口回来后，詹优优吵着要嘉兴老婆也带她去。

屋檐下，白瓷坛子前的香快要燃尽了，詹嘉民又续上了一根，在边上坐了下来。

詹优优也一屁股坐了下来："泉水冰丝丝的，还挺舒服！我游上瘾啦，往下走说不定还有更大的池子！"

"不会，往下去是一个地下溶洞，多少水都吃得下，旱季的时候贴着地面听，还能听到水流声。"

"你来过这里？"

"应该是。"

可詹嘉民认真搜寻起来，没有一个时间节点能容纳得下他这个推测。他唯一合理的解释是：母亲可能跟他提过，他用孩童的想象力丰富了这个叙述；她的记忆，他的想象，合二为一；最终，他用想象替代了记忆。

坳里的灯一盏盏灭了，嘉兴一家忙完，也歇下了。深蓝色的山村纯粹得如同深海。

"詹教授，"詹优优的头重重地靠到了他肩上，"跟我说说，你和母上是怎么认识的！"

"你妈妈没跟你提过？"

"没有。"

"那天我上课，在文学院二楼的阶梯教室——学生们都说是最好睡的那间，她睡着了，在半壁大窗边，课上我没注意，下课后学生们都走了，也没人叫她，白色窗帘在她身上扫着，我看了好一会儿，还是过去把她叫醒了，就这么着。"

"这很值得说啊，为什么之前你们都没跟我说？噢，我明白了，因为不是大团圆嘛！母上只跟我说，当初你们是奉子成婚的。要是没有我，你们是不是就不结婚了？”

“什么阶段做什么事。”

“这话一点人味都没有！”

“我和她是相爱过。”

“如果没有我，你们是不是会比现在要好一点儿？”

“什么话！”

“我真有想过，自己是不是不该生下来。上次真心话大冒险被罚，我在墓园里转了一圈，灵骨塔也去了。那里有好多人的照片，旧的新的，老的少的，但都是黑白的。唯一一张彩色的，是个小男孩，五六岁，穿着海军服。他面前的东西都是刚换过的，还放了一只蓝精灵公仔。我小时候看过那部动画片。我特地看了他墓碑上的字，发现他和我同年。在那一年出生的孩子里，有人活下来了，有人没那么幸运，但为什么死的人是他，不是我呢？你猜怎么着，我把那只蓝精灵公仔拿回来了……”

两年前詹优优加入哥特动漫社，张晓第一时间找了心理专家咨询。专家说，少年儿童的种种反常，不过是他们获取家长关爱的一种手段。张晓转告了他。但他听到这儿，打心里冒出一股寒气，他握住了她的手：“快别说了。”

“其实我只是想知道，如果他还活着，长到我这么大，他会怎么看这世界呢。说来你可能不信，自从蓝精灵公仔摆在我床头，我每天见过的人，做过的事，印象会特别深。之前我是不在意的，它们像铅笔画，时间一长就被擦掉了。但现在，感觉是有人用钢笔给它们描了边，是那样一种重影。像是他在透过我，去继续感受这世界。我每一天的经历和感受是双份的，甚至还要更多，像牛轧糖一样扎实！”

她的手是热的，慢慢地他的手心被焐热了，蓦地他才意识到之前是自己的手太冰凉。

她摘下了蔷薇花缎带发箍，套在手腕上，依偎着他。她蓬松的栗色长发在星光下闪烁着柔和的光泽，发梢垂到他手背上，有着丝缎的触感。他记不起父女两人多久没有这样温柔地相处了，抑或从来没有。极致的美好总让人伤感，它是光，是风，是羽毛，是天空之下穿越白昼和星夜的飞翔，没有什么比这更能让人感觉到时光的沉重，也没有什么比这更能让人感觉到时光的轻盈，而你知道它终将破碎。

## *9*

詹嘉民早上醒来的时候，嘉兴已经不见了。

族人从四面聚拢过来，和他一个年纪的居多，带着够不上学龄的孩子。因为是补办的白事，不用披麻戴孝，算是丧事喜办。年纪稍长的女人在堂屋和堂外婆聊天；年纪稍轻的在院子里支起简易炉灶办豆腐宴。男人们则围到一起喧哗。

詹优优穿着昨天的白底蓝花裙，用蔷薇花缎带发箍绑了个侧辫，在一个婶婆的指点下，她用新鲜树枝折成的长筷夹起红薯切片蘸了面粉，放到油锅里翻炸。

屋檐下，人们用竹竿和竹席搭起了棚子。白瓷坛子就摆在里面。一个穿着北京蓝人民装的师公，一手接着手机，一手摆开了经卷和铃铛。

詹嘉民感觉到香烛中居然流动着一股不合时宜的欢快。

“你能不能帮我看看，这手机要怎么调成振动，”师公从棚子里探出头来跟他说，“儿子从广东给我寄回来的，太多弯弯绕，其实我只要能打电话就行。”

詹嘉民调好手机还了回去，詹优优端来一盘炸薯片：“爸，早餐，我亲手炸的!”

他记不清自己有多久没吃薯类了，这时候咬下去，味道也还不赖。正吃着，他忽然听到她说：“60年后，我就该长那样。”顺着她的手势，詹嘉民看到了母亲七八十岁的样子。嘉兴正小心翼翼地把那人从摩托车后座上扶下来。他快步迎了过去。

“堂奶奶怕是早就不在了。二姑母呢，我爸活着的时候断断续续都在打听，也没消息。十几年前我爸去世，丧事办了三天，大夜那晚，二姑母儿子把她送过来了。她那村子偏是偏，现在通路后算不得远，来回也就半天吧。”

二姨母耳背，既不会说普通话也不会说桂柳官话，嘉兴说，她只是听。大概是因为吃苦，她的面相看起来和堂外婆一样老，甚至还要更老些。她长着和母亲一模一样的眼睛，只是多了些许眼纹，詹嘉民想，如果母亲还活着，必定也是按这个轨迹衰老的。詹嘉民握住了她的手，她的另一只手也搭在了他的手背上，是粗糙的温热。

师公摇起了铃，念起了《散花》经文：

“……

东方一朵青莲花

南方一朵赤莲花

西方一朵白莲花

北方一朵黑莲花

……”

一直以来，詹嘉民都觉得哭丧对成年人来说极不体面，但现在他坐在棚里，听着经文，心里泛起一阵酸楚，这吟诵提醒着他和母亲迟到的分别。她一个人跟外人安排身后事的时候，井井有条中该有多凄惶。他忍不住把头伏到二姨母膝上，哭了起来。姨母没说什么，只是拍他的背。这温暖的包容又一次让他想起母亲，而在自己今后或长或短的日子里，这种温热将不复存在。他尽量不哭出声响，他迟迟不抬起头来，他不知道大家会如何看他。但当他抬起头来，发现詹优优已经跑远，而大家也没异样，也许葬礼上的悲伤和婚礼上的欢喜一样，是理所当然的。

仪式结束后，詹嘉民把白瓷坛子捧上车后座。嘉兴还跟他说："要不你再想想，地理师有现成的，看块地也就半天的事。"他谢绝了。和堂外婆、二姨母道别后，父女两人上了车。嘉兴在詹优优那边不住地交代："送奶奶出去的时候可别回头，千万要记住！"她打出了个"O"的手势。

族人在汽车后视镜中渐行渐远。

"詹教授，你确定真有那么个地方？"

"泉口往下，就在断流的地方。"

事实上，多年以来，这个地下溶洞一直以记忆的假象存在于詹嘉民的想象中，并在混淆了记忆和想象的边界中日渐丰满，长成它现在的样子。

泉口的水在这里直线注入洞口，发出阵阵深浅不一的回响。接下来它们会经由各种通路，汇聚成河，奔流到海。

“喀斯特之眼！”詹优优兴奋地说，“和你想的一样吧！”

逆光下，迎面扑来的水沫子像清凉的小雪，旱季里昏死过去的青苔死而复生。父女两人贴着石壁站在洞口，不能再下行了。这是已知世界临界。

“那么，我们开始吧！”詹优优把白瓷坛子递给了他。

灰白色粉末与空中交织的水流一道，消失在无底之涧，詹嘉民觉得自己手上的分量越来越轻。詹优优扯下了蔷薇花缎带发箍，也撒了进去。他看那朵白花只一明，便湮灭在黑暗之中。如果所有的事情都注定会被遗忘，那我们只能让自己在尽可能长的时间里努力记着，于是他说：

“你奶奶叫詹氏，白薇，詹白薇。”

她点了点头。

詹嘉民听到“砰”的一声，轻得像不曾有过，他并不知道这意味着什么，直到一个月后，在机场送走了张晓和詹优优母女，他约了女校医在三人拼过桌的韩国餐厅吃饭。他吃着薯条，忽然意识到了什么，凑近了女校医说：“你身上的确有酒精的味道。”他嗅觉里那个小小的门就在这个平淡无奇的午后完全敞开，涓流注入，充满生命气息。

他回想起父女两人站在地下溶洞洞口，正午的阳光直射进来，詹优优伸出手，去触摸那竖琴琴弦一样的光束。

“詹教授，说起来我们可是恋人呢，”她咯咯笑了起来，“前世的，都说女儿是父亲前世的恋人！”

“所以呢？”

“你要是那什么了，我想把你留在身边，你不会反对的吧？”

“怎么留？”

“整个弄成颗骨灰钻石戴着！”

“那么高科技，得花不少钱吧？”

“没关系，今后我挣的应该也不少！”

……

张晓要詹嘉民问詹优优的话，他始终没有说出口。他看着她，她穿着清凉的白底蓝花裙，蓬松的长发上落满了细密的水沫，她眼中的那种驯服与独立，他在母亲眼里看到过，在张晓眼里看到过，她仿佛在刹那间长大。他明白过来，和他生命中最重要的女人一样，她终将离他而去，带着这一刻他们共同的记忆。

# 张泽忠

张泽忠，侗名卜蓬，广西三江盘贵人。1993年加入中国作家协会。广西民族大学教授，研究生导师。出版著述23部（独著5部，合著9部，合作编著9部），发表学术论文42篇（其中CSSCI刊物论文16篇）、文学作品41篇（件）。翻译英文小说4篇（合作），小说集《蜂巢界》入选“当代中国少数民族著名作家经典”。有著述及作品译介到国外出版、发表。曾获第二届、第六届广西壮族自治区人民政府文艺创作铜鼓奖；广西少数民族文学创作“花山奖”；广西社会科学研究优秀成果二等奖及三等奖；国家民委人文社会科学优秀成果奖三等奖。

# 写实二题

## 曾波老师

1974年我到公社中学教书，才算认识了曾波老师。

1966年老师集中县城闹革命，最先刷出的大字报就是“打倒牛鬼蛇神曾波”。那时我正读高中，颇爱看些志怪之类的书，于是把连名带姓都打上“××”的牛鬼蛇神曾波和妖魔鬼怪联想到一块。后来局势乱糟糟的，我回到了乡下。一天出工，在田头看见一位携红十字药箱的老头在给社员抓药打针灸，老头个子矮墩，说话嗓音略为嘶哑，但动作干练，卖力，额头、鼻尖沁着汗珠。我到公社中学后才知道那人就是新近调来的老师，叫曾波。我大为惊讶：原来曾波老师是一位很和善的老头啊。

我到公社中学的那天，曾波老师携着药箱正想外出，见了我便搁下药箱，请我进他的房间坐坐。曾波老师房间内的摆设极简单，一张床，一张桌子，桌面上摞几本清一色红皮面的书，余下便是红汞、碘酒之类。曾波老师很随和，也健谈，说是做牛鬼蛇神时私下学的医，眼下这房间便成校医室了。说着，忽而问我："你感冒了？"我先是摇头，见他硬说气色不对是病了，只好照实说夜里看守生产队谷仓着了凉，喉咙痛了。曾波老师嘘一口气说这就对了。于是掀开药箱，捻出一根亮闪闪的银针，说打针灸，就打咽喉那地方，针到病除，立竿见影。我没打过针，且打喉咙那地方，眼睁睁看着一根针往肉皮下扎，我说不干。曾波老师却硬缠着要打，两人面红耳赤地争执不下，于是双方都做了让步，我答应让打，他答应把打咽喉改为打手上虎口那地方。

第二天，我跟班听曾波老师的课。临上课，学校办公室主任塞来一张报纸说今天就讲批林批孔吧，课堂上曾波老师念过，串讲过，额外讲一些与报纸相关的儒法斗争故事，就没得讲了。但课时还长着，课堂秩序先是骚动，后来乱了。曾波老师连声喊安静依然静不下来，无奈之下，又开讲了。然而都讲些与报纸不沾边的事，讲红汞、碘酒，讲到兴头上走出教室，扯一棵野草什么的，回到讲台上，从野草根的药用讲起。接着讲针灸的神奇疗效，说打若干个疗程，聋哑人会讲话，盲眼人重见光明，非洲的盲人、聋哑人兄弟，就是靠中国的一根银针治好的。

曾波老师讲的这些，当然堂而皇之冠以为战备、为革命准备等道理。这时同学们听课的情绪高涨了起来，有位颇有献身精神的同学捋手捋脚，说鼻子塞了要曾波老师当场扎针灸做实验。曾波老师略微一怔，抹抹额头、鼻尖上的汗水，居然应允了。课后，曾波老师气喘吁吁，说实在没法子啊。我愣愣，不明白曾波老师那话的确切意思，是说上课只上一张报纸这事呢，还是说学生缠着打针灸或别的什么？曾波老师嘘了一口气后，嘶哑着嗓音补充说:“授课啊，总得给孩子们一点东西!”我“哦”一声，似悟了什么，但想想，却感觉手上虎口那地方像扎着一根针麻麻地痛，心里莫名惴惴不安。

记得就在这天晚上，班里发生了一件事。下晚自修课的时候，有个坐在后排的女同学双手掩面，伏在桌子上哭鼻子，班里几位女同学面色惶惑地围圈护着她。我问不出结果，只好请来曾波老师。曾波老师走进教室，似乎即刻明白了事由的十之八九，待悄声问之一二，指一下额头，“啊”了一声叫同学们不忙下课，他有话要讲。他走到了讲台的正中，神色庄重地对同学们说不必惊慌。同学们静下来后，他说今天晚上有个同学身上来了那事，说明同学们已经长大成人开始走向成熟了，值得庆贺。出乎我的预料，在这么个时候曾波老师居然接着给同学们讲青春期生理卫生，说男孩子从十三四岁起，身体发育明显，喉结逐渐增大，嗓音变粗，腋毛生长，脸上有胡须，到十五六岁有的出现遗精；而女孩子从十一二岁后开始发育，这时乳头、乳房多有变色，腋毛生长，并出现月经初潮……

学校离公社圩镇有七八里路，四周没有村寨；校舍像个“门”字摆在一座荒山的半腰上，中间是一爿常年四季如泥浆地的操场，操场边、校舍旁都是古坟堆。夜晚校园像是一座庙，熄灯钟后便寂寞无声。此时，曾波老师的嗓音虽说嘶哑，传出去却像在撕裂着夜空。“文化大革命”前初中有生理卫生课，闹“文化大革命”后上课常常只念一张报纸，生理卫生课何去何从可想而知。曾波老师竟然破禁、离经叛道，我不由得为之捏一把冷汗。

同学们倒听得很认真，每人面前搁着一盏墨水瓶做的煤油灯，山风左来右去，灯光忽明忽暗，几十张面孔浑浑乎乎红成一片。我不时望向窗外去。教室和校主任的办公室隔着操场，我担心办公室门忽而打开，走来校主任或一位老师什么的，庆幸的是教室、办公室对门相望，两方相安无事。这时，熄灯钟已响蛮久，夜渐深了，但曾波老师仍端坐讲坛，纹丝不动，只是不停歇地揩脑门，抹鼻尖。山野中，忽而冒出点点火星，疑是民间说的鬼火，一会儿呼地聚拢来，一会儿呼地四下散开。夜空下，横亘荒山半腰的三两幢校舍显得稀疏、孤寒，我忽而心虚虚的，感觉眼前的一方天影绰迷茫，什么都不真切和实在。

有三四天这样，我仍是跟班听课。待我接手曾波老师正式上课的时候，班上又发生了一件事。这天，有个坐在前排的矮个子男同学突然失踪，这事非同小可，全校一片哗然，后来找到这位同学的留言条，气氛才缓和了些。但留言条像一纸天书，连校主任都不知所云。我找了曾波老师，曾波老师架上老花眼镜，摇摇头，一时也难以破译。留言条上写着：我交一分钱进去水也没得喝！！！三个感叹号意思倒明白，表示愤恨或愤慨，但一分钱和没得水喝说些什么呢？曾波老师左看右看，终于嘘了一声，说这就对了！

原来学校食堂旨在改善学生膳食，新近颁布新规定，按人头每个同学每天多交一分钱，便可每餐额外分到一勺汤。看来饭桌上汤水分不匀，这个矮个子同学愤而出走。校主任说上面刚来文件，山外有所学校学生出事，老师卷背包去坐大牢。校主任那意思很明白，曾老师频频地揩汗水，我禁不住也跟着揩脑门、揩鼻尖。这时天已擦黑，我和曾波老师所见略同，决定即刻出发连夜做家访。

临出门，曾波老师磨磨蹭蹭没忘携带他的那个药箱。两人走到那个同学的家，家长明白我们的来意，说难为老师了，只是孩子脾气犟，怕一时不愿见老师。阿弥陀佛，我不禁长嘘一口气，曾波老师亦大把大把地揩汗水，两人总算落下一颗心。待坐定后，曾波老师问那个学生家长，寨里有人要看病打针吗？那个同学家长说有，说了嘱人出门去通报消息。不一会儿，找曾波老师的社员接二连三。这一夜，曾波老师忙得不亦乐乎，额头、鼻尖一直汗水淋漓。不少人打过针吃过药后知道我们的来意，三番五次上那个同学的家当说客，那个同学终于答应回学校。

事情有了着落，我说曾波老师用心良苦，精诚所至，药箱如同如意宝葫芦了。曾波老师笑而不语。第二天，回学校的路上曾波老师走得很吃力，我执意从曾波老师肩上接过药箱，两人固然争执一番。药箱不很重，却碰碰磕磕，走着走着，我不觉落下一截路，想来我也是困了。但此行顺利，总算没有发生意外，我心里很高兴。心想冥冥中是有个上帝的，于是暗下描着药箱上的十字形，在胸前默默画了数下，匆匆赶上曾波老师和那个同学。

此事以后，曾波老师出主意对班上纪律进行整顿。他老人家中午不休息，削出大小木牌，规定饭桌值日生开饭时点齐人数方可执木牌领饭菜。同学们称这叫“木牌”变法。此后，不再发生汤水分不匀之事。可过不久仍出乱子，有同学图方便不等饭桌值日生点清人数，便私下找散架尿桶片修的木牌领饭菜（厨房工友不识字，且学校农场散架尿桶片到处都有）。曾波老师很是气愤，班务会上不分皂白良莠，统统批评说反了不成。我第一次发现，曾波老师发起火来也极为认真。

接踵出事后，我脑子里有根弦绷得很紧，总担心会发生意外。一天夜里，我辗转睡不好觉，忽而隔窗发现山野中火星点点，看看不像是磷火，且有窃窃人语声。一会儿隐约看见古坟场上有人影在游动，看清后认出是曾波老师，即刻记起这些天曾波老师的火气未消，同学们的情绪也不是很好，心里越发不安，于是推门出去想看个究竟。

古坟场坑坑洼洼，这时窃窃人语声已然隐去，唯见坟场低洼处燃着一堆又一堆火，火上煮有土豆，泥土味四下飘散，同学们大概饿得熬不住了，违禁来到野外煮夜宵。曾波老师腋下夹着面条，手上拿的也是面条，依次打开火堆上的土豆锅，匀下一束脚指头粗的面条，模样虔诚得像是在拜坟添香火。曾波老师看见了我，两人默默相视，不觉两只手紧紧地握在一起。

夜已渐深，曾波老师嗓音越见嘶哑，说这时节土豆刚翻挖，不掺米面煮土腥味重，吃了滞食泻肚子！顿一顿，嘘一口气说，孩子们肚子里油水太寡了，我那天不该对他们发那么大的火。说着，手颤抖着再次握住我的手，瞬间像有一股电流传到手上，虎口又莫名地像扎着银针麻麻地作痛。这时，身旁忽而齐刷刷地站着一帮同学，有的哽咽说请老师批评吧，有的泣不成声。这样的场合，我的心总是很软，喉头像塞着东西；看看曾波老师，曾波老师的眼里也闪着泪光。

听老师们说，曾波老师家里日子很不松和，历次运动曾波老师都受冲击，婚恋误了再误，后经人撮合娶的女人无职业，现全家老小靠着曾波老师那点薪水糊口。我留心过，发现曾波老师15日领工资，扣除月伙食费后余下全往家里汇去。若节庆日分配面条什么的，曾波老师绝不食用，藏在老鼠蟑螂侵扰不到的地方，待有机会便给家里捎去。夜里坟场的那一幕，不算赴汤蹈火，曾波老师的举动却也忘却不了。

曾波老师的家在县境内的一个小镇上。曾波老师常提及他的亲人，说孩儿幼小，妻子年轻，父母岁已天年，家里就妻子一人操持，他很思念他们。有一天，曾波老师接到家信，即打点包裹告假回家。那天刮风下雨，曾波老师一步三晃走过如烂泥地的操场，校主任办公室的门窗“吱呀”掀开一道缝，校主任的意思很明白，说上满上午的课下午才能走。曾波老师回话说上午的课调了。校主任没应允，曾波老师急了，涨红着脸说路远，还得进公社医院取探亲避孕药！山风飕飕，曾波老师只管移动着两个胀鼓鼓的裤管，蹒跚远去，校主任两眼睁睁地摇了摇头。

第二天，我接到借调通知到城里武装部去做事。往后读大学，毕业后改了行不做老师，想不到那天风雨诀别，一晃十来个年头没见过曾波老师。听说学校恢复正常教学秩序后，曾波老师表示要大干一番，无奈此时年岁已届退休，曾波老师只好告老回家，但老人家不甘寂寞还攻读中医函授大学。1990年国际扫盲年，有家刊物拟在教师节前推出“教育专号”，我想写曾波老师，也渴望见见曾波老师。

这天，我乘航运站早班船下浔江，到一个叫老堡口的地方转航班溯都柳江而上，中午时分到达曾波老师住的小镇。搁下行李后找旅舍隔壁的一家杂货店买糖果类见面礼，售货员是一个10来岁的小女孩子，刚开秤，店内蹒跚走出一位老头，嘟嘟哝哝斥责秤称旺了。老头是曾波老师，嗓音沙哑，额头、鼻尖沁着汗珠，只是比先前干瘦，显得苍老多了。大概我也变得让曾波老师认不出来了。心想人事沧桑，此时……这礼物是赠送曾波老师的啊，我却忽而改变原初的想法，捧着糖果包默默走出了店门。

回到住店，心里很不是滋味。听说曾波老师日子依然未称心，退休后开一间小店因不谙生意经屡蚀血本。我想人是该振奋点精神的，只是囿于衣食面临窘迫也是无奈。刚才若道明身份，怕是曾波老师尴尬，我亦难堪。珍藏心底那点美好的东西不敢再损害了，于是造访曾波老师的勇气再也提不起来。旅店倒是清静，窗外都柳江上渔歌咿呀，桨声欸乃。夜里睡时迷糊想起天地君亲师，师乃在世人敬重之列，况且过些时日就是教师节呢，于是宽宽心拥着被子睡去。

## 融州阿公

### *1*

那年，我从乡下借调到宜阳武装部写东西，住在武装部的招待所里，和阿公共住一大间。第一天见阿公，阿公很高兴，说你来了好，做伴了，做伴了。

那时是热天，窗外蝉儿拼命嘶叫，阳光总是白得耀眼，阿公不敢到室外去，早上吃罢早餐，端着个两三寸高的矮脚凳，拿把大蒲扇子，离我远远的，一声不吭地坐在门口的当风处。每天就这样，阿公摇他的蒲扇子，我写我的东西。

一天，我赶写一份材料，武装部有位后勤兵评上先进标兵，等着拿材料去省城参加表彰会。后勤兵姓阳，大家叫他阳后勤，在武装部大院里算是小字辈，可阿公去水房打水，常借故离去，让阿公打不上水。我对阳后勤蛮有看法，材料写了老半天，写写停停，管事的催要了，仍拿不出手。

这天阿公也坐不住了，嘴里喃喃地说些什么，大蒲扇子摇得噗噗地响。开始时我不在意，后来发觉阿公像是哪里不舒服了，便停下笔问阿公，没什么吧？可阿公猛地抬起头，迭声说没什么呀，没什么呀。说了，复又埋下头，背像一张弓往上拱，样子佝偻得蛮可怜。我心里不由得掠过一丝凉意，心想阿公太寂寞了，我说阿公我俩款点场（聊天）吧。阿公愣愣地举起头，迟疑地望着我，说怕款场误我的事。我说，说吧阿公，我也该歇歇了。于是，阿公很高兴，弓起腰身，大蒲扇子一晃，话匣子就关不住了。

阿公说他是融州人，问我读书人知道大文豪柳柳州吧，我点点头，阿公也点点头，说我说嘛，读书人哪有不知道柳柳州，就是那个柳柳州，当年落难柳州时吟唱过融州，我那老窝不在融州街头，不在融州街尾，就在融州街的当腰处。说是两人款点场，话都是阿公说得多，说来说去，说的都是融州。阿公说他儿子早年在宜阳武装部做事，也早就有意接阿公来宜阳住，但蛮多年了，阿公总是说还是住在融州好。大前年，一场大火烧了融州，阿公没法子了才尾随儿子住到离融州蛮远的宜阳来。

话题扯到融州的那场大火，阿公说一声，叹一声。唉，那场大火好大啊，那场合人也傻，光晓得要救家什，就不晓得拿哪样东西好。屋里的笼箱不去搬，就拿堂屋晒杆上的毛巾。一回拿一条，往火里跑了几回，拿得几条毛巾，就不晓得一溜毛巾手一掠做一回拿。唉，家什救不了几样，背时。那天，太阳像一团悬在空中的火球，久久落不下去，窗外蝉儿没命地叫，门口当风处没了风，偶尔来一点风，也是炙热的。阿公下劲地摇着蒲扇子，咒天热，咒那场大火，咒一声，叹一声，叹息声沉沉的，像是从古井里冒出来。

傍晚时分，太阳像一坨绒线球斜着往武装部对门坡落去，坡上霞光铺泻，景色很好看。阿公惊讶地瞪大眼睛，说老天造化哪，老天造化哪，说着忽而问我，对门坡蛮高哪，坡上望得见融州吧？不等我回话，阿公又讷讷地说，你不信我信，对门坡那么高，哪能望不见融州啊！阿公像是忘了烦恼，话越说越多，蓦然想起什么，问眼下该是那个时日了吧？我愣了愣，记起早上打早餐时，食堂姓廖的师傅说了，中秋节了，食堂要意思意思。于是，我说八月十五了阿公，中秋节晚上食堂加菜。阿公呵呵地笑，说我说嘛，日头往对门坡落去，该是那个时日了嘛。

我见阿公难得这么高兴，不由得悄悄地打量着阿公，只见霞光越过窗口来，给房间的四周涂上一层金光，照得阿公不仅脸上亮堂，浓眉间也闪烁着亮光。我心下暗想，阿公年轻时一定长得很英俊、很伟岸。这时，阳后勤的下班号响了，阿公备好餐具，还备了酒壶，说晚上要好好喝两杯。却没想到，这天晚上食堂廖师傅为难了阿公。廖师傅掌着勺子，常爱嘟哝人，大院里平民百姓及官兵都叫他廖勺子。阿公打菜时，廖勺子把案桌上大小菜碗，号上这干事那参谋的菜卡，说这晚上给官兵和做事的意思意思，家属嘛，往天吃什么，这晚上吃什么。

这晚上什么日子啦，况且大院里家属在食堂就餐的就阿公一人，廖勺子也太那个了，我过意不去，说师傅你就匀出一份吧。廖勺子乜我一眼，没了脸色。说你不就是拿笔杆吗？管得着勺子吗？这武装部大院里就你敬着人啦？廖勺子叽里呱啦一阵哝，不知阿公听见不。回头看阿公，阿公已走出了饭堂。我突然来劲，话不饶人，还廖勺子以脸色，说廖勺子太不近人情了。

回到房间，见阿公还是阿公，大口嚼饭，大口喝酒。阿公哪时都是好胃口，肚里装得下大碗饭，也装得下拉杂事。我琢磨着这时如果和阿公说点什么，怕是多余的了。我平常不喝酒，这晚上经不住阿公的劝，也喝了起来。打那以后，阿公坐在门边便坐在门边，不坐门边或款点场，多了嘿嘿笑声。不过我心里明白，阿公坦然也好，豁达也好，笑声里多了点什么。

## *2*

后来，不知哪一天，窗外蝉儿不叫了，天凉了，阿公不摇大蒲扇子了，身上的衣服也一天天地厚了，背显得更驼了。热天不敢到室外去，冷天也不敢到室外去，阿公天天隔着窗望着对门坡，那情形就像孤身一人站在荒野上，显得无助又无奈，阿公更孤寂了。

一天，天昏黄黄的，将要下雪，阿公吃过夜饭说是去打水，却空着手去，待回来拿得水桶，水房门已挂了锁。阿公嘿嘿地笑，说丢三落四不中用啰。我说，阿公，我找阳后勤说说去，阿公说没要紧的，天要下雪，不就是打点热水泡泡脚，等下上自家厨房打去。这时，从不涉足招待所大间房的阳后勤匆匆走进来，不说一二拽着我就走。阿公挥挥手说去吧，有事去吧，没要紧的，没要紧的，等下我上自家厨房打去。

去到阳后勤房间，见一帮干事、参谋正在热火朝天地玩扑克，这才知道阳后勤提干了，知恩图报，阳后勤请我们这帮弄材料的一同乐乐。干事、参谋们玩扑克像玩命，不熬通宵不罢休，我告饶说有东西赶着写才得以出来。回到房间，阿公还没睡，裹着被子斜躺在帐子里。阿公冬天也不撤帐子，天冷了躲在帐子里暖和，想睡便睡，不睡便闭目养神，阿公说这样好。问阿公打得热水泡脚了没有，阿公窸窸窣窣地掖着被子，像是没听见。阿公怕是困了，我也不再熬夜写东西了。

窗外，夜色白蒙蒙的，说下雪果真下了雪。阿公说下雪啰，下雪啰，说了憋不住什么，又唠唠叨叨地说起融州那场大火："唉，背时，往火里跑了几回，就拿得几条毛巾……"

我说火灾那事都过去了，阿公，您就跟儿子享福好了。阿公没回我的话，放好蚊帐门，裹紧被子，就再也不吭声。夜深了，我迷糊睡去。醒来，天已透亮。窗外仍在下雪，心想阿公夜里怕是冻坏了。起床后，见阿公仍裹着被子坐在帐子里，两眼定定地望着一个地方，原来阿公一整夜没睡觉。我一下慌了手脚，不知先给阿公生盆火好，还是去打热水好。忽而记起梦里恍惚听见啜泣声，问阿公夜里没什么吧？阿公嗫嚅着想说什么，话没出口，泪水先流了出来。

阿公说夜里闷得慌，没个诉说处，自己和自己说，说着就哭了。阿公哭他命苦背时，小时没了爹娘，长大跟人破竹篾学竹编，撑起自家门面成了亲，老伴却闹一场病撇下不足岁的孩子撒手而去，亲朋好事者都劝续个后，阿公担心后妈不能善待孩子委屈了孩子，也就死了那份心。孩子盘大外出做事了，阿公孑然一身守着那点家业过日子。民国十九年（1930年）那年，李明瑞和白崇禧在融州打一场恶仗，炮火从日出打到日落，江面上浮桥打断了，江水烧沸了，街邻都躲到乡下去，阿公舍不得那点家业，顶上店门，两耳塞紧两团竹篾絮，照破他的竹篾片。神灵保佑躲过了那场炮火，可后来那场该死的大火却跟人过不去。唉，背时，往火里跑了几回，拿得几条毛巾，大活人哪，救不来几样家什，要不守着家业，横竖不来宜阳了。阿公说着这些，泪眼婆娑。我递过毛巾，阿公揩了揩，目光又望着窗外去，咒雪天，咒自己老不死，累赘，不是东西。

窗外，雪越下越大，对门坡原先秃头秃脑的，眼下冰披雪挂，酷似一位躬身号寒的白发老者。我不由得心酸酸的，鼻子也酸酸的。此时，真不知怎样安慰阿公好。我下意识地把火盆拨旺，挪到阿公的床前。阿公起了床，过冬的衣服全都穿上。

一会儿，又喃喃地说穿厚了背驼得难看。我说天寒地冻的，阿公还是多穿点好，阿公才不吱声，但泪水却又掉了下来。

我知道阿公肚里的苦水还没说完。阿公说昨晚上自家厨房打水大背时。不就是打点热水泡泡脚啊，儿媳找碴子说家公进门不敲门。年老了是没记性，可我进门是敲门了啊。我一吱声，儿媳就要麻赖不讲理，说家公没哪样能耐，光晓得顶嘴。嚷着嚷着，儿媳咒家公存心毁这个家，说胳膊还往内拐哪，一瓢热水也往家里舀，家里堆有金山银山，经得几下挖？天啊，家公存心毁这个家？阿公喟然长叹，泣不成声。

我一时不知说哪样好。心想这儿媳也太损人了。我说阿公，找儿子说说这事看。阿公说儿子公家人忙公家事，开会，参观，听说又去大寨取经去了；再说，儿媳横到这分上了，就怕儿子也摆不平这事。我气愤不过，说这事就这么着？阿公垂着头，光叹气。一会儿，伤心地说这事怪不了谁，就怪自己命贱，当初不听人劝，光怕后妈不能善待孩子屈了孩子，可就没想想老来没个伴有多孤寒。唉，背时，落得今日背骂名被人咒。说了，又泪流满面，阿公一下像老了许多。

## *3*

这场雪昏昏乎乎地下了好几天，后来下了米糠般细小的飘飘雪，天才暖和些。

这天，新来一位同事，我读高中时的同学，叫沈标，丹洲人。沈标说丹洲在融州隔壁，和阿公算是老乡。阿公说多个伴好，多个伴好。这才见阿公脸上有了光泽。吃晚饭时，阿公在火盆边暖了酒，说是给老乡接风。沈标人蛮可以，能讲会写，“文化大革命”时搞了个延安公社，率公社兵丁串连串到北京，回来时赶上夺权风暴，沈标自然成了战将，后挨整到乡下去，眼下武装部借调来写东西，沈标说要重新振作好好干一番。沈标说话总是慷慨激昂，几杯酒下肚频频地邀阿公干杯。

这晚上我多喝了两杯，早早睡下。第二天起来，却见阿公脸色不好，说话火气也大。暗地里我问沈标，沈标酒没醒好，倒问我夜里他没怎么阿公吧？阿公生谁的气就不搭理谁，沈标很是不安。一天，沈标外出，阿公努努嘴，叫我看抽屉里少了什么。抽屉里搁有几本稿纸，沈标一时急用曾动过。我说没什么阿公，我那位同学写武装部首长的大文章，稿纸用得蛮凶。阿公嘿嘿笑，说那个老乡？写我儿子？

阿公儿子是武装部的头头，那年月武装部头头管拿枪，也管拿笔杆。阿公儿子官蛮大，人也蛮好，常过问我们的衣食住行，闲时还请我们玩扑克“甩炸弹”。几张同点牌叫“炸弹”，比大小王还厉害，甩开心了，阿公儿子没一点官架子，赢了兴高采烈，输了认罚照样蹲桌子底。都说阿公儿子立过奇功，我说阿公有这么一个儿子，我那位同学写了该高兴才是。阿公大不高兴，说写大文章就可动人家的东西？我的儿子他来写，算了吧！此刻沈标外出归来，阿公给他一个冷背背，沈标蛮尴尬的。过一阵后说文章写好了阿公，我这就回去，往日有对不住阿公的，阿公担待了。沈标说得蛮恳切的，阿公仍不理会沈标。沈标说多了，阿公索性躲进帐子去。

我送沈标到大门外，分手时沈标说想起来了，那晚喝酒喝过火了说起那年夺权揪斗武装部首长那事，那事首长不计较，可阿公计较了。沈标说着，下劲地攥着我的手。我知道沈标那意思，回到房间，我说阿公，沈标赔不是了，沈标那年做下糊涂事，现在后悔极了。阿公撩起蚊帐门，涨红着脸，说他儿子也不易，动乱那阵，戴高帽游大街，吃了不少苦头，沈标说赔不是就了了？

第二天得知，大学恢复招考了，沈标说回去就回去，准备功课去了。阿公笑笑，说沈标该好好下点功夫了。阿公劝我也去考，还搬出柳柳州做楷模，我动了心。不久后进考场，考取了省城学校。别离那天，阿公暖酒，说给我饯行。我去食堂打饭，廖勺子嘟嘟囔囔，说小老弟走了好，这大院谁敬着谁啦？敬枪杆？笔杆？勺子？你以为你是谁啦？文痞！我廖勺子，工人阶级？屁！一介伙夫！笑？笑廖勺子刻薄不近人情是吧？别太认真了，小老弟，人情论斤论两，勺子舀得起当得饭吃？嗬，又笑廖勺子嘴贱了吧？不说了，不说了。廖勺子哝够了，饭碗、菜碗打得满满的，捧回房间，阿公笑笑，说廖勺子是人精。

酒喝过了，我知道此时阿公心里不好受，原想劝说阿公，却说了句傻话：“阿公，往后没人做伴了。”阿公即刻很悲伤，说没人做伴了，回融州，这把骨头了，迟早得回融州。

## 4

我终于走了，临走时还让阿公伤心，心里很不好受。后来毕业在文化馆工作，忙碌中老记挂着该抽个空去武装部看看阿公。多年不见阿公，有时想起临别时的那一幕，那一幕好像发生在不久前的某一天，阿公说过的话也记得清清楚楚，阿公说没人做伴了，回融州，这把骨头了，迟早得回融州。

这年文化馆办文学讲习班，这天去办事，在街上撞逢沈标，沈标没考上学校，那篇首长的文章见报后调进了宜阳。眼下弃文经商，管一家酒厂，在日本酒业博览会上拿得金奖，但职工的工资却有一时没一时，工人怕要闹事了。沈标怪忙的，见了老同学又拥又抱，拥了抱了，说有事就有事。我想问问这些年见着阿公不，他说和老首长有约正赴约去，说了，匆匆离去。

这天也巧合，在政府招待所落实讲习班住处时，意外碰上了阿公的儿子。阿公儿子转业后调去柳州管蛮大的摊子，这天到宜阳开国有企业无亏损经验交流会。阿公儿子仍很随和，握着我的手久久不放。我问阿公好吗？他说哪个阿公？我说武装部阿公，回融州了？阿公儿子的一只手拍拍我的手背说，过世了。我怔怔地不知说什么好，心想有时记起阿公心口突突地跳，果真应验了，阿公不在人世了！这时楼上有人嚷嚷着喊阿公儿子，阿公儿子说有事，就匆匆上楼去。阿公儿子两鬓斑白，背有点弓，步子迈得蛮苍凉的，像是瞬间才发现，阿公儿子也一把年纪了。

天黑了，和讲习班学员说了些事后我回到了房间。房间在招待所的一楼，楼上人声鼎沸像是在开会。听清了，听出“霍霍”骨牌响声。沈标也在楼上，还是那个脾性，高兴了亮着嗓门嚷，说老首长手气好福气大。我不由得心躁躁的，怪脾气也上来了，楼上嚷声再起时，莫名其妙跟自己过不去，扯起一床被子把自己裹了起来。

却一整夜弄不清合过眼没有，一闭上眼睛就看见阿公，梦中阿公没说回融州的事，只顾着说当年融州的那场大火……唉，背时，大活人哪，救不来几样家什！阿公说着眼泪簌簌，满面泛着愁容。阿公耳朵背了，比先前驼多了，阿公……梦里想问阿公回融州了没有，阿公忽然消失了身影。我惊醒过来，人怔怔的，神情恍惚，叹了一声：唉，这骨牌响声……

卜蓬记于乙亥岁末，丙子岁初，时天下雨雪。后得知，阿公临终那天仍念着回融州，过世后葬于宜阳武装部对门坡。此坡老百姓叫大头坡，也叫砍柴坡，坡高可遥望融州。

## 蒙 飞

蒙飞，壮族，马山人，广西民族学院中文系毕业，壮汉双语作家，中国作家协会会员，著有壮汉文著作11部。曾获第九届全国少数民族文学创作骏马奖、第六届广西壮族自治区人民政府文艺创作铜鼓奖、第三届广西少数民族文学创作“花山奖”。现就职于广西壮族自治区应急管理厅。

# 稻田风光

梁方文老人离开这个世界时，全村人都去送葬。他的墓碑被村人称为里程碑。

这个红水河边叫下梁的村子像红草帽一样飘落到石峰林中——万绿丛中一点红。红的砖，红的瓦。红水河分出一股细流，穿山过岭来到这里抖搂袅娜身姿，绕着草帽边走大半圈又钻进山洞神秘而去。按理说，应该有一个叫上梁的村子相对应才是，但方圆几十里没有上梁村。这是个有趣的问题，提出疑问的是南宁来的游客。“大明山下有一个上级镇，也没有下级镇啊。”导游如斯应付。一旁的村人要作答，却是拙口，巴巴看着游客走远，还是出不了声。

村人还很纯朴，像这里的草木和石头，在这里出生长大衰老，最终归于泥土，隆起一个叫墓的土堆。清明时节，墓顶上白幡飘飘，表明这是一个灵魂的永久居所，请勿惊扰。生与死相邻而居，都是一样透彻和谐。一生的光阴，说长不长，说短不短，宛如田间稻禾，死落又重生。每一个村人，呼吸着相同的空气，呼吸着相互散发的气息，无缘大慈，同体大悲。然而，在这与周边村子相差无几的民风里，却有着一种名为风骨的东西，潜藏在村子的每片树叶里，在每只眼睛的后面，让他们有一份在外人看来的固执和不可理喻。

比如说认错。犯错就像稻田里总会有稗草长出一般寻常，长了稗草就要耘田，犯了错误就要认错。在别的村子，通常情况是，醒悟过来的犯错者会通过第三人转达歉意，如有赔礼，也由第三人转交。反正，犯错者会找出种种理由刻意避免与对不起的人碰面。但在下梁，犯了错却是要当面认错的，不当面不行，就像红白喜事的礼金要及时张榜公布一样。早年间，石匠梁有温出到山外去，在镇上开了一间叫雕刻时光的雕刻店，刻墓碑刻招牌。他在镇上立足不久就沾染上了赌博的毛病，闹得妻离子不散，妻子去了广东打工，数年不归，说是离家出走更为恰当。8岁儿子跟着他，日子恓惶。这简直是村里一大丑闻，村人不愿过多提及，墓碑也不再请他刻字。只是，当他浪子回头，发誓不再赌博后，村人就宽容地笑了，说他的青春期是如此漫长，代价未免太大了一些。没有谁不欢迎改过自新的浪子，村人建议他向死而生，把每天当作最后一天过，还督促他在村口立了戒赌碑。碑上是他自己刻的铭文：赌海无边，回头是岸，赌是一把自杀的刀，是一条可怕的沉人江。如同车辆年检，这一年戒得了赌，就立一块碑，一年一块，蔚然成林。于是，参观“戒赌碑林”便成了旅行社的规定项目。再加上一个漂流，村子再没有什么可以给游客看的耍的了。

开发漂流是前几年的事了。对于村人来说，村子成为景点，像一只鹰飞过上空，很自然，也很突然。那一天，世界在这里倏地打开一扇窗，像夏天的窗户一样敞开，村子是待字闺中的少女，内心剧烈摇晃了一下。县镇两级领导把旅游开发公司领来，公司把山洞辟为漂流起点。在村人注视中，被炸药炸得更大的山洞吸进去一条条黄色的橡皮艇，一拨拨欢叫的人。

只是，当游客日流量超过村子人口总数，村民正在费力学习普通话的快乐时刻，事情发生了变化——景点变成景区。按照规划——这些规划上了报纸和电视，村子所有的土地都入了股，连片辟为百合花产业区。规划说，两年后将在这里召开世界首届百合花博览会，把下梁景区的花卉种植业快速推向世界市场。这是农业升级换代的示范工程，是现代农业的最新版本。这一天的报纸上印有很多村民的笑脸，笑脸印在五彩斑斓的百合花上。公司把报纸当作贵重礼物送到各家各户，谁多要一份也不给。

让人想不到的是，那个霞光万丈的早晨，当要平掉所有田埂的红色推土机开进田垌时，梁方文老人毫无先兆地挡在前头。他挑着两个半人高的陶罐，罐里是他父母的骨殖。村民不开玩笑地对推土机机手说，你碾过去就是碾三条命。机手清晰地吼出“不可理喻”后跳着脚走了，背影很长。

老人与机手背道而驰。他走到田垌中央，走进他家稻田中间。这时的稻田已经放干了水，但还暄软，负重的他脚印清晰。这位平常沉默寡言，从未有过惊人之举的庄稼汉，在众人的惊愕话语中，一板一眼地用月刮挖掘埋葬父母的墓穴。

“你以为当钉子户，开发公司就会多给你钱吗?”

“我没有这个意思。”

“那是这里的风水比山上好?”

“你们不要这样认为。”

“我要是你就老死在南宁，撒尿也不朝我们村这个方向。”

“有些事情你们不懂。”

“你说出来我们不就懂了?”

“我不说。”

后面的问话，老人一概不再搭理，只管埋头干活。问不出所以然，泥土的味道也不好闻，看热闹的村民就呼啦啦走光了，他们有他们的新兴致。兴致来了就去当船工，划橡皮艇送游客进山洞，进出一趟赚20元，或者瞧不上这区区20元，干脆闲坐闲聊，或者打麻将，赌21点。看起来村民倒比以前更忙碌了。公司答应每亩田一年给600公斤干谷子，村民都觉得够吃了，还够养一两头猪。猪现在值钱，养大了卖或者杀了腌肉来吃都划算。

太阳升到头顶，墓穴挖好了，穴底有些潮湿。想着晒上半天，干爽些了明后天才下葬，梁老汉直起身要回家。走前他抓来几把稻草盖了陶罐。

秋收后的田野上只有他一人在忙着，这与往年根本不同。往年这时节村民忙着种冬菜。老人的动作略为停顿，一只禾蚱跳到右手背，他想抓却抓不中。现在，村里的鸡鸭被游客吃完了，再没有鸡鸭到田垌来，禾蚱又多又肥，可以抓来煎了吃，下酒的好东西。突然，裤袋里的手机震了一下，紧接着大声响起来。半年前得知田地要被征走，他就坚决地从当律师的儿子家回来了，瘫在床上的老伴也支持他回家看一看，儿子就给他买了这部老年手机，按键大得像指头，叫声隔三亩田也听得到。手机里，儿子还是惯常的好声气，嘘寒问暖后说，村主任找到我了，要我做父亲的工作，我认为父亲这样做是对的。我知道我读大学靠的就是这亩田，以后哪一天在南宁待不下去了，我就回家种田种地。如果有人逼你交田，你就叫他出具法律文书，还要马上给我打电话，我赶回去，我就不信他们不讲法律。

老人从此走路更加稳当，以至生出捡拾稻穗的好心情，甚至希望在半道遇上村主任。

南方冬天黏糊的时光过了几日，推土机终究还是再次点火，突突突冒黑烟完成了使命，除了梁方文的那亩田，其余的田埂都平掉了。村民因而得知梁老汉的骨头越老越硬，任由公司的人和村主任软硬兼施甚至威迫利诱终不为所动。做工作最多的是村主任，他现在多了一个旅游开发公司副总经理的名头。工作的最终，是逼得了梁老汉的一句狠话——如果我把父母葬在田里还不能充分表明我的决心的话，那我再把自己葬在那田里。

以死相搏，梁老汉暂时保全了那亩田。

村主任正得意于新局面的锐意开创，正甩开膀子走上坡路，却料不到被梁老汉拦腰一棍，岔气了，咬牙说，打死我都不会再进梁方文这块茅坑石头的家。

本来平缓、渠水自高而低自然流动的一片田垌，像新操场一样泛着黄光，平展展地扯宽了村人的视线。有几个村人感觉到挖掉田埂缺乏了应有的审慎，并由此不安。田埂就是国界，锱铢必较寸土必争。分田到户30多年来，村民吵架打架多与田埂有关，锄草时把自家这边田埂挖多了，那边的人家肯定会有

“外交照会”，乃至挥锄相向血染“疆域”。但这些不安随即被运到的10万株百合花造成的惊讶和迷幻所淹没，大家都忙着接待逐花而来的越来越多的游客。膨胀的空气像潮水一样撵得人脚不沾地，虱不粘身。财富是那水上浮沉的树叶，抓住了就是你的。以前是节日到了才过节，现在天天是节日，是狂欢节，过节过到腻死人。

固执常被误解。在村民惊讶的视线中，梁方文主动找到村主任，说我不为难你们，那亩田你们怎么处理都行，只要不挪移方位就行。村主任如获大赦。第二天，一座漂亮闪光的塑料大棚把那亩田盖得严实，厚厚的塑料让人看不清里面。田的四角立起4块木头路标，东边写“此处距东京3188千米”，南边写“此处距悉尼6388千米”，西边写“此处距伦敦5888千米”，北边写“此处距莫斯科4988千米”。大棚的入口处写“高科技农业中心实验室”，却从不开门。花海中的大棚像亮灯的航空母舰，永不陷落。后来，老人觉得荒废实在可惜，就在棚里种了几窝南瓜，倒是长得茂盛，厚实的绿毛叶子把父母的墓遮蔽得像是盖了绿苫布。

至此，老人尚嫌不足，又当着村民的面绕着大棚淋狗血，再去社庙摔3个碗，大声诅咒，说谁动了他的那亩田雷公就劈死谁。这有如烈女当着众多老女人的面穿上铁衣，又把钥匙扔进水塘，表明至死不渝的忠贞。烈女不在外过夜，老人也不在外过夜，偶尔去南宁儿子家，或者走亲戚，都要当天赶回来，站在村头眺望田野，谛听田野的动静。在儿子家，他反复交代老婆儿子家中田地的亩数。儿子只当他树老根多人老话多，却和村民一样不知道折磨父亲的是什么。

由此，村里多出一道风景。眼见着，老树般的老人被风吹落叶子，被雨打掉细枝，却是不倒，像患上行走强迫症，行走在村里村外，口中念念有词。此事两年有余，他成了风景中的一景，成为村子最老的人。在没有耕种的村庄里，唯独他询问四季节令，关心刮风下雨。

他开始讲故事。平生头一回，他郑重其事。讲得最多的是“当年”。当年哪，鸦片来了，也是这样，稻田不种稻，种鸦片，那花开得艳哟，像新鲜的伤口，让人不敢看。镇上后来开有烟馆赌馆妓院，都说只要有钱就不愁没有米饭吃。哪知啊，大旱三年有钱也买不到米，死人无数哩。稻田不种谷子，老天爷收米簿回去了。

作为村里最老的老人，他理应得到更多的尊重，可是没有。村民认为，这完全是他自己造成的，他逮住人就讲故事。他的讲述，因为啰唆而苍白无力，像是迂腐的教师令人不厌其烦，继而逃避。村民连敷衍都懒得做，见他就走开，或者叫他走，他们只当他是没有时代意义的遗老，甚至开始用乡巴佬这个词来笑话他。

最终，最有耐心听他絮叨的布道者也失去了耐心。布道者来自遥远的深圳，一个清瘦的中年人，来了就不走，在村里租房办教堂传教。好些个妇女信教了，早晚做功课。布道者忠告他，饶恕他们吧，他们不知道自己在干什么。

一日，从村主任夸张加鄙夷的描述中，儿子得知父亲迈入暮年且病入膏肓。他开车回来要接父亲去南宁，父亲硬是不上车，说我带你去那亩田。父亲走路快得很，哪有什么病。大棚里，满地的南瓜丰硕饱满，色泽金黄，年画一般，看得出种瓜人投入的力气和心血。待儿子给祖宗拜了三拜，父亲说话了，说的是对土地和村庄未来的担心。田埂没有了，你知道意味着什么吗？你知道30多年了一直没有再重新分田分地，为什么？学法律的儿子答不上来，眼睛望着南宁的方向。

父亲说，这亩田分到我们家的那一刻，我就在想什么时候会被收回去，30多年过去了，我一直在想这个问题。

儿子似乎明白了父亲的心结，想帮着解开，笑着说，这亩田不要也不打紧，我养得起你和母亲。

“莫讲蠢话。”父亲满脸肃穆。

儿子心有戚戚，从父亲的脸上读出熏肉般的历史烟火味。

出得棚来，父子站在入口处，父亲当讲解员，讲眼前每一块田的变迁史，讲每一块田主人的命运。讲了一阵，父亲累了，闭上双眼，却是不停口，像是下盲棋，思路清晰，毫不啰唆，口才比得上当律师的儿子。

素来寡言的父亲从来没有这样健谈过，儿子骇异，百感交集，觉得做父子这么多年，自己竟不了解父亲，实在愧疚。

香风吹过，父子俩有些头晕。

父亲望着远处青山自言自语，其实哪有人定胜天的道理啊，人心浮躁了嘴唇就扁薄轻口，什么话都敢讲，也不怕遭天谴雷劈。儿子颔首，眼前的花海夭夭，有一种挑衅的招摇。

花开客人来，花落风景去，轮回两三载。直至一日，村民陆续上老人家的门，委顿着脸，声音却是愤怒而激烈。原来，公司已经拖欠工资，少的3个月，多的6个月，事情正在走向危险的悬崖。他们需要律师出面。其中一个吞吞吐吐，要借钱，付孩子的学校伙食费和买玉米种子，开春后种在山脚的抛荒畲地。老人给了他。

所谓绝望，自然是看着希望像泡沫一样一个个破灭。村民先是看见公司的人一个跟着一个趁着夜色卷起铺盖撤退，后来是山洞口大铁门悄然关闭，再也没有开启。最终，县法院下达的起诉文书和出庭通知书无人签收。顽皮的孩子翻过铁门到洞里玩耍，发现所有的石笋石柱已被劫掠殆尽，遍地残渣闪着狰狞的白光，吓人。一户人家娶亲请来戏班子表演，演员们演出前进洞游览，进去时打诨插科，出来却是面相木然。班主凝神说，世事大概就像这个样子了，我们去旅游看世界，看到的其实是一个处处留下伤痕的世界，世界就是由众多的伤痕组成的，世界就是伤痕。唉，真个是，眼看他起朱楼，眼看他宴宾客，眼看他楼塌了。

公司给村里的钱还剩有零头，村主任带着，跟在镇长屁股后边，镇长跟在县长屁股后边，3个人到深圳、广州、南宁招商引资，走了一圈，企图寻找接盘的下家。觍僵了笑脸却没得好结果，县长自然没有好脸色，骂镇长土鳖，钻牛粪不成洞。镇长转而骂村主任狗瘪土佬，只晓得白天有酒喝晚上有奶摸，屁事不懂。村主任感觉委屈死了，却还得强装笑脸照顾领导的饮食起居。口袋里短了银两，只得厚着脸皮找同乡梁律师。

在南宁民歌广场湖畔楼，梁律师好烟好酒好菜招待家乡三级领导。酒后的县长萌发散步的闲兴，边走边说我什么时候能每晚都在这里散步呢。镇长奉承，说面包会有的，我们相信县长大人的宏伟目标一定能够实现，并且相信县长一定会满足我到县城人民广场散步的美好心愿。县长说屁，你先把下梁这个烂屁股抹干净了再讲别的。镇长于是抑郁了。村主任逃无可逃，一天天走进酒杯，醉生梦死，不再出来，他的某种阳光的东西在迅速凋萎。一日酒后，他矮下身段来到梁老汉家，对老人鞠三躬，说三遍：我们要你再活100年。

村主任是想转移压力了。村民三天两头找他的麻烦，强烈要求恢复田垌的旧模样，说再不种田就得出去讨饭。当初毁掉田埂不是他做的主，现在要恢复，他更是不能自作主张，这事大到县里头才能拍板。这时他才明白自己是多么糊涂幼稚，怎么不记好了各家各户的亩数再开工呢？当初也没有一个人提醒他，因为那时大家都不看重这几亩田地了。可是现在，这家嚷嚷他的亩数是九分三，那家嚷嚷他家的有一亩二，全部加起来，报数超过实际面积的两倍。看着面相，每个人都真真假假，模模糊糊，可疑得很。瘦田没人耕，耕开有人争，真是的，什么世道什么嘴脸啊。他悲啼一声，转身扑向酒壶。直到一夜醒过来：就算记好图纸，现在平掉了，高处的泥土推到低处，露出田基青石板，难不成又要重新砌起田坎，恢复原来的梯田模样？醒后的村主任认定最急着做的事是精确核准每家每户的亩数，而这个艰巨的任务的完成者非梁方文老人莫属——老人家对这片田地有如自己手掌般熟悉，他是这个村庄最年长的人，他是这片田地的百事通。

一切已发生的都是上天的安排吧。老人和善、豁达，像是看透了世事，默默接受了村主任交办的无偿任务。在84岁上，凭着一口真气，像愚公一样扎进荒败零落的田垌。就他一个人在田间忙碌了。那种执事敬的劲头，怕是花大价钱请来的勘测队都比不了。

儿子每月回来，对父亲能否迈得过84岁这道坎日益忧心。常常是，父亲在田垌来回丈量，他跟在身后捡拾残留的塑料薄膜。有时候村主任也来，不再喝酒的他在孤岛般的实验室里翻土起垄。大棚早已散架，钢筋被人拿走了。想起曾经的游人如织，想起导游对这块钉子地的“印第安保留地”谑称，他暗恨自己终究比老人少了某种精气神。他不知道，此刻，老人正是以这块保留地作为坐标原点，复原和定位田垌中原来每一块田的位置。老人时而来回踱步，时而俯身寻觅什么，像反复沉吟的复盘棋手。村主任喊叫什么他听不见，他沉浸在自己的世界里。

时常有人提着鱼肉鸡蛋过来探望老人家。因为关系到每一户人家的实际利益，老人话多了，热情留人吃饭。好菜须有酒配，酒后的他，脸旷达地开了，泛着红光，感觉平淡的人生因为对村庄每一道纹理的熟稔而丰盛肥沃，此生值得。尽管与开农家饭店、当船工、外出打工相比，田间的劳作简直就是徒劳的劳动，看不到任何价值，但是村民还是看重田地的边际，不敢模糊丝毫。这是他们的根。事实上，村民在乎的不仅是面积，还有肥沃程度、位置朝向等要素。这让老人的义务工作多了重重责任，复盘工作因此有些着急了，老人只得早出晚归。早上跟着上学的学生早早出门，晚上则是跟在晚归的牛羊后头，脚步带些滞重。

事情延宕几个月。在老人被一场雨水淋湿并感冒之后，村主任想起旧时战斗片里的军用沙盘，立即用杉木板做了一个，大如竹簟，摆在老人的厅堂。老人的那块田被村主任插上红旗，红旗是村主任从村委会办公室桌上拿来的。从此，复原工作顺利多了，也更精准。厅堂也成了村民活动中心，大家共同回忆那片田地，更多的是讲述发生在田地里的故事轶闻。老人变得从容甚至优雅了，听得进别人意见，不断修正自己的记忆错漏，并由此看出每个村人的心灵密码。画在沙盘中的一道道划痕，像极了一个个隐秘的符号，指引村人行走。村民多是宽容的，宽容别人，也宽容自己，经常会有一段辽远的山歌声飞出门去，暖了乡村的夜晚。

来这里最多的自然是村主任。

自从推土机开进田垌，村主任就明白这是走上了不归路，从此以后，小户经营模式一去不复返，只能规模化经营一条道走到底。现在，最好能找到人来接盘，如果找不到，下一步难办得很。

两人的谈话，更多的是村主任在听，老人在述说，像是立遗嘱。关于田地，他有很多话，每一块田地都有故事。在他的脑海中，许多事情正相拥而来，哪年的土改，哪年的三自一包，哪年的联产承包责任制。故事太多，绑住村人的双脚，绑住村人的想法，绑住这片天空和云彩，好像几十年来云彩就没有流动过。老人说，几十年来就在干一件事，干到最后懒得开口了，心里却是醒着的，有时候甚至怀疑自己是否真的在活着。

老人的述说，甚至谈到爱情和婚姻。那个歉收的秋天，他和她的爱情，梦想与逃离，终究因种种羁绊而成笑话。每当讲起，村主任就能闻到桂花的香气，穿越时光的尘埃逶迤而来，让人莫名地心疼，黯然神伤。时光流逝，思想却不能稳定下来、成熟起来，一切还是急躁，偶然的言行却起着大变化。村民与村民之间，村民与土地之间的种种纠葛，物质的，精神的，挣扎与对峙，妥协与遗忘，既复杂也简单，线条清晰。人类的情绪，痛苦、悲伤、失落、绝望、放纵、自嘲、愤怒、烦躁、仇恨、恐惧、忍受、脆弱、可怜、委屈、恶心，都在这片土地上真实生长过，并且还在生长着，生生不息。

年前，所有外出打工的人都回来了，所有的当家人都集中到老人家里，所有的人都同意老人的复原记忆。毫无争议之后，村主任给沙盘照了相，打印出来，家家留存一份，上面清清楚楚地注明每一块田的主人和面积，村主任、老人和户主在打印纸上按了红手印。完事后，村主任说开年后我也要出去打工了。

毫无预兆，第二天一大早老人就起不了床了，像是完成一桩使命后释怀地走了。

这是喜丧，儿子煮200个红蛋分发给村民。村民准备包粽子的糯米被细细磨成粉，黏黏的，把红棺材的缝隙填实。村民集体决定停柩7天，全村人守灵。

出殡那一刻下了松毛小雨。镇长来了，说了一段话，村民记住了一句话：老人认真地活了一生，没有半点敷衍。

老人葬在父母身边。儿子说，什么时候田地复垦了才把祖宗和父亲移上山。

新坟在村庄正对面，对着村庄，有些扎眼。儿子离开村子前跟村主任有过一番对话。

过了几天，村主任领着村民，在坟前砌起一道水泥砖墙，挡住了村民的视线，站在村口看不到坟头。

砖墙两面抹了水泥灰，墙后是一行字：

知屋漏者在宇下。

墙前也是一行字：

开放的下梁欢迎您！

字很大，漆上红色，很红。

# 周　龙

周龙，笔名龙眼，壮族，生于1963年6月，1988年7月毕业于广西民族学院中文系。在《小说选刊》《民族文学》《飞天》《广西文学》《小小说选刊》《微型小说选刊》等发表文学作品。出版小说集《好人从来不做媒》《恋人不在服务区》。中篇小说《面子问题》获《广西文学》第三届“金嗓子”广西青年文学奖。中篇小说《谁是最可怜的人》获第二届河池市“刘三姐文学艺术奖”。中国作协会员，广西第六届签约作家，广西作协理事。现任河池市社科联主席。

# 浮　桥

我在双合村当指导员那年，新农村合作医疗刚刚推行，要求4月底前完成缴费。因为自愿缴费的村民还不足五成，时间又延长了一个月。村干部只好连续作战，分头去啃那些“硬骨头”。我和村委马主任分在一组，负责拿下浮桥屯。这个400多号人的大屯，竟然一分钱都收不上来。我嬉笑说，我们啃的岂止是“硬骨头”，简直是龅牙的“钢筋”！

那天天未亮透，我和马主任就赶去浮桥。浮桥在双合村西南边，离村部有5公里。走在凹凸不平的砾石路上，我接连摔了几个跟斗，左腿被擦破了一大块肉皮，流了不少的血。用纸巾止血时，我破口骂道，他妈的这么烂的路，你们怎么就不修一修？马主任说，前几年就想修了，还是水泥硬化呢。乡里同意找一半的钱，另一半由浮桥群众集资。我说，干吗又不修呢？马主任说，浮桥一分钱都收不上来，修个屁嘛。接着，马主任不停地数落浮桥的群众。上面部署的集资、统筹、投劳、收费、种植之类的任务，在浮桥群众那里统统成了耳边风。当然，双合的村干部也不是逆来顺受的种，一旦有低保、救济、补贴之类的好处他们就坚决忘记浮桥。马主任一边走一边臭骂他们是刁民，我也时不时附和着臭骂一两句，不知不觉就骂到了浮桥。

浮桥是个椭圆形的大屯，有4个村民小组。屯里的群众还是按以前的叫法，不叫小组，叫队，小组长叫队长。一条叫浮江的小河穿村而过，刚好把椭圆平分成两半。小河发源于浮桥的西南山脚，是地下河冒上来的，清澈的河水滋养了许多不知名的野鱼。有个老人正蹲在河边钓鱼，钓上来的鱼养在一只木桶里，活蹦乱跳的有好几十条。鱼儿不大，有两三个手指宽，长短不一，形状迥异，有几条还镶着彩色花纹，好看着呢。马主任指着桶里的鱼说，双合最好吃的鱼！他问老人多少钱一斤，老人说，金校长全要了。马主任凑近我耳边小声地说，有野鱼吃了。走，去金校长家！

金校长是村完小校长，前年退休回家，热心打理屯里的事，乡干部村干部下到浮桥，开会吃饭都在他家。4个队长和金校长早在家里等了。马主任费尽口舌给他们讲新农合的好处，一点水泡都不起，谁都不愿交那10块钱。白队长说，10块钱都买得两斤猪头皮了，干吗白送给你们？再说了，我们又没有病。我说现在是没病，你敢说以后也没有？银队长说，现在这么穷，谁还管以后呢。这4个队长都年过半百，都一根筋，把一分钱看得比簸箕还大。张队长说，几个队的人都穷巴巴的，肉都吃不上，哪有闲钱来交？牛队长说，要不你们村干部先帮垫垫？马主任拍桌子发火。去年我帮你们浮桥垫了1000块的门牌钱，现在还有300多块收不上来，鬼还帮你们垫！我和马主任好说歹说，非但说服不了他们，还被他们奚落了一通：你们村干部这么积极，肯定得不少的回扣！简直是气死人了。我说了一些很不客气的话，马主任还脸红脖子粗地和他们争论，甚至吵架，最终一无所获。我们连饭都没吃就气鼓鼓地跑回来了。路上，我对马主任说，那么新鲜的野鱼都不得尝一口，真是太可惜了！马主任恶狠狠朝地上唖了一口浓痰，气都气饱了，还吃个屁鱼？

后来，我们又去了七八次，遭遇都差不多，任由你口水如何飞溅，他们就是摇头，坚决不尿你。有人甚至还说，要钱没有，要命有一条！最终，浮桥缴费的群众还不足一成，拖了全村的后腿，双合村委被镇里县里通报批评，几个村干部的绩效工资全泡汤了，每人600块啊！马主任指天发誓，今后我马应龙就是撒尿，鸟都不会朝着你们浮桥！

一个月后，新农合正式生效，一些村民生病住院，医药费多半都给报销了。他们看见我都咧嘴大笑，说交10块钱赚大了，政府早该这么做了。

那天，我和马主任在村部门前闲聊新农合的好处，白队长突然汗涔涔地跑到我们跟前气喘喘地说，马主任，我要补交新农合的钱。马主任把头转向一边，懒得理他。白队长从裤袋里摸出皱巴巴的60块钱递给马主任说，我家三口人，每人多交10块行不行？马主任不接钱，双手插入裤袋，双脚轮番跺地，然后甩给白队长一张阴黑的老脸。哦，你以为新农合是你家开的，想什么时候交就什么时候交。门都没有！你现在就是交1万块也没人尿你了！说着就背剪双手，噔噔噔地走开。白队长蹲在地上，呜呜呜地哭开了。我把他扶了起来，嬉笑道，当初你不是说10块钱买得两斤猪头皮，这可是12斤猪头皮啊！白队长双手啪啪啪掌着自己的嘴脸，我臭嘴！我猪狗不如！我哭笑不得地说，你早有这个觉悟就好了。白队长收起打脸的双手，长叹一声说，我那个该死的婆娘胃穿孔，刚在医院里割掉了大半个胃。我哦了一声，那得多难受啊！白队长骂道，他妈的，最难受的是我，东借西挪才凑够6000块给医院。想起那天他说的话，我差点笑出声来。我说屎急挖坑，当初你不是说没病吗？啊？白队长又啪啪啪掌自己嘴脸。我活该！我该死！我摇摇手说，晚了，这事早就停办了，马主任就是收了你的钱也没有用了，补救不了了。白队长瞪大眼睛问，是真的吗？真的没法补救了吗？我说千真万确。新农合投保就像农事一样，过了它就过了，没法补的，只能等到来年。白队长又蹲了下来，双手掩着脸哭道：天啊，几千块都是借的，那可是别家小孩的学费呢，我怎么办？我怎么办啊？我说，你没交钱，新农合救不了你了。这样吧，你回去把住院证明和发票拿来，再写个情况说明给我，我看看能不能从别的地方帮你弄一点。白队长噌地站直身子，紧紧地拉着我的手说，全指望你了，周局长，你一定要帮我！一定哦！

那时，民政局有个临时医疗救助，钱不多，所以不对外张扬。群众上门求助，特别困难的也可以安排一些。因为我这个市民政局副局长亲自出面了，县民政局把白队长当作特别困难的群众，特批了1500块，这已是最高限额了。白队长到村部领钱的时候，突然给我下跪。我赶紧把他拉了起来。他说大恩大德啊！说着就扯出其中300块塞进我手里。我推了回去，他又塞过来。我用力把钱塞进他的裤袋里，大声地说，你再这样，我就把1500块全部收回！他才收手。

有初一就会有十五。看见白队长得到好处，银队长、张队长、牛队长和几个生病住院的群众都来找我，一来就检讨他们不参加新农合是多么多么愚蠢，多么多么对不起我，然后一把鼻涕一把泪地诉说他们的穷和苦。我是个见不得眼泪的人，他们一流泪我就心软，心一软就小发慈悲。我接二连三地去找县民政局。县民政局当然不好意思拒绝我的善心，只是补助金额不再有那么多了，三百五百块打发了事。去的次数多了，县民政局石局长就委婉地提醒我，上级领导啊，雷锋也不是天天做好事的呀。我有点不好意思，连声说下不为例下不为例！但没过几天，我又去找石局长，要求解决浮桥10户群众的低保。石局长说，你不是说过下不为例吗？我说那是指医疗救助，但群众没饭吃没衣穿，总不能让他们饿死冷死吧？石局长朝我做了个鬼脸。如此浩荡的慈悲，你该当民政部部长啊！我扑哧一笑，承蒙下级夸奖！

金校长打电话叫我和马主任去吃鱼。我问只是吃鱼？没别的事？金校长说只吃鱼，刚钓上来的鱼，活蹦乱跳的，鲜美得很啊！金校长的话让我直咽口水。我问马主任去不去，他说光吃鱼？我说光吃鱼。他说浮桥人有这么大方？我说管他呢，吃了再说。马主任显然已经忘了那天他发的誓。他说对，吃了再说，他们还欠我几百块呢，不吃白不吃！两人又屁颠屁颠地赶去浮桥。刚坐在饭桌边，还没拿上筷子，金校长和几个队长莫名其妙带我们去看一座小桥。小桥其实就是架在浮江上面的几块烂木板，被虫咬得千疮百孔了。我说这也叫桥？金校长说这就是浮桥，浮桥屯因此而得名。我指着堆放在桥两端的乱石堆，问金校长是做什么用的。金校长说，农用车要过桥时，就把石头填进河里，车子过河后又把石头弄上来，再架上木板。我摇头不语。金校长说，这桥是4个队学生上学、群众劳动必经之地。下大雨的时候，木板桥被水冲走，行人只好涉水过河。大人还好一些，小孩麻烦就大了，经常有学生跌落水里。所以一下大雨，老师和家长都特别揪心。

看完桥，我们又回到饭桌边。金校长问我，那桥怎样？我说再不修就出大事了！金校长说有周局长您这句话就成了，吃饭吃饭！喝了几口酒，张队长说，周局长，你们市民政局不是有钱吗？我说有啊，花不完的钱呢！张队长说，搞点来修桥啊！我说民政的钱是不能拿来修桥的。金校长说，不会吧，你帮浮桥好几个群众弄了住院费，白队长还得了1500呢。牛队长说，浮桥从来没有人得过低保，你一来，就给了10户。金校长说，周局长一定有办法的！来来来，我敬你一杯！喝完金校长的酒，我说，叫我们来吃鱼，原来是有预谋的呀！金校长说没有没有，顺便说说而已。我认真吃了一条油炸的鱼崽，香甜酥脆，味道好极了，又连吃了两条。白队长拿一大杯酒来敬我。他说真是多亏了你啊，帮了我那么大的忙。你随意，我干了。说着就一饮而尽。我也不好意思随意，也干了，浓浓的酒意涌到脸上，眼睛也冒热气了。我又吃了两条炸鱼崽，然后咂巴嘴巴说，怎么个修法？几个队长都说，你帮找水泥钢筋，我们组织群众投工投劳。我想都没想就说好，就这么定了！几个队长一起走过来给我敬酒，他们给我倒了满满的一大杯，起码有四两。盯着那个装满酒的红色塑料杯，我怵得慌。我说，你们还要不要钱？他们说要呀，有钱谁不要？我说，刚才我喝了几杯？他们说才两杯呢，不喝这杯酒你就是看不起我们！连哄带骗我又被灌进一大杯。刚喝完，又一大杯酒凑近我嘴边。我说我的酒量就是三杯，再喝就醉了。他们说土茅台，醉了也没事。我说怎么没事？马主任也过来帮腔，周局长再喝就醉了，得找人抬回村部呢。他们说，醉了我们负责抬！说着又把酒凑到我嘴边。我把酒推开，板着脸说，我有个臭毛病，喝醉之后，那天所讲的话一律不记得了。金校长说，那就算了吧，别逼他，修桥要紧！我说就是嘛，再喝我就把修桥的事忘得一干二净。

回来的路上，马主任问我，真帮他们修桥？我说，你说呢？马主任说这帮刁民，理他个屁！我装作要醉不醉的样子，说真的不理他们？他说死都不要理！我说对，死都不要理！

话虽这么说，但当着那么多群众的面表态了，我怎敢耍赖？我很快就为修桥的事奔波。我找了县交通局公路局，管事的人都说，他们只管县道省道国道，这种小桥小路归扶贫办管呢。我又去找县扶贫办，他们说，这种烂桥烂路农村到处都是，哪有那么多钱来修？跑了三五天，白费了脚力和口水。

金校长隔三岔五打电话叫我去吃鱼，其实是催钱，没弄到钱我哪好意思去。有天无事可干，我就在村里瞎转，阴差阳错又转到了浮桥。白队长一见我就拉我上他家，还要杀鸭招待我。我找了个借口，说要赶回县里开会。两人拉拉扯扯了一阵子，他才放手。走到村口又遇见牛队长和张队长。牛队长说，雨季马上就要到，那桥再不修就出大事了。我说赶紧修呀。张队长说钱什么时候到？我说正在弄，还不知道呢。你们先修吧，钱我会弄给你们的。张队长说没钱买水泥钢筋，用什么来修？我说你们先垫支嘛。牛队长说，我们要是有钱，桥早就修好喽！我没再言语，借故离开。回到村部，已是下午两点，饿得两眼昏花。我心里臭骂自己是笨蛋，为什么不吃白队长的鸭，那可是河里放养的，绿色纯天然。

雨季说到就到。大雨铺天盖地下了一整夜，天亮了还在下。起床后，我撑着雨伞到村子里走走看看。河水暴涨，已经淹没了河边的稻田。所有的路都被大水淹没，好像一条一条黄色的小河。村民们都不敢出来，站在自家门口东张西望。好在雨很快就收敛，来得快，去得也快。雨一歇，大片大片的浑水瞬间消失得没了踪影，好像有隐身术一样。马主任披着雨衣来到村部，我问他情况怎么样，他说到处被水泡，又脏又乱，有几个鱼塘被水淹没，跑走不少的鱼儿，好在人没事。我说人没事就好！这时，金校长打电话给我，说有几个学生上学，经过浮桥上面滑进水里了。我说，人怎么样？金校长说，还不知道，正在抢救呢。我和马主任马上赶去浮桥。小桥已淹进水里，那几块木板影子都找不见了。金校长和一大堆人正叫嚷嚷地围在桥边。我凑近一看，地上正平躺着一个八九岁的小男孩。小男孩刚被人从水里捞上来，浑身湿淋淋的，脸色惨白，肚子鼓胀得像个充满了气的皮球。一个老太婆跪在旁边，甩头甩脑哭叫：我的孙啊，你怎么就走了？我怎么向你父母交代啊！我不想活了！我挤进人群，弯下腰，伸手往小男孩身上探了探，感觉小男孩全身冰凉，跟死人一样。金校长问，怎么样？我没出声，又伸手探了探小孩的鼻孔，探到了时有时无的微弱气息。我站直身子说，还有救！老太婆立刻停止了哭泣，大声叫道，快！快快！快救我孙子，快啊！一帮人都说，吃了这么多的水，怎么救呀？我说，去拉头大水牛来，还要一床被子。一帮人还在犹豫，搞不懂我的意思。金校长说，白队长，把你家的水牛拉来！银队长，你去我家扛被子！不一会儿，牛和被子弄来了，我们脱光小男孩的衣裤，把他横卧在牛背上，然后把被子盖上。白队长拉着牛在前面走，我和马主任、银队长、牛队长、张队长跟在牛的两边，扶着牛背上的小男孩。牛沿着村路走了两圈，孩子身上还是冰冷的，一点起色都没有。走到三圈四圈，孩子身上开始有些暖气，水一小口一小口地从嘴里溢出。白队长大概走累了，脚步停了下来。我在后面大声地叫道，继续走，继续走，不要停！白队长又拖着腿继续走。走了七八圈，一串一串的水从小男孩嘴里喷了出来，小男孩猛地咳了一下……

小孩得救后，老太婆气喘喘地跑到我跟前下跪，嘴里“救命恩人救命恩人”地叫着。我把她扶了起来。金校长说，小男孩的父母都在广东打工，她一个人照料这个孙子，不容易啊！我说幸亏救活了。金校长说，水牛怎么能救人呢？我说，水牛身上很热是不是？金校长说是呀。我说泡了那么久的水，还吃了一肚子的水，小男孩是不是很冰冷？是不是很需要热量？金校长说哦，原来如此。是谁教你的？我说，民政救灾，这种事我见多了！这时，牛队长急匆匆地跑过来，说他家和隔壁几户的房子都被水淹了，马上就要倒下来了。我和马主任跟他跑过去。

四间房子已被黄水淹到墙根，再涨一些水，那些泥巴墙就会土崩瓦解。我问，里面有人吗？牛队长说有啊，一家人都在里面呢。我说叫他们赶紧出来，要不然再涨水就没地方跑了。牛队长跑过去喊人。

好在水没再往上涨，险情排除，我和马主任待到傍晚，用手机拍了几组水灾的镜头就回了村部。

第三天，我和马主任正在整理全村水灾情况，准备向镇里汇报。牛队长带着三个人来到村部，他们是前天被水淹的农户。牛队长说，他们的房子要倒了，能不能跟民政局弄点钱来修？说着牛队长拿出了一张从学生方格作文簿上撕下来的纸给我。上面是一些歪歪扭扭的铅笔字，虽然错别字不少，但还可以看得出里面的内容。他们的房子被水淹了，要倒塌了。他们地里的玉米也被水泡了，颗粒无收，请求民政局救助每户1000块钱。落款是他们的名字，还按了手印。我心里骂了句笨蛋，这么大的灾，才要1000块？嘴上却说，房子倒了吗？他们说还没有，但已经很危险了。马主任说，等倒了再说吧，我们正忙着呢，回去回去！我说先回去吧，要注意安全！

我去县里找民政局，石局长正在办公室里看报纸。我进门的时候，石局长惊叫了一声，周局长你成大英雄了！我愣头愣脑地说，我怎么就成了大英雄？石局长递一张市报给我说，自己看吧。《小孩溺水，局长救命》的头条新闻闪进我眼里，是我在浮桥救人的报道，金校长写的，惊天动地一大版。我却一点都激动不起来。石局长说，为英雄接风，走，我请你吃饭！我说饭就免了，你给4万块钱去村里修桥。石局长装出一脸的严肃。市局领导上门不吃饭，我敢给钱啊？我笑呵呵地说，不吃白不吃，就给你个面子吧！吃饭时，石局长说，市局的钱那么多，你是常务副局长，好意思跟县局开口？我说你是知道的，中央和省里给民政的钱，都直接拨到县里，市局一分钱都留不住。再说，浮桥是不是你们县的？浮桥的群众有难是不是你负责？石局长说，也是啊，你说说什么钱可以给你修桥？我说，你给什么钱我就要什么钱。石局长说，你敢要什么钱我就敢给什么钱！两人捧腹大笑。

回到村部，看见牛队长和另外3个离去的背影，我问马主任，又有什么事？马主任说能有什么事，伸手要钱呗！说着把一张纸伸到我面前说，你看吧。我看后叫了声哎呀，终于长进了，懂得用白纸了，先前没倒下的房子也倒了一大半了，钱也从1000涨到5000了。你出的主意？马主任说，我才懒得理他们呢。这帮刁民，脸皮真厚，什么鬼点子都想得出来。淹了一点点水，房子又没倒，就想要5000块钱，哪有这等便宜的事？我说可不是嘛，哪有这等便宜的事？第二天，牛队长他们又跑来村部，还带来了那张登有《小孩溺水，局长救命》的市报。牛队长问我，报纸都说我们的房子被水淹了，民政局该不该给钱？我说该给！但得不得钱，报上去才知道。牛队长说，有局长你这句话，我们就放心了！他们走后，马主任问我，真的给他们报？我说报呀，怎么不报？而且钱的数目要翻倍。说着，我在他们的报告上修修补补，然后以村委的名义，写成要4万块灾后倒房重建经费的报告。盖章时，马主任眼珠子瞪得都快蹦出来。天啊！真的帮他们弄这么多？这可是从来没有过的哦！我说，先报上去吧，批不批还不一定呢。报告给镇里盖了公章后送到了县民政局。

之后，牛队长他们三天两头来村部问钱到了没有，我和马主任都摇摇头。好几万呢，哪那么容易？半个月后，4万块钱下拨到镇里。马主任到镇民政办把钱代领回来，他问我，4万块全给他们？我说你说呢？马主任说，最多给一半。我说你先管着，一分都不能动！马主任说要是他们来问呢？我说你就说还没批下来。过了两天，马主任又对我说，那钱最多给他们3万。我说一分都不给！马主任啊地惊叫起来，那给谁呀？我说谁都不给，拿来修桥！马主任说修桥？修桥的钱你不是在找吗？我说找是找，但一点眉目都没有！你以为上面那么好糊弄？马主任说，这钱可是我领出来的，他们要知道还不扒了我的皮？我说，你不说我不说谁知道？马主任说，我就怕出事。我说又不是你花掉，你怕什么？马主任说4万块啊，在农村是个天大的数目，我还是怕！我说你别怕，就是有事，也是由我担着。

我叫马主任拿钱去浮桥给牛队长他们，说是上面给买钢筋水泥的钱，赶紧采购吧。马主任说绝对不行，这钱送到他们手里，等于把鱼送到猫的嘴边。我想想也是。

我和马主任去了趟县城，采购了水泥和钢筋，找了两辆农用车拉到浮桥，校长和几个队长都感动得泪流满面。

过了三个星期，我打电话去问金校长修桥的事。金校长说半个月前就动工了，今天可以倒桥面了。我问马主任，他们不会蒙我们吧？马主任说，难说，浮桥那帮刁民，胆大包天，说不定早把钢筋水泥私分了呢。我说那还了得啊！我和马主任火急火燎赶到浮桥。几十个农民正光着膀子在桥边忙碌。打碎石，搅砂浆，绑钢筋，钉板子，人声鼎沸。我一到工地，一群人就围过来对我说，这桥烂了那么多年一直没钱修，你一来就弄到钱，就修起来了，4个队的群众都拍手叫好呢。他们还说，要把我的名字刻在桥头，让大人小孩永远记住我！我自嘲道，那我不是永垂不朽啦？一群人都朗声大笑。我摇手打断他们的笑声，很严肃地说，千万别这么做，你们不骂我就阿弥陀佛了。这时，已到了吃饭时间，几个队长跟我们到金校长家吃鱼。因为要倒桥面，大家就随便吃了点。临走之前，牛队长拉着我的手问，那钱批下来没有？我故意装作不知道。什么钱？他说，水灾修房子的呀，一共4个人呢。我朝着站在边上的马主任努努嘴，他又走过去问马主任。马主任给我甩回个眼神征求意见，我朝他摇摇手，他点头表示领会，装作很不耐烦的样子。哪有那么快？哪那么容易得钱！要真得了，我能不通知你们啊？

一个月后，结实坚固的新桥竣工了。典礼那天，群众对我说了许多感激的话，意思都是，没有我就没有这座桥，我很不好意思。这座桥造价近30万块，群众献工献力，我只是帮找了4万块钱，略尽绵薄，何足挂齿？

后来，上面部署的事情，浮桥屯一件都没落下，至少我挂村那年是这样。

因为救人和修桥，我被省委组织部通报表扬。

那天，在全市新农村指导员表彰会上，我声情并茂地做了经验介绍。介绍到修桥时，我抬高声音说，这是个偶然事件。下到农村，你不跟群众吃饭喝酒，就不能和群众打成一片。别说是办事，就是跟你打招呼的人都没有！你们信不信？但吃了人家的喝了人家的，你就嘴软了，就轻易表态了。比如修桥的事，我就是在酒桌边随意那么一说，就骑虎难下了，不修嘛，你就是说假话。一个处级领导干部公开说假话，败坏人民公仆形象，罪大恶极啊！你说我敢不修吗？于是，掌声雷动。介绍到救人时，我压低声音说，如果那个小男孩死了，死因是木板桥被洪水冲走，属于安全事故，追究起来不但我这个指导员有责任，还要连累无辜的村干部乡干部，轻者通报批评，重者撤职降职，你说我能袖手旁观？我能无动于衷？于是，又掌声雷动，而且经久不息。

走出会场时，一些熟人在门口向我点头致意，我隐约听见他们说了一些表扬我的话：

这家伙一定是农村长大的，实诚，心善，又肯帮人！

这家伙胆子也够肥的，又能做又能吹，指导员就应该这样！

……

这些话让我一直在颤抖。直到手机响到第三遍，我的身子才停止颤抖。接上电话，我听到马主任颤抖的声音：出大事了！这种颤抖跟我刚才的颤抖完全不一样，是慌里慌张的，无助的。我说什么大事？他说，牛队长他们把我告上法院了，两天内不还那4万块钱，我就要坐牢了。我说，你跟他们说，4万块钱拿去修桥了。马主任说，我说过了呀，他们不信，他们说修桥的钱，周局长早就弄来了，这钱铁定是被我独吞了。我嘴里操了句他妈的这帮刁民！说马主任你别害怕。马主任用哀求的声音求我，我冤死了，周局长，你可要救我啊！你不救我我就死定了！我故意刺激他说，4万块，也只判个四五年，很快就出来了。马主任那边肯定被吓得不成样子。周局长，你别这样吓我，我有心脏病、高血压，我会被吓死的！我扑哧一笑，安抚他说，多大的事啊，不就4万块嘛，马主任你放心吧，没事的！一定没事！就是有事，也是我来扛，跟你没有半毛钱关系！

我赶紧联系法院的熟人，熟人说，现在只是民事，把钱还回去，上诉人愿意撤诉，就没事了。否则呀，检察院一介入，麻烦就大了，至少以侵占他人钱财论罪，而且数额还比较大。我突然感到脑子真空，脊背一片冰凉。

我打电话给我的上司王局长，说了这个万分紧急的情况，请求从市民政局慈善总会开支这个钱。王局长说不行，绝对不行，修桥修路又不是做慈善，不合规的。我说修桥修路还不是慈善？王局长说，只能说是公益，跟慈善不是一码事的。我说打擦边球不行吗？他说打擦边球？出了事你负责？我说负责，我负全责！他哼了一声说，你负个屁责！

我从自家银行卡上取了4万块钱心急火燎地赶到村里。跟马主任去浮桥的路上，无论我如何解释说没事没事，马主任的身子还是一直哆嗦着，他甚至摔了几次跟斗。碰头地点选择在新建的桥上面，牛队长和3个受灾户站在桥的东侧，我和金校长、马主任站在桥的西侧。我准备讲话时，有几个人走过来，他们笑眯眯地对我说，在看桥呀周局长？我也假装笑眯眯地说，是呀，在看桥呢。他们走后，我指着桥面说，你们说这桥修得怎么样？牛队长说，好啊，好得很啊！一屯子的人都夸着呢。我说那得多谢你们几个队长呀。牛队长他们莫名其妙，都愣愣地看着我。我说修桥的钱我一直在找，但一时半会儿又弄不来，我都急死了。而烂桥又不能不修，你们说是不是？牛队长说，可不嘛，大雨说来就来，再不修就出大事了。我说，所以嘛，我和马主任就借用了你们的钱来买钢筋水泥，要不这桥哪能修得这么快？我来回扫了他们几眼，又说，当然啦，这是我个人的意思，跟马主任没有半毛钱关系。牛队长他们异口同声地哇了一声，真拿去修桥呀？我说我什么时候骗过你们？牛队长说，是呀是呀，周局长是不会骗我们的，早说清楚我们就不折腾了。牛队长把脸转向那几个人，你们说是不是？他们都点点头。我笑了笑说马后炮，早说早就出大事了！说着，我从包里掏出四扎四人头，放在手上拍得哗啦作响。我说，这几天，我就是跑上面弄这个的，这不是弄来了吗？！现在就还给你们。我把四扎钱分到四个人手里。他们站成一排，给我鞠了躬，连声说谢谢谢谢，真是太谢谢了！我说还告吗？金校长说，你们的房子又没倒，没有周局长，鬼才帮你们弄这么多的钱！我说你们要是还闹，细查下来，这钱是要如数收回的。再说了，这些钱能弄到你们手上，全靠马主任帮忙。他骑摩托车跑镇里跑县里，倒贴不少油钱呢。牛队长一脸的羞愧。他对那几个人说，事情都弄到这个分上，我们还要闹，那就是脑子进水，就是二百五！你们说是不是？那几个人都说那是那是。说着，他们走过来给马主任深深地鞠了一躬，连说三声对不起。马主任一直僵硬的脸瞬间舒展开来。而我一直舒展的脸却开始僵硬，4万块钱像四块巨石重重地压在我心上！

过后，妻子逼问我，4万块钱去了哪儿？我说借给舅老爷建房了。他家遭遇水灾，房子全倒了。妻子说，这么大的事，你怎么都不跟我说一声？啊？我说，舅老爷不是十万火急嘛，我哪来得及跟你请示。妻子鼻子哼了一声，十万火急？狗屁！她凶巴巴地瞪着我大声吼道，什么时候还？我说舅老爷说了，一有钱就还！妻子脸上阴云密布，声音变大变尖。你舅那个穷鬼，他有个屁钱嘛，他一辈子都没钱，这不等于白送了吗？我笑嘻嘻地说就是白送的呀！妻子10个尖尖的指甲同时扎进我的右臂，声音跟指甲一样尖锐，你敢？！

# 侯 珏

侯珏，本名侯建军，1984年5月生于柳州市三江县。2008年毕业于广西民族大学文学院，大学期间开始写作。中国作家协会会员，广西作家协会青年文学委员会委员。现供职于南宁文学院，文学创作二级。著有诗集《在水上》、人物传记《两粤宗师郑献甫》、系列纪实散文《广西湿地笔记》、长篇小说《一厘米国境线》等。

# 水深过肩

那一年，我被绑在一艘淘沙船卧室的床底下，目睹了工人水老鼠杀死船东老四，目睹水老鼠把他沉入水里。因为床太低，我没有看见他们两个人的脸。当水老鼠做完第一件事情后，第二件事情就是把我拉出来推下淘沙船旁边的小快艇，向下游驶去。

是下游另外一个船东老六救了我的命。

我睁开眼睛醒来时，便看见白花花的芦苇在蓝色的天空下摇曳。老六拖住我的头和脖子，把我的上半身扶起来。我坐着环顾四周，只见几个骷髅在一堆堆乱石间睁开黑圆的眼洞放射诡异。我这才发现自己屁股下面坐的就是萝卜洲。

“六爷！我爸爸呢？我要回家！”我一边问老六,一边哗啦哗啦掉眼泪。

然而老六并没有回答我的问题，他只想了解事情的原委。今天想起来，当年的经历仍历历在目。

16岁的最后一个晚上，父亲为了给我洗胆，特意斩了一条灰鼠蛇给我喝冷血。第二天，经人介绍，我就来到了县城10公里外的这艘淘沙船上。

淘沙船停靠在水村镇小码头附近的一个淘沙场。淘沙场总共才有一艘中型运沙船，柴油机动力，名叫“四号”，就是我踩在脚下的这艘。“四号”虽然船体破旧，但总算可以承载重量正常运行，三分之二装沙石，四分之一住人。“四号”的驾驶舱十分简陋，乍一看，只有一个硕大的方向盘，再就是一张已经被磨破的坐垫。坐垫里的海绵像伤口里的肉，从皮内往外蹦出来。我左手按住那又脏又腻的“肉”，右手夹着大包裹，侧身挪过狭小的驾驶舱往卧室摸去。给我带路的是工头老四。老四身上有一种难闻的气味，闻了叫人直想呕吐。

情况显然并没有我之前想象的乐观：船舱卧室只有一张床。这意思分明是我要和老四、猪头和水老鼠四个人挤在一起睡了。唉，有什么办法？我想，这个月，就算是一次漫长的冒险吧，但愿不出什么意外。

“地方窄，你就把包裹塞进床底吧！”老四说着，走出了船舱。

我弯腰试图把行李放进床底。这时一只老鼠嗖地从我的胯下跳出来。砰！几乎同时，老鼠的尾巴拉出了一串琴响。“啊!”，我像触电一样惊恐了数秒——我仿佛看见昏暗的床底下躺着一具干尸。定睛一看，原来那是一把米白色的吉他。

吃过午饭，在船上迷迷糊糊待了大半天，至傍晚时分，老四、猪头和水老鼠就拉上我去干活——冒险了。“我还没完全熟悉这里的情况呢！有点怕。”我对老四说。“小毛头，这条河都是我们地盘，你怕什么!”老四跟我说话的时候，两只脚已经穿上了水鞋。

其实我倒不怕出行会遇上什么险恶的环境，打小就光屁股河里野玩的人，几乎打过整条林溪河流域的鱼，少说也死里逃生过八九次。要说水有什么可怕，不如说我更可怕，因为村里伙伴们都叫我绰号“水鬼”。

我怕的是老四这几个人。上这艘淘沙船之前，父亲就对我说过这几人的来历，说他们都是不太干净的人。比如水老鼠，名声很臭，街头小流氓，人小鬼大，鼠头鼠脑不讲个人卫生，专干偷鸡摸狗的勾当，因为嫖娼得病欠了一屁股债，被父母兄弟赶出家门。他为了生计不得不靠了猪头的关系，来这淘沙船做活，否则不是饿死街头就是因为干坏事而被别人逮着打残废。

“猪头15年前竟然与老四杀鸡拜过把子结过兄弟！”父亲说着，干树皮一样的脸忽然绽开笑容。他从小就给我讲过《水浒传》，此时，我知道他笑容里的含义。想当年，父亲也算是在远近江河上混过的人。

父亲说，老四是民间歌手，是条“青龙”，虽然已年过60，但记性还好，歌谣唱得漂亮，年轻时结过两次婚，两个老婆都死了，没留下一个孩子。前几年他与人合伙开矿亏本，剩下点钱，买了艘破船入股县里某建筑公司干起了淘沙的活。而猪头15年前曾经参加过一次群殴，砍了人，那人差颗米的距离就没命了，结果让法院给判了12年劳改。“回来后，他就跟老四到船上混了。”父亲说。

父亲所说的那些往事终究过于陌生和遥远，而我眼下要和这帮鸟人去冒险，还是不太放心。走之前，出于防范心理，我偷偷从行李包抽出我从父亲箱子底偷来的“啄木鸟”，塞进右脚的黑色长筒水鞋里。“啄木鸟”是一把长细冷铁防身匕首，它的手柄上刻有“以和为贵”4个铜光闪闪的魏碑字体。

猪头掌舵，我们4人坐上了一艘铁身快艇，离开淘沙船，向下游开去。快艇长约8米、宽约1.3米，由一台老玉林柴油机牵引着。我们的目的地是距离这里5公里的另一艘淘沙船。那里的工头老六今天放雷炸得一堆河鱼，捎话上来，说正煮着酸菜鱼汤切好生鱼片等着我们下去喝酒。我问老四：

“四爷，我们多久可以到?”

“大概一顿饭的工夫。河滩太浅，水道太弯，水流又急。怎么啦？不习惯？你们这些学生仔，就晓得念念课本，骗骗妹仔。听你爸说，你小子还蛮机灵的，好好跟我干吧，看你是块料，争取开春以后领它个四五百块钱回学校去报名。不好好读书，干吗要休学呢?”

“四爷……”

“小毛孩，没见过风浪，等下到了老六那儿让你见见世面，他的故事可多了。嗨，不过，到了老六那儿，你千万别乱说话，就给我好生喝酒吃鱼。晚上回来我再给你讲讲歌，嗨，那才是真正的故事。”

“可是，我不太会喝酒……”

那时正是深冬，寒风阵阵。我和老四、水老鼠已经醉醺醺，呼吸沉重，靠着垫板半躺在船舱里了。唯有猪头没醉，仍然是他掌舵。“突突——突突——”，猪头敏捷的身姿立在夜色里，短而密的头发被风刮向后方，黑色大衣的衣领上翻包住了颈项御寒，冬夜暗淡的月色下，他的身体一下向左一下靠右，使唤这快艇往上游我们的淘沙船赶。我们酒足饭饱，在摇晃着的快艇上睡意昏沉，除了水老鼠时不时咳嗽一声，大家一声不吭。我们只想到四号淘沙船上大睡一觉。

“哐当——卡卡——”突然，一阵刺耳的金属噪声划过夜空，快艇猛地一震，把我们3个躺着的人从半睡中震醒了。

“破你个卵！抛锚了！”猪头拍着船舵破口大骂道，“老四水鼠水鬼，快下船！”说这话时，他已经跳到水里去，水深刚刚过膝。

“快！快！你们仨到后面推！往里靠！”老四一把拉住船头铁链，往更深处探去，希望避开礁石把快艇拉到深水区开动。

但是没有用，柴油机摇不响了。我费了好大的力气才从旁边沙洲上找来人家丢下的已经被风吹干的烂乳罩，递给水老鼠蘸了柴油点燃放在进气口上点火。即便如此，任凭猪头再摇，柴油机也还是发动不了。

“破你个卵！这前不着村后不着店的，老四，怎么办？”

“怎么办？靠岸！你下去叫老六他们来帮拉，我们先在洲上等。狗日的！我检查看到底是什么问题。”

“还检查个卵！这么冷，手都冻直了。倒不如进草丛里再找几个烂奶罩短裤和擦屎棍什么的，生把火，烘舒服。闻闻骚味也不错！老鼠，你说是不是？我下老六那儿喝两杯暖和暖和再回来哈！”

从河里上来，我已经冷得不行。猪头这一去，没有半包烟工夫不会回来。水老鼠倒是勤快，不知道他从哪个角落找来几个避孕套、一堆发白的塑料袋和干草木棍，反正已经在一个低洼干燥的地方生火了。

死寂的夜晚，月光暗淡，半尺高的火苗一跳一跳，火光照在这一小片光秃秃的沙洲上，但见遍地圆滚滚的石头，像死人坑里的白骷髅。鬼！对了，这里有鬼！我猛然记起来，这片沙洲叫萝卜洲，是个有名的死人的地方！传说中有好几起凶杀案都是在这儿找到尸体的。这巴掌大的地方长满高过人的茅草和灌木，是恶棍撒野流氓强奸妇女的好地方！

老四、水老鼠和我三个人像三个孤魂野鬼坐在一堆骷髅中间，两脚抬起放在火上烘裤子，彼此的胸前闪烁着摇摆不定的血红火光，眼眶深陷，眼珠光亮，嘴巴变形，背后投下了夸张晃动的奇形怪状的影子。

老四似乎看出我的恐惧，他故意说："小水鬼，以前没这经历吧？猪头半路可能碰见姑娘啦，他不回来，我们就派一个人回去守四号船，剩下两个留在这儿守快艇。四号船大，别人搬不动，这快艇没人看就危险啦！你看你怎么打算？"

"水鬼一个人回去吧，这儿太冷了，说不定回去路上还能碰上小女鬼做伴哩！"水老鼠说完他的建议便哈哈大笑，肚子痛似的前俯后仰。我明明知道他们在吓唬我，但若说我心里没有一点害怕，恐怕也是假的。

我说："老鼠，我才不怕鬼呢！我小时候和兄弟们去山上装老鼠夹，晚上还在坟墓旁边睡过觉呢！不就是一个人走回去吗？我自己本身就是鬼！再说我身上有铜，大不了撒泡尿，鬼总怕铜和尿吧？"

老四笑了笑，接下话说：“我们先等吧，石头湿的时候我们就派一个人回去。”

“好吧，三更露水降，我们就坐到三更。”水老鼠说。

为了解闷也为了壮胆，在我的再三请求下，老四答应给我们唱歌了。前提是我和水老鼠先各去周围捡来一捆添火的木棍干草。水老鼠除了捡来一大捆添火的木棍干草完成劳动，又一次意外地搞到十几只废弃的避孕套，扔到火中，火堆立刻散发出刺鼻难闻的橡胶味道。为此老四专门骂了水老鼠一顿，说他尽搞邪门。

我说：“四爷，开始啊！”

老四于是清一下嗓子，兴致勃勃唱了起来：“不唱唐朝多好汉，单唱唐朝薛家人；薛家有个薛仁贵，万古流传到如今……”唱到柳员外的时候，老四停顿了一会儿，水老鼠机灵地掏出一包“甲天下”给他递过去，老四抽出一支放火里点上，缓口气歇息，一支烟工夫后，他解释说：“这是《薛仁贵》，现在村里已经没人会唱了！”然后向火中使劲吐了一口痰，清一清嗓子，继续唱道：“小姐窗里心发痛，拿件马甲跨出门。马甲递给薛仁贵，仁贵身暖心也暖……员外见他穿马甲，二话不说骂他娘……”

唱到薛仁贵二次去投军，老四又停顿一会儿，水老鼠则继续掏出一包“甲天下”递给他，老四抽出一支放火里点上，歇口气，把烟抽到一半丢下烟蒂，然后向火中使劲吐了一口痰，清一清嗓子，继续自我陶醉地唱：“……大海无风三尺浪，一心想转长安城。仁贵号令铁如山，太宗看他是好臣；茂公阴阳算得准，过海东征第一人……”

四个人一起回到四号淘沙船上已是凌晨三点。我们全身湿透，热乎乎的，个个出了一身臭汗。大冷天出汗是难得的好事情。为了让好事情更加彻底，猪头提议烧水让大家好好洗个澡，“洗完澡，把从老六那儿带回来的两斤鱼煮了送酒！”

这时老六的快艇已经远去，柴油机的声音渐渐被远方河滩的水声淹没。

老四正在给满满一大碗的小青鱼挤肚子，他说，只有挤了肚子的小青鱼吃了才不苦。小青鱼食指般大小，只见老四左手的拇指和食指捏住鱼头，右手的拇指和食指捏住鱼身往尾巴一顺，红绿红绿的胆囊和肠子以及白鼓鼓的鱼鳔之类的内脏全部顺了出来，船舱里立即弥漫一股鱼腥臭。老四吩咐水老鼠准备好锅头和酸菜，准备好碗筷。水老鼠利索地应声好，便转身去干活。

唯有猪头闲着烘火。他嘴巴哼哼一些俗得掉渣的港台歌曲，面带微笑，似乎刚才发生过什么让他高兴的事情，让他回味无穷。他一边笑，一边挑逗水老鼠说，老鼠鬼，老鸡的味道怎么样？哈哈！一定很难咬吧！

你还问我啊？你上回不是吃了人家还嫌人家肉松吗？反正我没吃过不知道。水老鼠隐约感觉猪头有意拿他取乐，便如此回敬。

猪头笑得合不拢嘴，转过身对老四开玩笑说，老四也真厉害，算是一个阴阳杀手，但现在大概已经是等着硬了吧，嘿嘿，我现在可是硬着等咯，嘿嘿，老鼠鬼，你这倒霉鬼大概连枪都生锈了吧？

"别得意，你猪头总有一天会被车撞死!"

对于猪头编派的杀手名号，老四非但不生气，反而笑着回敬猪头一个诅咒。两支烟的工夫后，我们四人陆续出到船舱外面裸着身体冲完热水澡，回舱穿条短裤坐下便吃鱼喝汤，饮酒谈笑，舒爽无比。总之，我是不知道自己是怎么爬到床上睡觉的。

次日，大雨倾盆，不能出工。将近十一点钟，我被一阵吉他声唤醒。原来猪头早已起床坐在我对面弹弄吉他。是床底那把白色吉他。

"猪头叔，你怎么也会弄这东西?"我问道。

他闭上眼睛有些自我沉醉的样子，笑了笑说:"我是几年前在牢里自己琢磨的。"接着在我的请求下，他答应给我弹唱一首。他说:"我不会和弦，只会单音，就给你弹个单音版的《恋曲1990》吧!"于是他闭上眼睛唱:"孤单单的身影后寂寥的心情，永远无怨的是我的双眼……或许明日太阳西下，倦鸟已归时，你将已经踏上旧时的归途……"

猪头唱得用情，两遍下来，老四已把饭菜煮熟。下午的雨仍然下个不停，老四吃完饭便提一个蛇皮袋上岸进城去买今后两天的食物。剩下我们三个人，都不想出门，关在舱里盖被子继续睡大觉。

雨越下越小，可没有一丝要停的迹象。猪头和水老鼠醒来后开始互相开玩笑，说荤话，把我也吵醒了。这时候不知道水老鼠说了一句什么话，点中穴位似的，忽然使猪头挥舞着双手，打开了话匣子。就在他挥舞双手的瞬间，我发现他右手的无名指和小指，都断了一截。

吧啦——吧啦——雨水像受到惊吓的鱼群，一阵接一阵拍打着船舱外面的铁皮。透过卧室小门望去，船外江面像旺火煮开了的一锅水，点点滴滴密密麻麻。猪头的故事，杂乱无章，无比凄惨，使人无法复述。把故事说完，猪头猛地一个鲤鱼打挺跳下床，走出船舱朝河里哗啦哗啦撒了一泡尿，进舱梳理梳理头发，再点上一支烟，然后一声不吭，离船上岸进城里去了。

雨越下越猛，大有不落个七七四十九天把天地淹了就不停下来的意思。在暴雨强悍气势的冲击下，我们的船舱开始漏雨。雨水滴到我们的床上，其中有一滴还不偏不倚滴进了水老鼠的脖子。“他妈的！”水老鼠一边拿薄膜去糊篷顶的洞眼，一边骂娘。

直到天快黑的时候，老四背着一个蛇皮袋踉跄走下河岸小路，往我们的四号船走回来。不一会儿，老四就跳上船，像刚从水里钻上来一样，浑身湿漉漉地摸到船舱。

我说：“四爷，你买什么呀，这么沉。雨这么大，哪用急着回来？”

不料老四看都不看我一眼，急匆匆地甩下袋子，同时冲水老鼠说：“水鼠，下来！猪头出事了！”

“出了什么事？！”

“他被车撞了！现在医院里面，估计已经报废。你马上赶去他家报信！”

“妈呀……”水老鼠听完老四带回来的噩耗，顿时脚一软，晕倒在床上。

我和老四费了好大的劲，才把水老鼠摇醒。水老鼠醒来，双眼大睁起身扑向老四。老四猝不及防倒向床尾差点摔倒在地上。

“水鼠！你要干什么？！”老四喝道。

“干什么？我杀了你！”

“你发疯啦！”

“我非杀了你不可！”

瘦弱的水老鼠像一条疯狗撞向老四的腹部。两人扭到一起厮打起来，俨然忘记还有一个人站在旁边。突如其来的事故，让我不知所措。

“不要打了！停下来！不要打了！”我狂吼了几声，几乎同时流下了眼泪。

但没有人听从我的劝告。我在他们眼中，像是一只与事无关的小狗。我徒劳地叫了十几声，试图逃出船舱。然而我的第二只脚还没有跨出舱门，脑袋便嗡地响了起来。

一串急促的琴音伴随我缓缓倒了下去。

老六说，当时他们的快艇抛锚，正停靠在萝卜洲边上骂娘。是老四托人捎话给他，说晚上到四号船煮狗肉火锅。不料一个傍晚就发生了那么多事情。

水老鼠开快艇下河滩穿越萝卜洲时，恰巧遇见老六一伙人。老六一伙人拦住了飞下来的快艇，以为水老鼠是赶来接应他们的兄弟。

“狗日的，水老鼠一下船，就见鬼似的跑开了。河水涨那么高，我们费了好大的劲才把他丢下的快艇拉住。还好，他没有把你丢进河里。”老六说，他们把我背到洲上放下来，都以为我快不行了。

“水老鼠的性病是猪头传给他的。猪头的性病是镇上的鸡婆传给他的。那个鸡婆是老四的常客。”老六说，因为我是目击证人，水鼠要是活着，肯定不会放过我。“他没有把你丢进河里，也有他的想法，”老六说，“你只是被钝器打昏，没有危险。我已让他们下去叫人上来接应，水太急，我们上不去。不过洪峰来之前，我会把你送到县医院。”

天空越发晴朗，洲上白色的芦苇在风中沙沙作响。老六让我说一说事情的经过。

半晌，老六的人来了，来人报告说他们已在下游一个水坝头发现老四的尸体。

“你们捞上来了没有?”

“谁也不敢去捞呢!”

“好吧！我们赶紧把艇子拉到洲头，开去县里报案!”

于是，我们沿水路向县城开进。老六和我躺在甲板上面。为了缓解我的恐惧，以及炫耀他的见闻，老六一面为我拭去头上的血迹，一面和我说起历史上这沿河一带的械斗吃人事件。

那时老六才十多岁。

“六爷，这些事情我怎么从来没有听说过?”

“嗨！你这么年轻，没听说过的事情多着呢!”

快艇犁起的水浪在我们耳畔哗哗直响，我歪着头，看见两岸的山峰像野兽一样在蓝色的幕布里向后奔跑。我在心里数着那些野兽，数着数着，眼睛犯困了。后来，直到肚子咕噜咕噜叫的时候，我们才隐约看见县城附近的码头。

“嘟……嘟……”这时老六腰间的BP机（传呼机）突然铃声大作。老六站起来，拔出BP机一看，说：“0772–861××××，鸡婆店里的电话！一定是水老鼠呼我！”

没等老六往腰间插好BP机，我已迅速翻身跳下快艇向岸边游去。水老鼠，你去死吧！我心里想，父亲一定会帮我算这笔账。

想到父亲，我的四肢立刻充满了力量。那时候，假如你是一只老鹰，一定看见我当时的样子：露出一颗头颅，游啊游啊，仿佛一条受伤的水蛇泅过河面。可是河岸在即，我该死的双脚却不合时宜地抽筋了。

“救命啊！六爷！”我大声呼喊着。

但没有人听见我的声音。河面上只有两道快艇留下的水痕。河流像一条大蛇被切开了腹部，摔倒在群山脚下。快艇已经离我而去，我顿时感到无比绝望。求生本能告诉我，必须深深吸一口气让肚子胀起来，以便使身体浮在水面。

我吸了一口气，挺着大肚皮仰望蔚蓝色的天空。

很快，洪水掀起的阵阵波浪猛然冲过来把我给淹没了。

在浑浊的水下，我十分惊喜地摸到了河床，碰到硬物，双脚也不抽筋了。我竖直身体踩着河床拼命向岸边走去。很快，充满善意的水从我的下巴流过，刚刚漫过肩膀的河水，让我的鼻子闻到了浓浓的鱼腥味。

# 陆祥红

陆祥红，壮族，广西都安县人，广西民族大学政治系87（2）班学生。中国作家协会会员。在《中国作家》《作家文摘》《民族文学》《作家》《边疆文学》《广西文学》等刊物公开发表报告文学、小说、散文、诗歌、评论等400余篇，近100万字。

# 单边情话

护士长进来察看病人，对坐在床边的阿菇说，哟，妹子变年轻漂亮了，有什么滋润呀？

阿菇放下杂志，莞尔一笑，说，谢谢大姐关心，太麻烦您了。

阿菇所在的地方是大石山区，环境恶劣。唯独阿菇的村庄，山清水秀，林子会说话，小溪会唱歌。自小吸花香沐山泉的阿菇，楚楚动人。

护士长心细。过去好长时间，阿菇很憔悴，这阵子脸色好多了。

丈夫阿干生病后，阿菇住进江滨医院一年多了。

阿干突发脑出血那天，阿菇正在雇主家忙活。接到电话，她的腿一下就软了，险些跌倒。之后，迷迷糊糊的阿菇跟随救护车，一路陪阿干从县医院到市医院，再到省城江滨医院。因山路难走，耽误就诊，出血量又大，阿干虽然捡回一条命，但情况糟糕。

此时，阿干躺在床上，像一截朽木。本来150斤的汉子，掉了一半肉，一副皮包骨的样子。说皮包骨都不贴切。他的皮肤松垮垮，干巴巴，像从哪儿捡来一张皮囊，随手盖上他的骨架。他剃光头，凹陷的开颅处，令人发毛。脸庞已变形，口鼻歪斜，目光呆滞。他全身没知觉，唯一能动的是眼球，在床上吃喝拉撒。但他身上时时干爽，没有久卧病人的邋遢和异味。

阿干8年前重点大学毕业，本也想留在大城市。县里到学校招聘人才，阿干感觉家乡需要年轻人，更想起自己的悲惨身世：3岁时母亲跑了，一年后，经热心人牵线，邻村智障的寡妇入门，不久父亲上山打柴跌下山崖，瘫痪至今。继母不但照顾父亲，还一把屎一把尿将阿干拉扯大。作为独子的阿干，思前想后，便回乡工作。

有次下村，阿干巧遇高中同班同学阿菇。阿菇当年是校花，为了两个弟弟能继续学业，她把大学录取通知书藏起来，谎称没考上，回家务农。阿干大二时，一个女生见他阳光帅气，学习好，写诗打球样样顶呱呱，主动追求。半年没过，又嫌他徒有其名、口袋不行，提出分手。阿干领教了城市的恋爱，如菜市买卖。回县里继续被女孩排队追的阿干，因一朝被蛇咬，十年怕井绳，再不敢敞开心扉。这么帅的人不恋爱，在小地方自然成话题人物。说什么的都有，没安好心的断定他不是男人。重逢阿菇，校花虽然晒黑了点，但依然俊俏，散发出一股特有的清纯气息。阿干即刻被勾了魂。消息传开，令所有人大跌眼镜，质疑阿干不是汉子的人也被打脸了。众多追求他的白富美，被一个村姑打败，失落到怀疑人生。心有不甘的女孩，甚至四下打探，发誓弄清楚阿菇是不是会巫术。

两人交往，阿菇矜持含蓄，阿干使出浑身解数，全力出击。一个下大雨的周末，他佯称出差，却藏一朵玫瑰花在雨衣里，骑摩托车半夜进村，突然敲开阿菇家门。惊喜的姑娘，小拳头雨点般落在他身上。他还巧立名目，什么相识日、毕业日、重逢日、初吻日、家长见面日等。纪念日里，他用各种方式表达爱意，打电话，发信息，后来是微信、视频，一次都没落下。阿干送的礼物虽不值钱，却花样百出。阿菇23岁生日时，阿干送了她一件特殊的礼物。精美的包装被打开之后，里面竟然是一打内衣裤和女孩的私密用品。这样的礼物羞得她满脸通红。阿菇连连嗔怪他在城里学坏了。她既别扭，又暗暗欢喜。

她也问过阿干，你坏坏的，为啥老老少少都说你好？阿干笑道，傻丫头，我平时在外面都是乖仔一个呀。那为什么对我就没个正经呢？阿菇不明白。阿干一脸坏笑地说，对恋人当然要坏啦，在你面前，我可当不了柳下惠哟！阿菇说不过，撵着他满院子跑。

阿菇也有翻脸的时候。生完第一个孩子不久，疲惫得昏了头的阿菇，洗澡时忘带上门。“贼心”不改的阿干逮住机会，竟然推门闯进去，嬉皮笑脸说一起洗。吓坏的阿菇哇哇尖叫，扯过毛巾捂住身子，狠命踹他。弄得邻居第二天来问发生什么事了。为这，她半个月不和阿干讲话。阿干不知赔了多少笑脸，她才消气。此后这般的“火爆”行为是没了，但言语依旧。久而久之，阿菇想，也许城里人都这样。城里归来的丈夫，看来顽习难改，也就稍微习惯了。阿干本来可以过这种生活，因为孝顺才回来，自己也不该太苛刻。况且，他除了痴迷浪漫，情话上瘾，其他方面好得没得说！

精准扶贫一开始，阿干主动请缨，到村里当第一书记。一个农民儿子，从学校到机关，待久了，阿干越发觉得没啥味，早寻思改变点什么。但要驻村，也有困难。刚结婚那几年，阿菇一直在乡下带小孩，照顾老人。后来为方便小孩上幼儿园，阿菇才搬到阿干在县城60平方米的出租房，去家政公司找了份工作，两老留在乡下。现在阿干要进驻的村子，离县城5个多小时车程，到老家更远。扶贫工作没日没夜，阿干不可能三头跑。阿菇悄悄回趟老家，软磨硬泡，第二天与婆婆一起，用轮椅把公公推上班车，带到出租屋。正愁得直挠头的阿干，感激地搂住妻子，唱着“你是我的玫瑰，你是我的花”，把她狂亲到舌头发麻。阿菇被缠绕得快要窒息，更被他啧啧响的声音吓坏了。公公婆婆就在一墙之隔的客厅里，她慌张地说，你老是这么疯癫的，还是赶快下村吧！

阿干入村才半个月，阿菇在电话里说怀二胎了。阿干一听，把手机摔到床上，在村值班室里忘乎所以地跳跃，大喊。阿干觉得是老天爷表扬他搞扶贫，奖赏个宝贝孩子。从那以后，他跋山涉水，下田入户，浑身是劲，卖力得不得了。

驻村工作是硬活，不好做。前年底，阿干连续忙一个多月才回趟家。晚饭后陪爸妈聊几句，逗小孩半个时辰，就把自己锁进卧室，扎进大堆表卡资料里。阿菇安顿完老人小孩，上床等丈夫。再三催阿干休息，他总说等下等下。累了一天的阿菇实在挺不住，迷迷糊糊睡着了。许久，她被阿干的刷牙声吵醒，一看手机，已是深夜两点多。阿干躺下前，吃了几片安眠药。

驻村不久，他就开始失眠。过一阵，阿菇又被吵醒了。丈夫从客厅进来，挠着稀疏的头发，步子踉跄，嘴里喷着酒气。以前滴酒不沾的他，搞扶贫后不得不学喝了。阿茹吓一跳，问怎么大半夜喝酒啦？阿干说，安眠药不起作用，挨到四点钟还睡不着，就起来猛灌两盅土酒，晕乎乎的了。阿菇又问，你常这么喝？他答，偶尔吧！原先高挑帅气的小伙子，驻村后日夜奔波，寝食没个规律，身体机能混乱。他开始发福臃肿了，头发一梳掉一把，皱纹夹杂着尘土，悄然爬上额头。这般未老先衰的模样，令所有偶遇的熟人，都惊讶无比。阿菇鼻子一酸，泪儿流了出来，赶忙转头过一边去。丈夫当真刚倒下，便打起呼噜来。阿菇却再没合过眼。

次日一大早，阿干去部门联系项目，交那堆资料。午饭时阿菇问为什么老失眠。他说整天千头万绪，头都大了，哪有个安生。阿菇听了，着急地说，你还有什么事情没做完，让我来帮帮你吧。阿干听完，紧锁的眉头舒张，笑得前俯后仰，肚皮发痛，头发和皱纹抖成一团麻。他捏捏妻子下巴说，小乖乖，我被你的天真打败了。等你见识那个懒得凳子缺只脚，两年都不补的老憨，还有坚决不让出自家三尺地，害得屯级路几年也修不成的莫旺，不哭鼻子，我给你当马骑一辈子。帮不上忙，又让丈夫小瞧，阿菇好一阵郁闷。

不久，阿干骑摩托车摔下山沟，幸好滚到一半有大树拦住，不然命就丢了。他不敢告诉阿菇，在乡卫生院治疗一下，又忙开了。10多天后县里开会，他不得不回城。看到包扎着绷带的丈夫进门，阿菇吓了一大跳，还没张嘴问，泪水扑簌簌下来。

忙碌，劳累，压力大，休息没保障，竟成了常态。阿菇整日提心吊胆。没承想，最后来个脑出血。

进医院头两个月，是阿菇最黑暗的日子。她惶恐无助，万念俱灰。丈夫是天，天塌了，她想死的心都有了。阿干还没脱离危险，护理上她插不上手。她有大把时间来以泪洗面，憔悴得不成人形。进ICU探视时哭，想幼子时哭，阿干帮扶对象来也哭，被催交医疗费时更哭。

一天，阿菇无意中翻见丈夫那次摔伤痊愈后，发给自己的信息：村里条件很苦，如果我真有三长两短，这个家就靠你了。她默默看了几遍，顿时醒悟，这个三代单传的家，两个大男人躺倒的家，自己必须扛起来。以前这个家的天是丈夫，现在是她自己。正好，阿干从ICU转到普通病房，她的心神逐渐定下来。

阿菇认真听每句医嘱，上网查询护理这类病人的要点，照着做。房间里还有两个病友，一个家属照看，一个请护工，只有阿菇最耐心细心。喂药，端屎尿，擦身子，按摩手脚，真个麻利轻柔。看她那模样，仿佛饶有兴趣，不是干累赘活，两个病友眼里全是羡慕与不甘。这一切，阿干不懂，他没知觉。但好像他也懂，因为有时会滴几颗泪，偶尔还转过眼珠，久久盯着阿菇。

阿干工资少，父亲瘫痪，用钱多，又得还大学时的助学贷款，是“月光”之家。驻村后，碰到各种于心不忍的事，他每次都掏腰包，尽力相助。家里本来就入不敷出，这一病，更加扯紧。

阿菇把钱算计到分，什么都省。她不去商店买东西，在小巷里的地摊淘，女性用品也不例外。儿子只能喝劣质奶粉，5个月时喝到假货，上吐下泻，在县医院吊好几天针，叫她揪心不已。

阿干住院报销比例低，比不上新型农村合作医疗。阿菇暗忖，丈夫要是保留农村户口，参加新农合就好了，或者干脆自己得病，报销多，阿干又不用活受罪。

能借的钱都借了。院方从三天两头来探望阿干的贫困户嘴里知道原委，免了阿菇陪床费，让她感激不尽。冰冷的医院里，有了点暖意。更让阿菇没想到的是，有个原来追求阿干的姑娘也来探病。她见到阿菇，不生分，不尴尬，百般安慰。说着说着，不自觉牵起阿菇的手。阿菇开始也有些别扭，但慢慢地就适应了。许久，姑娘问道，我可以摸摸他吗？阿菇点点头。姑娘探下身，在阿甘耳边轻语几句。然后，一只手放在阿干胸口，一只手爱抚他的脸颊、眉毛和凹陷的开颅处，几滴泪儿，飘落在输液管上。不一会儿，她站直腰身，在包里摸索，递上装满信封的钱和一沓当年送不出的求爱信。不容阿菇推辞，转身疾步出门。晶莹剔透的“泪珠”，顺着输液管无声滑下，融进爱人的血脉里。丈夫优秀，爱慕者众多。阿菇有危机感，也免不了吃醋。虽从不明说，但她自己明白，时不时地莫名发脾气，就是因嫉妒使然。

正如此刻，阿菇捧着这一大沓求爱信，像拿着个烫手山芋。刚才还滋生了一丁点儿感动，现在却只剩下烦闷。怎么有这样的人，竟然把本来要送给爱慕对象的情书，给了其妻子！阿菇想扔进垃圾桶，或划一根火柴烧了。但一转念，又很想看姑娘到底写了些什么。她鬼使神差地拆开一封信，才看了两页，就面红耳赤，心头咚咚跳。一个姑娘家，怎能这般大胆不害臊！但被点燃的复苏如少女的心，还是按捺不住，一封接一封，一口气读下去。这些火辣而美妙的字眼，竟深深打动了阿菇。刚才的不快消失殆尽。她的心，居然随着一行行字，时而澎湃上潮头，时而急急入深渊。多有才华的姑娘，她爱阿干，如此真挚且热烈！看到最后，阿菇甚至有点怀疑，姑娘对阿干的爱，是不是超过了自己。阿菇既为自己的小心眼惭愧，也为姑娘感动。一份始终不被接纳的爱，尚能如此，自己一直沐浴在丈夫的真爱里，还有什么不可以去做？

再缺钱，阿菇都买朵鲜花，插在矿泉水瓶里，摆在丈夫能看到的地方。花枯萎了，再买一朵。阿干爱浪漫，以前宁愿不买新衣，也要买花给她。现在，阿菇哪怕饿肚子，也得让他看花。有位医生对这个村姑的插花行为好奇。问清缘由后，点头赞许，并告诉阿菇，病人越渴望的，越能刺激他，对恢复知觉越有益。

阿菇一听，灵感来了：对，我要和他讲情话！

从那天起，阿菇开始用家乡壮话，在丈夫耳边调情，反正旁人听不懂，不难堪。别人只是奇怪，她为什么和从无反应的病人讲那么多话。阿菇相信，喜欢情话缠绵的丈夫，会在她的呢喃中苏醒，站起来。哪怕站不了，至少知冷知热，知饱知饿，可以出院，一家团聚。在一个屋里照顾两个病人，总比现在强。整整一年没见儿子了，每天只能视频隔空互动，儿子哇哇呀呀的叫声，让她心酸。儿子重了没有？他会认得屏幕前轻声呼唤的妈妈吗？阿干病倒时，儿子才两个月，只见过三次面。哪天醒来，他能认出儿子，认出上天赏赐的宝贝吗？想到这，阿菇泪流不止。转念一想，只要他苏醒，就算认不出父母妻儿，不记得自己是谁，又有什么关系！

阿菇甚至买来丈夫最喜欢的黑格子内裤，洒上香水。瞅着机会，以身体遮掩，把它吊在他的眼前。她贴着丈夫的耳朵，用情话刺激他。这些丈夫常做，自己一直羞于面对的事，现在做起来，竟这么自然！

刚开始，阿菇也不知道自己是怎么做到的。以前，丈夫见缝插针说情话，捧她如公主，仿佛少了这手段，他就不知道如何爱老婆了。而自己老觉得他坏坏的，不甚习惯，更别提对他讲情话了。想想，其实浪漫的阿干，多么希望她在耳边缠绵，哪怕一次，哪怕一句！从小人家都夸自己聪慧，孰知竟如此不开化。丈夫需要时，感受得到时，自己没表达，甚至没想过学习表达。更愚蠢的是，家乡满山遍野的花，自己常摘下来插在头上臭美，却从未想到送一朵给浪漫的爱人！阿菇明白，该到自己表达了。晚了也要说，晚了更要说。再不说，要是没机会了怎么办？

阿菇有样学样，努力回忆丈夫的“真传”，还偷学那姑娘求爱信里“劲爆”的情话，但远远不够。阿菇一直对浪漫不以为然，又缺浪漫细胞，要讲好情话，难乎其难。她便上网看爱情小说，模仿主人公对话，学技巧，比读书时还用功。有次看到书里精彩的对话，她迫不及待讲给阿干听，竟忘了用壮话。虽然意识到时，才讲了几句，但含情脉脉的声音被旁人听懂，阿菇那个尴尬，好几天都缓不过来！

知道阿干放不下村里，阿菇就加入了阿干的工作队微信群，有什么消息，就讲给他听。阿菇让弟弟拿来丈夫的驻村笔记，选择她认为阿干牵挂的内容，反复提醒他：你还有这么多事情没办完，群众等着哪！阿菇根据自己的理解，与丈夫探讨难题。你不是说我做不了吗？我偏要证明，偏要争高低。我的办法一定行，我也懂扶贫。阿菇这么逞强，是因为她只能指望，视扶贫为己任的丈夫，总有一天，在听到某个扶贫专用词时，在她雄证自己思路时，打个激灵，就醒了。

阿干依旧没反应。她就装出嗔怪的语调，说，全县扶贫干部谁不累，谁不难，你只是病倒，却有9位战友已经牺牲在一线，你怎么好意思这么久了还躺着，还不赶快好起来？！

病房在五楼，阳台上望得见邕江。阿菇晒衣服时突然有个主意。她要陪阿干在阳台上看江。

看江需要轮椅。可一张轮椅至少几百块钱，她买不起，也租不起。阿菇想到二舅，他是远近闻名的木匠。二舅跑几趟县城医疗器械店，反复观摩轮椅，取家里旧木料，忙活20天，制成一张木轮椅。轮椅是莫旺带儿子儿媳帮送来的，好多人围观。一家人拉着阿干的手，唠叨个不停，有感激有内疚，还伴随哽咽。轮椅虽然简陋，但结实，有温度。店里卖的太冰冷。而且，它不花钱，只需亲情。

阿菇围着木轮椅，看了又看，摸了又摸。她眼里不只是兴奋，更有强烈的期待。她甚至产生幻觉，看见阿干已经不用搀扶，自己坐上去转动它，灵活地进退，讲着熟悉的情话，逗她去追。

嗡嗡蚊声把她拉回现实。阿菇用旧布垫底，靠背放个枕头。她俯身对丈夫说，阿干呀，你说过要带我去看大海大河，我们现在就去看了哦。

阿干虽然只有七八十斤，但娇小的阿菇，要抱起他也不容易。她一手托颈部，一手托腰部，一寸一寸慢慢把阿干挪到床沿。尝试几次，才把丈夫稳稳抱起，放到轮椅上。伴着咯吱咯吱声，夫妻俩慢慢来到阳台。

阿菇量过阳台栏杆的高度，丈夫的视线，正好可以越过栏杆，望到邕江。阳台不大，顶上挂满衣物，栏杆也晾着抹布袜子。旁边的厕所，飘出浓浓的福尔马林味。轮椅占去大半个阳台，别人上厕所，得侧身过去。

正值黄昏，夕阳映照江面，水面浮光跃金。远处的房子，近处的树木都染上了金色，阿干毫无血色的脸，也明亮起来。远处一艘大船鸣笛驶来，太阳被震碎在水里。整条江，就像天上坠下无数金蛋，拥挤碰撞，又如风儿吹动千万金线，飘荡摇曳。

来省城前，阿菇没离开过县里。她熟悉大山里的天空、草木、溪流。她从没见过这样的景色。在家乡，太阳升起很久才能看到，下午早早就落山了。这是她头一次靠近太阳，感受平原的黄昏。她很亢奋，在阿干耳边喋喋不休。回忆两人曾经的快乐，描述邕江落日的奇妙。

从那天起，阿菇每天都把丈夫带到阳台。他俩日复一日，相依相偎，“欣赏”同一个视野范围内的江景。阿干照旧只有眼珠会动，但阿菇笃定，他的心潮已经涌动，如平静的海面下，珊瑚在擎起，海藻在呼吸。

阿菇不止一次听到“植物人”这个词，但从未把它与阿干联系在一起。尤其是有了木轮椅后，她坚信，即使火辣的情话无法让他感动，扶贫话题无法让他触动，但反复唠叨他不兑现诺言，肯定有用。因为阿干是天底下最守信用的男人。他曾说过带妻儿去看大海大河，看草原沙漠，看雪景湖色。这些，他都没有兑现。只要不停地讲，反复责怪，丈夫就会内疚。内疚就有内生动力。他搞扶贫常要求贫困户要有内生动力，现在轮到他必须具备了。如果他的求生欲望足够强烈，那么奇迹就会出现。

阳台的天地，与外面的世界连接，阿菇也从这里得到安慰与鼓励。虽然数月以来，医生不断暗示阿干已没有希望，好心提醒，该带他回家了，但阿菇内心深处响起一个声音：不管成植物人也好，成啥人也好，只要还是人，未成鬼，我就永不放弃，一直陪伴，我会一直抚摸他的身体，贴近他的耳朵，给他讲火辣辣的、更出格的情话。

夜里阿菇做了个梦。医生把她叫到办公室，宣布阿干已成植物人。阿菇脑子轰隆，猛一惊醒，泪染枕巾。

早晨，下半宿几乎不眠的阿菇洗漱回来。她低着头，心事重重地放下口盅，用毛巾擦干手，坐到床沿。

她突然一抬头，被吓了一大跳！

阿干背靠墙壁，正坐在那儿望着她。大冷的天，他满脸汗，湿漉漉的。

阿菇揉揉双眼，看看这是真人，还是鬼魂。接着，她扑过去，狠命捏丈夫的脸，摇晃他的双肩，哇哇哭喊：你个死鬼，真的是你吗？是你吗？！

哭喊声惊醒房里所有的人，也迅速引来了值班医生。

年轻女医生弯下腰，也对阿干又捏又晃，张开的嘴半天合不拢。

任凭他们怎么折腾，阿干都不动，始终一副卧床时的神情。

众人摇头长叹散去。

这时，阿干开口了，一字一顿艰难地说：我有感觉快一个月了。

那你为什么不说话，不早告诉我？你折磨我还不够吗？！阿菇泪如雨下，继而又破涕为笑。

我想听你说更多的情话，不想你停下来，阿干平静地说，但他满眼柔情。

窗外，河边晨跑的老爷爷腰间，传来邓丽君甜美的歌声，“甜蜜蜜，你笑得甜蜜蜜……”

## 祁十木

祁十木，1995年生于甘肃河州，写诗写小说。作品见《人民文学》《花城》《诗刊》《青年文学》《民族文学》等刊物，入选多种选本。著有诗集《卑微的造物》。

# 火　坑

## 1

哈老汉坐在炕头望着。

窗外，雪一片片地落了下来，像是被谁撕碎了似的，急急忙忙地覆盖着地面，下定决心要把天空之下的所有事物都给吞了。土炕被儿媳妇烧得火烫，他丝毫没有感觉到冬天已来临。只是觉得有一阵阵声音从天上坠落下来，与那些雪一起落下，从树梢上、房檐上，一直落到他的炕头。这声音可比冬天冷多了。

他那两孔如地窖般深凹进去的眼睛，时而睁开，时而又闭上，他已经好久没有好好睡上一觉。人都一样，老了以后睡不着，心却始终是累的，哈老汉这么想着，也算稍稍安慰一下自己。他转过头，看见了那扇始终关着的门。其实晌午时，儿媳端着饭进来，门就打开过，可哈老汉觉得它仿佛永远都不会打开一样。门上的木头也开始朽了，这倒也不稀奇。哈老汉年轻的时候同匠人们修起这座房子，光阴一天天地走着，他这个比猴还要机灵的汉子，都整日整夜地坐在这炕头不动了，木头哪能不朽呢？想到这，哈老汉叹了口气，靠在叠起的被子上，眼睛慢慢闭合，用手反复搓着那如黄土沟壑一样的眼角，动作像一个犯了错的小朋友。他的手背越来越湿，炕却越来越烫。

炕的另一头卧着那只不知活了多少年的猫。说是不知多少年，其实哈老汉心里比谁都清楚。他身边的女人到坟坑里几年了，这只猫就几岁了。他只是不愿意想，不愿意知道。他的女人爱猫，她无常（回族常用语，代指“死”）之前那只老猫的肚子就大了。那晚的雨特别大，哈老汉发现自己的女人在滚了几十年的炕上咽了气，却没有发现老猫在客房的床下生下了一窝崽。直到女人的“头七”过了，哈老汉才注意到一窝猫崽子的叫声。他不喜欢这些猫崽，猫是小人，狗是君子，小城里流行着这样的俗语。但是他的女人去了，他也不能把她留下的这些念想全给送走，于是就留下了那只最小的灰黑色的猫崽。现在年份有些含糊了，究竟是多少年了？是啊，多少年了？

在炕的这头，哈老汉边想着，边拉开被子，放好了枕头，就躺了下去，他的身体已经不允许他长时间保持“坐”这样一种姿势。老猫也在躺着，眼睛是睁着的，它看着哈老汉，哈老汉看着它，他们就像看见了自己一样。哈老汉喃喃地说着，你这个尕畜生啊（尕，即小，表示可爱的语气），也老了，我俩一搭（一起）老了。这句话，像是一种预言。年轻的时候，哈老汉就爱说这句话，现在真的老了，他却因为自己的预言害怕起来，怕那一阵又一阵的声音。

他往炕的那头蹭了过去，慢慢地摸着老猫，从头一直摸到尾巴，摸得猫的毛明亮耀眼，其实他也希望有谁能这么抚慰一下他。“哎，尕畜生啊，你说老了、病了，也是难事啊，来给个干脆的就好了，你看看你拉不起身子，我也动不了啊。”说着他就停住了，像是被定格了一样，他怕，怕这话有冒犯。他想活着是活着，万一一下子没了，这顿亚（现世）上还有好多没做的事呢，自己的功修做得不够，哪有脸到坟坑里去啊。想到这，哈老汉感到了一阵从头到脚的冰凉，他觉得炕也不烫了。他一个劲地重复着，像诵经一样地重复：炕凉了，这是要放我的埋体（回族丧葬专用语，“尸体”之意），这是要放我的埋体啊。他身上像下雨一样，那两孔“地窖”开了口，自己的衬衫湿了，老猫的头顶上也滴了不少。老猫挣扎着“喵”了一声，像是竭尽全力地安慰他，可它的声音低沉得都听不到了。哈老汉平躺在炕上，他不想再想了。他把被子捂得严严实实，怕自己被抢走，被那种恐惧抢走。但仍旧有一个声音回荡着，这是要你走呢，老汉，这是在要你走呢。

哈老汉在热炕上抖成一根被遗落在冬天的秸秆，沉沉地睡了过去。外面的雪下得越来越大。

## 2

“砰”的一声，哈老汉被惊醒，从一个没有梦的睡眠中。哈老汉用手肘撑着枕头，侧着身慢慢地睁开眼睛。儿子回来了，进了房抖着身上的雪，用后脚跟踢了门一脚，门关上了。

“你慢些不成吗？门都成那样了，还踢什么？”

“哎呀，阿大（爸爸），我都冻成这样了，管门干啥，我忙得很，回来就跟你说几句话。”

哈老汉坐了起来，披着被子的一角，“你不是忙吗？咋这时候回来了？”

“还在忙呢，只是我今天听着个消息，说尔德节（回族节日，又称宰牲节、忠孝节）后我们这边要开始拆迁了，听说拆了以后的待遇不错，阿大，你看咱们先在哪儿租个房子过渡一阵。”儿子喝了一口茶，坐了下来。

哈老汉沉默了一会儿，嘴微微张开、闭上，想说些什么，又咽了回去。

“阿大，你没意见的话，我看着办了啊。”说着，儿子就开始穿衣服准备要走。

“哎，哎，你先等一下。”哈老汉赶紧打断儿子的话，他知道儿子走了，那门又得关起来。不知从什么时候开始他就怕跟每一个人分别，总觉得这是不是会成为跟这个人见的最后一面，所以就跟人尽量多说会儿话，何况这是自己的儿子。“你说的那个事我再想想，我老了，想得没有你们年轻人那么快。但是我跟你说，这个尔德节上宰牲的事不能随便，我存了一千块钱，你看着买个羊回来，我今年举意（个人内心的动机、意念）了，明年我还在不在，都不知道呢。”哈老汉从炕上的毛毡下，抽出一沓破旧的红色纸币，放到了儿子手中。

“阿大，你好好的咋说这个话呢，这事你别操心，我提前都买好。就是你不说，我也得买啊，咱在这院子里的最后一个尔德节了，得好好地过。还有那个找过渡房的事，你收拾好啊，节过完不久，我们就要搬呢。”说完儿子就穿上衣服，径直往门外走去。“阿大，我先走了，我还有些事忙呢。”

哈老汉听着儿子最后说的这句话，门就关上了。“哎，哎，我还有事跟你说……说……”哈老汉的声音慢慢低了下来，儿子已经听不到了。“给猫看下病吧，猫不行了……”像是一种惯性，他把话说完了，尽管他只能对自己说。当然了，门关得那么紧，一切的声音就只能留给自己。

哈老汉无奈地摇摇头，手放在了猫身上。“没人管你，也没人管我啊。”他自言自语着。门又开了，哈老汉眼里释放出一束光，随即又暗淡下去。儿媳端着晚饭进来了，如今确实也只剩下这吃饭的关系了。对儿媳，哈老汉要比对儿子慈祥多了，他时常想，人家的丫头辛辛苦苦拉扯大，就送到我们家里来服侍人，还不得对人家客气点。

“阿大，吃饭了。”儿媳简单的几个字，打断了他的思绪。

“好，好，你放那搭，我马上吃。”哈老汉殷勤地赶紧回应着。

儿媳从盘子中取下碗，放在炕边的桌子上，转身就要走。“索菲亚，你等等，我跟你说个事。”哈老汉用手示意了一下，让儿媳停下。

儿媳站着没动，看着他。“索菲亚，你看，猫病着不成了，你给抱着看一下病，成不？快尔德节了，咱一起好好过个节，畜生也得好好过个节嘛，别让一个活物就这样等着无常。”哈老汉强忍自己身上的疼痛，笑着对儿媳说。

“阿大，你看这猫活了这么多年，现在病成这样是主给的命，再看也没啥用。”说着这句话，儿媳转身就走了出去。哈老汉听到了她关门的声音，还有一句特别小声的话：“人都没好好的，还给畜生看病。”

哈老汉对抗着自己，在炕头一动不动地坐着。那碗面坨成了一团，他也没有动一下。自己的病不好就不好，最起码还能吃着药，可这猫病成这样，连治一下的办法都不想咋成。这顿亚上活着的命都是不易的，哈老汉看着猫想起老先人说过的话，但此时他并没有可怜自己，他只是心疼这只猫，这是一条命啊，怎么就让它这么扛着生死呢？可他自己也是那样无助，走一段路，身体就受不了，怎么去看病？哈老汉想不到办法，又偏偏想起自己年轻的时候从不掉眼泪，于是此刻的眼泪配合着这种思绪，越发多了，一阵又一阵地讽刺他。外面渐渐黑了下来，雪差不多停了。他想得心累，关了灯，继续睡了过去。

说是睡过去，其实是一种逃避思考的方式。但他也知道，每当夜深或是只有他一人的时候，那声音必定来到。他在炕上翻来覆去，始终找不到一个合适的睡觉姿势，只能在心里暗暗地骂自己。年轻的时候挨到枕头就能睡着，如今不管怎么舒服却总也睡不着，老了就是屁事多，活着难受，连跟死了差不多的睡觉也这么难受。他又转了转身，朝着右面，与老猫相对，老猫早已睡着了。他想，不，或许它也没睡，只是不想睁开它那在夜里发光的眼睛罢了。哈老汉想着想着突然就笑出了声，老猫啊，你那俩“大灯笼”，现在怕也是跟我一样，不亮了吧。说的时候笑着，说完就笑不出来了，这话又刺了自己一刀。

他后悔，他从自己今晚想的第一个想法就开始后悔，不过夜夜都是这样，不得不想，也不得不后悔想。在这种重复中，他感觉胸口闷得慌，就把被子往脚底下推了推。不见儿媳妇给好脸，这炕倒是烧得一天比一天烫。但他知道，或许只是他自己的身子热成了这样，像以往一样热着。这种烫像一种祭奠，带他回忆他的女人，他和他的女人在这炕上睡觉，女人在炕上生娃，炕都是烫乎乎的。好像女人无常的那天，炕也是这般烫。这时他又听到了那种声音，这是要你走呢，要你走呢。他想着，是不是地狱的火也烧得这样烫人，不，肯定比这烫，他自己的罪孽不少，到那时候自己是不是也要去地狱，也要像这样被烧着。那种恐惧又从后背爬上来，侵袭着他的全身。他责怪这炕，让他置身于这种可怕的联想中。

可自己就是这样一条贱命，多少年来睡惯了这炕，那张放在客房的席梦思倒是从来都没睡过。毕竟这炕陪着他过了穷苦的光阴，人是不能忘恩的啊，他又一次安慰着自己。但这种倔强的爱恋立马让他想起儿子的话来，一旦拆迁了，那这炕肯定难逃被摧毁的命。他突然换了一种悲伤，好比跟自己的女人吵了一辈子，可当她真的走了的时候，自己却哭成了泪人。他恋旧也感恩，但对于炕已不仅仅是感恩那么简单了。这面炕，他和他的女人滚，他的儿子滚，他的孙子也滚，连炕那头的老猫都把自个儿滚老了。想到以后，炕会被砸得稀碎，然后从这里又会长出一栋栋的新楼房，他就攥紧了拳头，朝着自己的胸口狠狠砸了一拳。脑子开始嗡嗡乱响，一个对他来说大逆不道的想法产生了。他仿佛对着那声音说，我的命给你，干脆点，要走吧，顿亚上有的东西都没了，我也该没了。

他左耳旁和右耳旁的声音也开始争吵。左耳旁的说，老汉啊，你坚持了一辈子的“伊玛尼”(信仰)，临了临了，不要自己的命，这是要背叛嘛！右耳旁的说，再也活不下去了啊，看着儿女的脸色，病痛折磨得厉害，最关键是啥念想都要没了，我没有背叛的意思，只是实在没有办法。这两股声音比每天侵袭他的声音还要让他难过，反复撞击着他的鬓角，暂要把他击溃。他看着猫，突然镇静下来，我不能让他们拆炕，对，不能拆！哈老汉自顾自地说着，从毛毡下伸手进去，摸了一下炕的最里面。伸手出来，那指尖上存留着黄中带黑的泥土，他仿佛看到了当年筑炕时的那堆泥，从未改变过。

他慢慢地捻着那黄土，嘴角也在动：我的无常的“口唤”(许可、命令)定着啥时候呢，我这个样子，熬不熬得过这个尔德节呢。他迷迷糊糊地又重复起这句话，不久便安静了下来，天已近黎明。炕那头的猫，一夜都没醒过一次。

## 3

早上的地面渐渐白了，哈老汉醒得也早，算起来也就睡了一两个小时。

做完晨礼（回族清晨的礼拜），哈老汉跪在拜毡上再次祈祷。老猫终于醒了，它像被打了一枪似的，一个激灵爬起，跑到炕边，跳了下去，在水泥的地面上，不停地呕吐着。这像是要把胃给吐出来一样的呕吐声，打乱了哈老汉祈祷的念词。他赶紧跑过去，望着炕边。老猫吐出了一种菜色的汁水，不停地发出“齁”“齁”的声音，每往外吐一口，整个身体从胯部到脖子都要颤抖一下。哈老汉一把抱起猫，在怀里搂着，一手拉过被子，将老猫围在被子里。老猫会意一样，低沉地不断“喵喵”着，眼睛似睁非睁地眨着，嘴角还残留着那菜色的液体。哈老汉又带着哭腔自言自语起来，太可怜了，这个尕畜生太可怜了，吐的时候怕脏了我的炕，才跑到地下去，可怜着，受着这样的疼痛，还这么懂事呢。我的娃呀，你不要这样忍着啊，想吐就吐出来吧。老猫像听懂了哈老汉的哭诉一样，驯服地把头靠在哈老汉身上，发出“呼呼”的声音。以往这声音是猫儿高兴的时候才会发出的，现在它在用这种声音示好，是表示已没有与病痛抗争的能力。哈老汉用自己的想法猜测着老猫的一举一动，他不能不管老猫了，许多的念想不知道啥时候就没了，他不能眼看着老猫也没了，他得尽自己的力，给猫看一下病。

他把柜子里都快放旧了的棉大衣拿了出来，他已经好长时间没有出门了。穿好衣服，他拿出女人留下的那个布兜子，在里面又垫了几层布，把猫放到了兜里。打开门的那一瞬间，那雪中放肆的光仿佛要劈开他，吓得他退了几步，但为了怀里这只与自己同病相怜的老“念想”，他还是毅然决然地走了出去，缓慢地移动着那疼痛难忍的右腿，一步一步地挪着它。听着儿媳妇在后面喊着，阿大，你去哪儿呢，路上滑啊，你不要乱跑，不要乱跑出去啊……

哈老汉从巷子走了出去，一路都在想，去哪会有给动物看病的地方，说实话，他从来都没有给动物看过病。老猫也从来没有到街上来过，它听到人类喧嚣的声音，就在布兜里不停地撕扯、挣扎。哈老汉和它说着话，我不卖你，不吃你，我们看病去，看病去呢。

这条看着哈老汉老去的路，已经变得让哈老汉认不出来了。哈老汉继续跟猫说着，也像是跟自己说：这路咋就不一样了呢，我也就几个月没出门啊，是不是我的眼睛不好了，是不是雪下得太大，给挡住了。说着说着，哈老汉已走到街角原来卖小吃的地方，这里竟然改建成了一家小医院。他走了过去，那招牌上画着的都是狗啊、猫啊什么的，他再往里面一瞅，一些狗的爪子上打着吊针，人一动不动地抓着它。哈老汉不由自主地笑了，心里想，哎？这顿亚怪了啊，人咋服侍动物了呢。他走了进去，一个面貌清秀的姑娘立刻走了过来。

“大爷，请问您是要给宠物看病吗？”

“这地方是给动物看病的吗？专门给动物看病的？”

“是啊，我们是专业的宠物医院，就是专门给动物看病的。”

小姑娘立马观察到哈老汉怀里的布兜在动着，显然老猫闻到了动物的气味，越发地不能安稳。“大爷，这兜里是您养的宠物吧。”说着姑娘就要接过哈老汉手里的布兜。

“啊……是我的猫病了，不吃不喝的，你给看看呗。”哈老汉说着打开了布兜，示意那姑娘看。

姑娘摸了摸猫的头说，“来，大爷，您在这等会儿，我抱着猫进去给我们大夫看看。”说着就从哈老汉手里接过猫，向里面的一个房间走了过去。

哈老汉一个人坐在那群输液的狗中间许久，显得异常尴尬，他想了想，还是觉得要去看看猫怎么样。他起身要向里面走去时，那姑娘就抱着猫出来了。

“大爷，我们大夫看了，猫没什么大事，就是一点肠胃炎，打一针就好。”

姑娘带着哈老汉去给老猫打针。她让哈老汉抓住猫的四个爪子，用一个头套控制住猫的头，防止被猫咬伤。哈老汉觉得这就是顿亚上最受苦的样子，动也动不得，连头都被控制着，无能为力地等待着。姑娘拿出针，朝老猫的后腿内侧打了一针，猫先是一惊，而后大喊一声“喵”，用一种爆炸式的音量，不过它慢慢就安静了下来。照这猫的脾气应该挣扎得把人都给挠烂了，但它的安静，倒是让哈老汉不知所措，是无力抵抗，还是对这一针抱有希望呢？

“大爷，好了，每天打一针，打三天就应该可以了。”姑娘露出了甜美的笑容，边收拾医疗用品，边跟哈老汉说。

“好，好，麻烦你了啊。”哈老汉付完钱，把老猫装进布兜里，出了医院的门。他发现自己的腿好像利索了一些，幸亏这里离家不远，三天时间也不多，自己能给老猫把病看好了。也许是这样舒心的想法让哈老汉又精神了一些，他走回家的脚步快了不少。只是他没有发现，老猫因为恐惧脱下的毛，已经沾满了整个布兜，还有一些在雪中飞舞着。

## *4*

哈老汉透支着自己，每天都往返于医院和家，给老猫打针。他的身体却在这样一天天的劳累中好多了，他心里想是不是我做的孽太多了，不让我走了，还是要我陪着老猫呢。但他确实很疑惑老猫到底怎么样，它不吐了，大夫也说没事了，可是它整天侧卧在炕的那头，再也没有发出一丝声音，这让哈老汉冥冥中再一次感到忧伤。在这种纠葛与复杂的心情中，尔德节来临，哈老汉熬到了节日，老猫也熬到了节日。

这天哈老汉穿着自己最好的那件棉大衣，就是那件快放旧了的衣服，早早就去了清真寺。参加完热闹的会礼（回族节日上的集体礼拜），哈老汉急匆匆地就回到了家，因为他发现以前跪在礼拜行列中的许多老人都不见了，他又听到了那种声音，他得去他的炕上，那里的烫最起码能调和这种恐惧。

哈老汉回到家，顾不得脱衣服就上了炕，老猫仍旧躺在那头一动不动。他跟它说话："我说，尕畜生啊，平常你不动就算了，这给你看好病，让你好好地过个节日，你咋也不动呢。"说着就把老猫揽到了怀里。除了看病的时候，哈老汉已经许久没有抱过老猫，他觉得现在这猫通人性，它不愿意动，你就不能冒犯它。可是今天是尔德节，也应该让老猫开心一点。他这么想着，抱着老猫往窗外看去，儿子、侄子们已经回家了，正在院子里收拾，准备宰牲。

哈老汉抱着老猫，把猫高高抱起，让它看着窗口。"看看，尕畜生，同样是动物，你在炕上享福，人家就要在外面被宰了。"说完哈老汉放低了老猫，独自望着窗外。或许他就不该这样说，其实动物们都在人的影子里活着，都不容易。何况人和动物都有卢海（灵魂），它们听到该有多伤心呢。如此想着，哈老汉又有了一个悲悯和痛恨自己的理由，但他依旧固执地看着窗外。其实自从他老了，他就再也不愿意临近血腥的宰杀场面，隔着一层玻璃，远远地望着，算是表示一种崇敬。此外还有一些思虑，他却总也想不起来……

院子里，那只拴在树上多日的羊，眼下已被绑了起来，等待着刀子。哈老汉真的不忍心看到这样的场景，尽管他也爱吃羊肉，也想好好过节。他捶了捶又有些痛的右腿，是啊，人咋就是这样呢，和动物同样活着呢，却要宰杀动物，不忍心看到血迹，吃起肉来却津津有味。不过那只羊也是命里该如此，它享受不到在广阔的草原上吃草的惬意，只能被绑在这里吃那落满雪水的碎秸秆，连死的时候，都是被绑着的，活着、死了都逃不过那根绳子。哈老汉越发觉得那根绳子像一条巨蟒，缠着他的脖子，令他难以呼吸。

在外面，刀已经放在羊脖子上了，刀一动，冬日的阳光就使刀闪出了一道光，正好闪着了哈老汉的眼。他用手捂着眼睛，等他再放下手，那只白色的羊就开始在白色的地面上急促地抽搐起来。他们在雪中宰羊，为的就是让血水融进雪中，不至于脏了地面。哈老汉像是对着门外喊，又像对自己说，人是有多干净呢！但是羊的血融进雪中，白中透红的色彩，却形成了一种独特的悲壮，成就了被忽略的神圣感。在白茫茫的大地中央，它让自己的血液融进凝固的雪，热了冰冷的地面。归宿是它无力改变的，但它改变了赴死的意义，也就不枉在这顿亚上走了一遭。哈老汉的视线一直停留在那里，羊抽搐了几下，后腿不停地踢着冰面，次数慢慢地变少，直到再也不动。但是那条不长的尾巴还在剧烈地抖动，哈老汉不知道它究竟死了没有，只看见有血水流到尾巴那里，被扬了起来。哈老汉再次闭上了眼睛，放下了老猫。老猫拖着身子缓慢地走着，又回到了炕那头卧着。外面响起了骨头和刀摩擦的声音，哈老汉听着，说不出自己到底是何种感觉，只是觉得顿亚上所有的声音汇成了一股洪水，朝他冲了过来。

他半躺着，摸着依旧滚烫的炕，疏通着那些“洪水”，好像那些水慢慢地走向了它们各自的归宿，灌溉起自己的田地。哈老汉已经不需要取暖了，人有时候参悟透一件事，确实只需要一瞬间。哈老汉觉得自己有些可笑，老了才明白活着究竟是个啥意思。他的手掌被炕烧得也热了，他用手扫走了炕上的一些瓜子皮，温柔地抚摸着自己的炕。确实，他老觉得这炕烧得他心慌，但他一直忘记了这炕和坟坑一样，都是黄土堆起来的，今天躺在黄土上面，明天躺到黄土下面，反正是离不开，在哪儿都一样。

哈老汉像摸自己的女人一样，反复摸着这炕，此时对这炕的感激又多了几分。老猫还在那头卧着，门依旧紧闭着。只是这么一会儿，外面的羊肉就下了锅。哈老汉想，那锅肯定也是滚烫的。

## 5

过了节的第二天，哈老汉就已经听到了挖掘机开进来的声音。它先是拆那些外围的院落，轮到哈老汉家还得一些时日，不过儿子已经催了他几次，让他收拾东西准备，他都给敷衍过去，想着拖一天是一天。但是把哈老汉从越来越沉的睡梦中吵醒的，却不是那机器的轰鸣声，而是老猫那声久违的“喵”。

哈老汉睁开眼睛，这一声“喵”实在是太过吓人，就像为了叫这一声用尽了毕生的力气。哈老汉看着老猫，他仿佛已经领会到它的意思。以前老猫叫醒哈老汉的时候，会用舌头舔着他的侧脸，而这次它用这很久听不到的声音，好像已经积攒好久了，要告别一样。它已经从卧着的炕那头站了起来，直视着哈老汉，一对眼睛也深凹了进去，仿佛仅仅为了看哈老汉，这眼睛就要长得跟他一样。卧过的地方，堆起一层层灰黑色的毛，身上已经是光秃秃的了。哈老汉心里暗暗骂着自己，我怎么一直都没有发现它这样。他发现老猫眼角有一堆白色的固体，不知道是什么堆积而成的。它还在盯着哈老汉，哈老汉喊道：“哎，尕畜生，你咋了，你没咋的吧！”它仿佛得到了命令，立马转过头，往炕边走去。快要到炕边的时候，它又转过头来望了望，那能发光的眼睛瞬间熄灭了一样，耳朵也不再是骄傲地竖立着，再次转头，从炕上跳下。

哈老汉的余光瞟到老猫卧过的地方，湿了一片。他转而再盯着老猫。老猫拖着生根一样的腿在行走着，这四条腿的步伐也显得那么艰难，每一步仿佛都要戳到地里一样，留给哈老汉的只有背影。它的毛被一丝从门里漏进来的风吹起，一些落在地上，一些飘在空中。它穿过那扇连接哈老汉房间和客房的门，当然这扇门是开着的。哈老汉此时觉得对于他和老猫来说，这扇门永远不会关上，关着的只有那扇通向外面的门。在老猫迈过门槛的时候，它尾巴上的毛忽然立了起来，尾巴粗得像一棵松树。

午后的阳光慵懒地照进来，哈老汉从客房的床上抱起已经凉透了的老猫。他很奇怪，怎么这么快就凉透了。打开那扇通向外面的、紧闭的门，风从四面八方吹来，哈老汉像抱着一个人的遗体一样，抱着老猫走在这风中，尽管这人的名字只存在于他的向往当中。

哈老汉的腿越来越利索，他没有停留一刻，一直走到了河州城的最南面，这里流淌着养育河州儿女的大夏河。可哈老汉觉得这河不怎么伟大，它也被抛弃，落寞地流在这片干涸的土地上。冬天把河里本就不怎么流的水冻得瓷实，谁也无法唤醒。小城的人们常在河里丢些垃圾、污水或是动物尸体、动物的内脏等，而此刻哈老汉站在这里，更像是另一种讽刺，难怪他看到河水在冰面下又流了起来，但他丝毫不关心这水。他在冬日的严寒里，尖锐得像一柄刀。

哈老汉在河边的树旁，用手刨开一层层的土。粗糙的手沾满了泥土，他用这双手缓缓地将老猫放进自己挖的这个坑里。这种感觉让他回忆起自己将女人放进坟坑的时候，跟现在一样，没有眼泪，眼睛只顾得直勾勾地盯着那黄土。哈老汉想起先人说过，到阿赫热提（彼岸世界）后，动物都变成了尘埃，罪恶都会消亡，而人的罪恶是要清算的。哈老汉此时觉得这里是老猫最好的归宿，黄土飞到空中，可不就是尘埃了嘛，老猫现在就和自己的归宿融到一起了，多好！哈老汉看到老猫终于闭上的眼睛，一捧一捧地将黄土放在了它身上，那沉重却压着他负罪的灵魂。

老猫走了，哈老汉觉得它熬过了节日就是一个征兆，预示着它是要和自己的回忆一起消失。哈老汉在河州城里转了一圈又一圈，回到巷子口时，已是黄昏。夕阳打在被拆得只剩下一半的土墙上，散放出的光，像橘子一样，让哈老汉在酸中体会到一阵甘甜。墙上的土又掉了一块，重重地砸在哈老汉的心上。

## 6

立春了，这个冬天显得格外漫长，连初春的脚步都有那么一丝冬天的味道。

小巷的房子已经全都拆倒了，哈老汉家是最后被拆的，在拆的前一天，哈老汉的儿子就把自己的先人抬上了北山，那个远离城市的公墓区。

哈老汉的儿子随后买了房产，带着一家人离开了小巷。哈家人从此离开了这条养了他们几辈人的巷子，究竟是什么原因，谁也说不清楚。

再往后，这里的楼房修得一座比一座高，老人们常常向儿孙讲起硬汉子哈老汉的故事。有一个小朋友问："爷爷，哈老汉到底咋个硬法啊?"老人说："你们不知道，哈老汉在咱们这儿的旧房子被拆之前就无常了，他是跪在拜毡上无常的，据说前一天好好的，第二天就无常了，那腿子是曲着的，直到被放入坟坑的时候，才让人硬生生给掰直了呢!"

在日复一日的传言中，巷子深处的那户哑巴却始终都没有搬走。据说拆迁队的挖掘机拆掉他的房门时，他就一动不动地坐在房里，谁也拿他没办法。这房子就成了所谓的"钉子户"，也成了小巷唯一留下的老宅子。后来哑巴从拆迁办得到了一笔补偿和一扇门，恰巧就是哈老汉那扇常年紧闭的门。不过自从哑巴把门装起来后，这扇门就成了“哑巴的嘴”——纯属一个摆设，不知是门闩坏了还是怎的，再也关不上。

这是又一个冬天，当哈老汉的孙子再次回到这里，试图找寻爷爷说过的那份家谱的时候，人们就将那些被传得不成样子的传说再次告诉他，同时也告诉他，这里什么都没留下。他只能独自一人上了北山，坐在哈老汉那低矮的坟旁。山上的黄土被风吹起，眯了他的眼睛，隐约间他看到爷爷牵着奶奶的手，在他旁边说笑。

雪盖着黄土，黄土紧贴着雪，土下埋着人。哈老汉的孙子抖干净屁股上的土，迎着匆忙落下的雪花，走出了公墓区的门。他不知道，哈老汉在那黄土堆里那么多年，是否还能感觉到炕的温度，看到老猫的眼神。但他第一次感觉到了那面炕，那面他小时候滚过无数次的炕，此刻立在了他眼前，能让他活着、爱着，也能让他死去……

2016年2月10日于河州

后记：我完成了它，就像是宿命一样写了出来。但这是我第一次觉得将心头的文字记录下来，是如此困难。离开人世十五载的祖父，荒芜的老家，养了三年却一夜暴毙的猫，都在我心头堆成了一个疙瘩，需要我自己去解开它。我存留着这样的主意，已经有了很长时间。这次寒假回家，我终于等到了那个时刻。当我坐在姨奶的炕头，望着姨奶和外婆并肩坐在那扇老旧的门的门槛上，诉说往事的时候，我知道到了我该写下来的时候了。写下对死亡的认知和恐惧，写下孤独坐在炕头的老人，写下一只猫能带给他们的希望和慰藉。此刻，它呈现在你和我的面前。回望这些方块字，它们显得不那么成熟或者不那么规范，但是它们和我已然尽到了我们在此刻作为一个家族、一个民族后人的心。前路漫漫，说不好我将去往何处，但这些文字势必将会作为一颗年轻心灵结成的果实，从而归于宁静与审问之中。它将保留我偏爱的这些弱势个体的灵魂，直到长久的未来。我很感谢看完它的每一个人，是你们与我共同分享了人间这座“大炕”以及这座“火坑”带给我的最真实的诉说。而现在，我再次放下笔，去找寻那片心灵的归属地，找寻我们的父辈、祖辈所遗留的故事，找寻我们的家园、我们的民族，找寻赤诚热爱我们的一切。此刻，寻求到的意义只属于我们自己，那一扇扇打开的“门”，一面面滚烫的“炕”，都在等待着我们，而爱将与我们共同抵达。

# 田原也

田原也，男，生于1990年，广西民族大学2009届广播电视编导专业学生。大学期间，在2010年《作家》杂志总501期发表过短篇小说《怀疑》，在2011年《黄河文学》总145期发表过短篇小说《隔壁的箱子》。

大学毕业后进入广西电视台广西综艺旅游频道《法治最前线》节目组，从事新闻采编工作。2018年，改编剧本《双份老赵》《推销员》，由“广西主角文化传媒”公司拍摄成同名微电影。2019年原创剧本《回味》《六道香》，由“广西主角文化传媒”公司拍摄成同名微电影。

# 隔壁的箱子

## *1*

每年到了大学毕业这个时候，校园里总会显得格外伤感。大四学生不得不面对走向社会面临生存的压力这个事实。我们目送着学长学姐扛着行李离开，心里有说不出的惆怅。隔壁宿舍的学长们在毕业前一个星期在走廊摆起了小桌子，每天晚上都在走廊上吃火锅，喝啤酒，弹吉他。宿舍的老A和学长是老乡，这让我们每次路过总被拉去喝一杯。我记忆最深刻的就是学长半醉时对我们说的那句话："你们不懂现在还能在教室上课的幸福。"不久之后，这种感觉也降临到了我们头上。

但是惆怅和反思也只在酒意中逗留片刻，连回味的时间都没有。课我们是继续地跷，考试也是一样地背资料，我从未想过自己到了大四会是怎么样。某天早上，当我打开门，发现隔壁宿舍已经空了。往里面望，散落一地的空白废纸和堆积了一层灰的课本安静地躺着，蜘蛛网像杂草一样长满了每个角落。

老A在我旁边点了一支烟，叹道："物是人非事事休，欲语泪先流。”

这样悲凉的气氛不禁让我联想起我们宿舍，才刚刚大二，八个人的宿舍就只剩下我和老A，其他人不是因为女朋友搬出去住就是合不来搬到别的宿舍了。也许正是因为这样，我们才对隔壁宿舍学长们的离去深有感触。

## *2*

留下来的老A应该是属于每个宿舍都会有的那种人，成熟且具有精神领袖的气质，不像一个大学生。我很喜欢交这样的朋友，因为他对钱的概念很模糊，自己花起来很小气，总是在网上购买打折的T恤，买“外贸鞋”（出口转内销）。但是，一旦我们资金紧张，他就会毫不犹豫地拿出红色的“毛爷爷”借给我们。不过这样的性格也说明他总喜欢用金钱来衡量人与人的关系，喜欢用请客吃饭、喝酒来建立属于自己的关系网。

我开始写作时就有了这样的习惯，喜欢观察喜欢概括，喜欢推敲一件事情，所以经常在老A不经意的时候，默默地观察他的行为，揣摩他的性格。这样的习惯，能让我在写作时细节描写和逻辑推理很出彩，但是也引来老A的抗议。他总觉得我在窥探他的隐私，但是每次我们互损对方时，他总是斗不过我。这样一来更加助长了我的观察欲和推理欲。如果没有这个习惯，我就是一个典型的宅男。上课偷溜脱逃，笔记基本靠抄，吃饭需要催叫，生活依赖电脑。像我们这样性格迥异的两个人能很好地相处，倒是那些标榜优秀的大学生之间老死不相往来，是我们臭味相投还是他们自视清高?

## 3

有一天下午，我躺在床上看着已搬离宿舍的室友的床铺，上面堆满了他们留在宿舍里的课本和旧衣服，再摸摸我自己的床，一声清脆的嘎吱声随着我的手的轨迹依次响起。

“老A啊，还记得你们那次在宿舍开PARTY（晚会）吗?”

“记得啊，那天你去自习室了，我叫女生来玩桌游。”

“那天有多少人来?”

“十几个吧。”老A说。

“有几个坐我床上?”

“五个。”老A伸出一个巴掌。

“我决定去隔壁换一块床板，我床板快断了。”我正说着，床板配合地回应了一声。

“晕！你怎么不早说，我去帮你搬。”老A说完就走到隔壁宿舍了。

其实那天我回来的路上就接到了小报告，说老A带女生来开PARTY把我的床板坐断了，不过考虑到老A的自尊心，我这次还是不损他了，而改用这个婉转的方式来抱怨。

“你要哪块床板?”老A的声音从隔壁传来。

没想到老A会那么积极，所以说语言这种东西真的挺微妙。

## 4

我听着老A在隔壁翻箱倒柜的声音，感觉隔壁宿舍就像伊拉克，原本就不富饶的土地仅剩的资源又被榨取了。

“T！过来看看!”老A的声音从隔壁传来。

我喜欢叫别人外号，自己却听不惯，为了不听到老A第二次叫我“T”，我还是下床了，我想大概是老A找到了什么奇怪的东西吧。记得上次去打扫学生会办公室的时候，老A找到了一个学长的通信录，上面都是学姐学妹的QQ（即时通信软件）号，然后……

“T，你看我发现了什么?”

顺着老A的手指，在宿舍角落的床板之下，一个粉红色的箱子扎进我的眼球。

“你看，淘到宝了吧。”老A得意地笑着。

“什么意思?这时候应该打电话给你老乡学长问一下是怎么回事吧?”

“得了吧，不就一个小箱子吗?如果是重要的东西怎么可能会忘记在这里？”老A蹲下身子把箱子拉出来，“我打开看看，说不定可以装我的那十几双球鞋。”

我刚想阻止，老A已迅速打开了，他回头看了我一眼，这勾起了我无限的好奇心。一个女式的小箱子落在男生宿舍，而且还能把像老A这样的情场经验丰富的痞子给镇住了，这里面究竟有什么东西?

“我是不是看错了?”老A对着我惊呼。

我再也控制不住我的好奇心，凑上去一看，箱子里装的是叠好的几套女生的衣服和内衣。

“有没有搞错?”我也忍不住问了一声。

## 5

“不行，必须得送还给学长。”我义正词严地说。

“几套衣服而已，都落灰发霉了，他怎么可能还要？”老A一边说一边把箱子拖进我们宿舍。

“这不是理由，说不定是因为学长忘记了呢？你还是得打电话给学长。”我跟着老A走回宿舍。

“没见我打着吗？电话不在服务区。”

“那更不能乱动了。”

“得了吧，我看他是故意丢在这里的吧。”

老A和我为这个箱子的处置吵得不可开交，最后还是我先想到了办法，“得，找不到学长找本人不就行了嘛，看看箱子里有没有箱子主人的线索吧。”

“好吧。”老A妥协了。

“所以只要想办法找到本人不就解决了嘛。”我打开箱子，老A也凑过来一起翻腾着。

“真没有必要，我一看就知道这箱子的来龙去脉了。”老A不耐烦地一边翻着一边说道。

“你还真当你是‘推理帝’啊？福尔摩斯都还要用放大镜，你看一眼就知道了？”

“所以说你没有推理能力，没有生活经验，还当什么编导嘛，观察力有没有？”老A放下手中的女式内衣，拿起一支烟，“我来告诉你，这是一个什么事情吧。”

## *6*

“我爱你，你能做我的女友吗？”

舍友们都笑着躲开了。面对他的告白，她一时间不知所措。对方是艺术学院出了名的帅哥，怎么会看上她？

“自从上次下雨天从自习室出来，你撑着伞把我送回宿舍之后，我就喜欢上你了。”

不可能，这种桥段怎么可能会在自己的身上发生？即便发生，也应该是个漂亮的女生，而她觉得自己并不漂亮。

“我觉得你有一颗善良美丽的心灵。”

每个这样说的男生，他的潜台词就是你并不漂亮，她心里还在犹豫。

“你愿意吗？”

“我愿意。”就算是谎言，她也只能选择相信。

当她回到宿舍，舍友们已经开始八卦。她们有的说帅气的男人不可信，有的说这是八辈子修来的福气，还有的说一定是星座搭配得好。她不说话，心却蹦到了天花板。她只知道，这一切来得太突然，就像一个美梦。

他带她走遍了校园的每一个地方，他是第一个牵她的手一起走进电影院的男生，他在她生日那天送了她一个粉红色的小箱子。8月13日，她的生日，半夜他们翻墙偷跑到隔壁施工的教学楼天台，整个学校都在夜色中沉寂了，在满天星星的映照下，他深深地吻了她。

“我想和你一起住。”他抱着她说。

“这……太突然了……”她从没想过他会提出这样的要求。

“我们的开始不也很突然吗？”

“那不一样的。”很明显，他不知道在女生心中，同居和交往是两回事。

“为什么不？我爱你，我想每天都和你在一起。”

她没有回答。因为一直把这一切当成做梦，如果现在一起住了，未来，他们还会在一起吗？她既害怕又担心。

“和我一起住吧。我真的不想一天只能见到你一次。”他把她搂在怀里。

“不是我不想，我担心住在一起之后，我们的关系就变了，感觉也就不一样了。”

“不会的，我保证。”他笑着说。

## 7

“你确定要搬出去住吗？”

室友这样问她，她也不知道怎么回答她们，“我答应他了。”

“这样就是同居了，你知道吗？”

“我知道。”

她收拾好生活用品和几件衣服，把它们装在他送的箱子里。

她不知道怎么面对室友，所以一直是背对着她们收拾的。

“要记得经常回来看我们姐妹噢。”

“嗯，一定。”她憋着眼泪回答。

刚开始的几天，他对她很好，他们一起做饭、洗碗，晚上睡在同一张床上，看起来很亲密，但是又觉得很遥远，好像不一样又好像没有变，好像关系更好了又好像更差了，好像找到了自己的归属又好像更孤独。一个月以后，他待在这里的时间少了。他说，大三了，他在学院里要忙很多事情。两个月后，大都是她在做饭菜。他说，一天下来太累了，不想做家务。半个学期过去了，节日里他已经忘记了送她礼物，甚至忘记打电话给她。他说，事情太多太忙。

今天是她和他交往后的第二个生日，她觉得他不会记得了，但是她把手机一直放在餐桌旁边，还是希望接到一句简单的问候。早上8点钟第一通电话：“某某银行祝你生日快乐，感谢你在本银行……”；中午12点钟第二通电话：“女儿啊，生日快乐。20岁生日想妈了没有啊？吃饭了没有啊？……”；晚上7点钟第三通电话：“姐，今天在干吗呢？生日快乐啊！来，宿舍都在给你唱生日快乐歌呢，‘祝你生日快乐，祝你生日快乐……’怎么样？要开心哦……”

晚上十二点过去了。不知道从什么时候开始，他慢慢地不来出租房住了。她打了他的电话：“喂，那么晚了你在哪儿?”

“你是谁?”一个女生的声音从电话听筒里传来，她把电话挂断，趴在桌子上哭了。

她留下一封信给他，就离开了，什么也没带。

“你们知道她去哪儿了吗？”他在第二天着急地找她的室友帮忙。

“她叫我们不要跟你说。”

“她电话也不接，QQ 也不上了，我没办法解释啊。帮个忙，帮我找她。”

“她退学了。”室友们丢下一句话。

## *8*

“所以，从那一天起，学长再也没有见到那个女生。他默默地退掉了出租房回到宿舍，带走了最初的那个箱子。”老 A 说着，把快烧完的烟摁灭在烟灰缸里，吐出最后一个烟圈，“那个箱子被学长藏在床底的角落，因为他怕看见了伤心，看见了后悔。箱子锁着最青涩也最现实的一次恋爱，它被尘封在床底了。”

“哎，我说老 A，怎么你描述得那么生动啊？”我看着老 A 憋屈的表情，“平时也不觉得你有多纯情，怎么突然就想出这么一个爱情故事？”

“你懂个球。你以为我整天说我不在乎女人我就真的不在乎了？其实我最在乎。”

“我可没那么说，是你自己说的。再说了，我知道你在乎，从 QQ 分组里就知道。你的 QQ 里男生就一个组，女生要分好几组。学姐，学妹，网友，父母介绍的……”我利用观察到的细节进一步刺激老 A。

“那你以为怎么样？像电视剧里那些爱得死去活来，开口闭口都是亲爱的，那才叫爱情？爱情本来就是现实的，不建立在现实基础上的叫恋爱。恋到感觉没了，时候到了就分了。熬过这个阶段，看到现实，认清现实，接受现实，那才叫爱情，不然再浪漫也是空的。”

“深刻，鼓掌。”我给予老A热烈的掌声，“但是我觉得……事情不是这样的。”

“我可以打包票，这样尘封着的箱子一定埋葬了一段爱情。”老A用指头在桌子上敲起一阵鼓点，“像你这样的人是不会明白的。”

“少来，这个故事的结局不是这样的，你会不会太武断了？”

“所以说你不懂。”老A深深地吸了口烟，脸上的表情从激动变成了凝重，他抬起头看着我，眼神里充满了犹豫，“有些事情，我总以为可以装着什么都没发生过，其实是自欺欺人。”吐完最后一个烟圈，老A缓缓起身，走到床头把枕头抓起来，伸手往枕头套里一掏，掏出一本日记本。

“××××年×月×日，是你的生日，我把这本日记本送给你，希望我们的每一天都会记录在本子上，将来成为美好的回忆……”

老A自己躺在床上念着日记，语速缓慢，听得我浑身不自在，好像老旧的录音带在一遍一遍地倒叙着音乐。内容大致是老A和他的女友在交换日记本，从最初的热恋到住在一起，从住在一起到只剩下他的女友一个人在写日记。

“××××年×月×日，昨天是你的生日，我和朋友在外面喝酒，醉得一塌糊涂。当我早上醒过来，看到你发的78条短信……我才想起昨天是你的生日……而最后一条短信让我又出去喝了一晚上的酒。”老A合上日记本，“这是我最后一篇日记，一共写了两年。我用我的恋爱来告诉你，事情就是这样……”

“不，不，不，我觉得不是这样的。虽然很现实，很伤感。但是我真觉得不是这样的。”

老A掏心掏肺，甚至暴露了自己多年以来隐藏的纯情形象来圆这个故事，却被我一口咬定不是，心里十分不服气，“那你说哪里不合理!”

“你看，如果像你说的那样，说明你心里有一分愧疚想丢又不舍得丢，才会藏在枕头套里，怎么会忘得那么彻底呢？反过来说如果是负心汉，那更不会留在宿舍里给别人扯是非，早就应该丢了吧。”老A听着我的解释无言以对。

“所以要看细节，知道吗？”我拿起几件女装，“你看，这几件女装，不是什么像样的牌子，明显缺乏品位。你觉得什么样的女生会穿呢？”翻开衣领，“老A，你看商标都还在。衣服也没掉线，也没磨损。只有最底下的几件衣服有污渍，而且还有折痕。也就是说，从一开始到现在，这堆衣服就留在这个箱子里，几乎没有动过。”

“所以呢？”老A一边看着我一边问。

“华生啊华生，平时我就说要看细节，细节是会说话的。”我放下手中的衣服，“事情应该是这样的……”

# 9

“返校日”来临，大学生们必须从自己的安乐窝回到大学，没有疯狂的聚会，没有父母的炒菜，没有空调的伺候。回到那个从教室到食堂到宿舍，三点一线的校园生活。这时候谁都不会高兴。当然我也是，我和小J是老乡，每年我都会和他订好同一天的车票一起返程，以排解旅途上的烦闷。

“哎哎，你看那边。”我拍了拍小J的肩膀，伸手指了指我身后。

“什么事啊？”小J回过头，顺着我的手指校准，在11点钟方向发现了一个女孩。

“这一路上你就不能不看美女啊?”小J抱怨道。

“什么话？爱美之心人人皆有。”我得意地笑道。

“她哪儿美了？”小J看着她，“脸漂亮就美啊？你看她衣服搭配，上面是冷色调，下面是暖色调，带着个皮箱还是粉红的，不搭调地装时尚反而显得更土气。”

“你不要质疑我这个学艺术设计的，那叫混搭，这样显得更新潮。”我反驳小J。

“照你那么说，潮流都是跟乞丐学的，捡一堆衣服套上去就是混搭了。”

“能不能不那么表面？从她看着车窗外那执着的眼神，我觉得她一定是个好女孩。”

“看来我们的境界还差得很远。”小J苦笑了一声。

我没有理会小J的嘲讽，回头继续偷看却发现她已经不见了。

回想起来，好像小J说的也有几分道理，我跟他倔强个啥呢？

三小时后，火车到站。我和小J扛着大包小包的行李穿过人群，来到火车站外面的广场。

“每年都那么挤，还好再过两年就毕业了，没这罪受了。”

“你看那边，好多人围观啊。”小J用下巴指了指对面。

“看看去？”我用下巴再指了指，“说不定有什么热闹看。”

“得了吧，手都腾不开还去看什么热闹。”小J很不情愿地答道。

“看一下又不会吃亏，走吧。”

我们拨开人群来到最前面，一个清脆的带着祈求的声音从前面传来。“求求你们，行行好。”

“小J，你看，怎么是她？”

“奇怪了？她在干吗？”小J和我迷茫地对视着。

## *10*

“火车上不慎钱包被偷，身无分文。希望好心人能帮帮我，借我点钱让我渡过难关。”我读着用粉笔写在地板上的字，每个字都写得工整有力，让我读完感觉这字是写在我心里而不是地板上。

“好了好了，看完就走吧。你不嫌行李重啊？”小J撞了我一把，叫我快走。

“人家有困难，我看我能不能帮忙。”

“大哥，这多老套的骗术了，你不会当真了吧？”

“小J，你怎么那么冷漠啊，就是因为你们这样的心态，才让很多需要帮助的人受伤。”

“如果我的善意被滥用了，我才觉得受伤。何况如果被骗，我更受伤。”

我和小J还在争论中，人群就一哄而散，留下她无助地靠着粉红色的箱子蜷缩在地板上，头埋在手臂里哭了。

“小J，你怎么那么傻，哪有那么入戏的骗子？大老远坐火车过来，为骗那么点钱，值得吗？”

“你才傻，真是丢那么一大笔钱，不去找警察来这里？说明就是有问题。”

“你更傻，她自己都不知道怎么被偷的，求警察有什么用，警察会借钱给她？”

小J叹了口气，“所以都说恋爱中的男人是傻子。我先回校了，你自己看着办吧，千万不要被骗了。”

我目送完小J，仔细想想觉得小J说的也有道理。俗话说知人知面不知心，我凭什么相信她？只因为我在火车上对她有好感？但是看着她无助的样子，我从心里说服自己：这绝对不是骗局。如果我能好好问她，就知道该怎么帮她了。我再回头看了一眼，现在她的身边一个围观的人都没有了。

“我说，同学。你怎么了，钱包被偷了吗？”

她抬起头，用哭肿的眼睛看着我，用微弱的声音答道：“嗯……”

“是怎么一回事，能和我说一说吗？说不定我能帮你。”我有点心酸。

“我家里很穷，从小到大都是靠父母在外打工挣钱给我读书。好不容易考上大学，父母看到了希望，到处去借钱，希望我能读完大学。结果……”

“那你怎么不报警呢？”

“报警有什么用？钱都不知道丢到哪儿了，也不知道是谁偷的。到时候警察和家里人一联系……我都不知道父母的心脏能不能承受得住，所以我不敢报警。”她着急地流下了眼泪。

“这样啊……”果然和我想的一样，她真的不是骗子，“你身上的钱都没了吗？”

她双手捂着脸，发出微弱的声音：“7000元学费，还有15元零钱，都在钱包里，没了……”

“我可以帮你吗？”这句话仿佛是等了很久，自然而然地就脱口而出。

“你怎么帮，你不也是个学生吗？”

“至少我可以借给你晚饭钱，或者电话费。”

“你的心意我领了，大家都把我当骗子了吧？”

“我相信你。”

“为什么？”

“我在火车上看到你的眼神，很真挚又感伤。我知道你不是坏人。”

“谢谢你相信我。”

她看着我，眼泪夺眶而出，而我最怕女生的眼泪，尤其是自己在意的女生。

## 11

“我回来了。”我把行李往宿舍地板一放，顺势躺倒在小J的床上。

“哎哟，帅哥怎么样了?”小J看着我一脸坏笑。

“我把学费借给她了。”我有气无力地回答。

“靠，你傻啊!”小J一拳打在我的大腿上，“那么明显的骗子，你还把学费借她！你还不如送我算了，我还请你吃饭。”

“她不是骗子，我都问清楚了。”

“她说什么你就信什么？这个社会上听起来很真挚的谎言还少吗?”

“我相信她。”我加大了音量。

“我相信你，你还不是被骗了?”小J也不示弱。

“我没有被骗!”我从床上坐起来，指着地板上粉红色的箱子，“你看，她的箱子还在我这儿做抵押。”

“你被骗了多少?”小J问我。

“全部借了，7000元整。”我看着小J，我要告诉他，她不是骗子。

“箱子你开过了吗?”小J走过去，把箱子踢倒。

“没有。”

“那你要不要开来看看?”小J拉开了那粉红色的箱子的拉链。

“女生的箱子，你随便开，你好意思吗?”我跳起来，扯开小J的手，将他推开。

“你是怕什么，怕面对事实？如果打开，你是不是会后悔一辈子?”小J在远处说道。

“不，如果是个骗局，我也不需要真相。”我将箱子塞到床底的角落，“信任就像一张白纸，一旦皱了，抹平也不会是原来的样子了。我宁愿不知道，我宁愿是白纸。”

“那你打算怎么办？”小J坐在离我远远的地板上，“等？等她良心发现?”

“我相信她。”其实我自己心里也已经有了答案，“多久都等，如果她是骗子，那7000元就算我交给社会的学费；如果她不是，为什么不帮呢?”

“你没救了。”小J彻底放弃我，坐回电脑面前继续玩他的游戏。

“我相信。”我默默地念着，“我等。”

## 12

“这一等，学长就等了两年，直到毕业。”我慢慢地站起来说，“学长其实自己心里已经清楚了，但是一直不愿意承认，不愿意打开那个箱子。因为他还是不敢面对事实。”

“是吗?”老A用眼角的余光看着我。

“这就是为什么，箱子那么新，衣服没损坏，却丢在这落灰的合理解释。”我自信地回答。

“我理解，社会上经常有这样的事情。骗子和执着相信别人的人，新闻也有报道，但是不能说明两者是同类事情呀。”

“我说老A啊，既然你都自曝秘密了，那我也告诉你一件事情吧。”我从老A的烟盒里抽出一支烟，叼在嘴里，模仿老A深沉的样子。

“洗耳恭听。”老A给我点上了烟。

“在我高二的时候，我是个很单纯的人，我以为新闻里发生的事情会离我们很遥远，直到那些事情发生在身边。”

“什么事情？”老A好奇地追问。

“当时我是一个内向的人，不怎么爱和别人交流。后来在班上我认识了一个朋友。我们有着共同的爱好——看电影。”我把半截香烟放进烟灰缸掐灭，“但这些都不是重点，重点是他和我不同，他算是男生里比较容易得到女生喜欢的那种人。秀气，长得高，会画画，会打篮球。所以你可以料到，在文科班他可谓如鱼得水。但是，他并不是好好先生，也不是花心大少。”

“花心的人多了去了，这和你的故事有什么联系？”

“听我说完。”我瞪了老A一眼，“有一天，他问我借200元。我当时想200元也不是什么大数目，没多想就借了。借出去之后，半年才要回来，我没催他还钱，我知道他会还，只是还得太慢了。”

“那不是还你了吗？他也没骗你，你纠结什么？”

“老A，后来我知道了一件事情。他和一个女生在网上交往了一年了，那女生把什么都给他了，心和身体。那天，她告诉他，她怀孕了。于是他问我借了200元，同时还问了很多人借钱，带她去医院，处理了这个意外。然后……”

“然后？”老A点燃了第二支烟。

“第二天，他把她甩了。虽然我知道这件事与我无关，这是他的私事，但是我感觉我是帮凶，让一个女生受了那么大的伤害，还有一个尚未出生的生命。这样地不负责和背叛，使我对信任有了新的理解。信任宁可少一点，也不要滥用。”

“连自己的朋友都不打算完全信任吗?”老A感叹。

“保留三分吧，不过我和你说这事，算是信任你八分了。”

“怎么听得那么别扭啊，这算是相信还是不相信我啊?”

我微微一笑，对老A说:“佛曰，不可说，不可说。”

夜已深，我们陷入了沉默。

“还是等学长回信息吧?”老A抽完了最后一支烟。

## *13*

“T！学长的短信。”老A差点没把嘴里含着的饭给喷出来。

“别激动，说了什么？”我看到饭堂里周围的人已经对老A投以好奇的眼光。

“正在回来路上，保管好箱子。”老A抬头疑惑地看着我。

“真奇怪，如果那么重要怎么会丢在这儿呢?而且也没什么很重要的东西。”我也不解地看着老A。

“谁知道，不过看起来我们都错了。”

“我可不觉得我会错，我可是推理得很严密，肯定漏了什么。”

“哼，交给学长本人来回答吧。”说完老A吃下了最后一勺饭。

我和老A从食堂刚出来，收到了第二条短信：“宿舍门口，速回。”

“这是什么情况？”老A问我。

“交给学长本人来回答吧。”我无奈地耸肩看着老A。

我们从饭堂向宿舍狂奔，在路上拖鞋被甩掉一次，也只用了五分钟。学长看到我们时还是说了一句：“怎么那么慢？”

“老大，才几分钟啊？”老A上气不接下气地说道。

“箱子呢？”学长有点不耐烦。

“宿舍里。”我一边开锁一边说，“学长，箱子我们看了。”

“看了？”学长生气地问道。

“大哥，不要生气。”老A递上一支烟，“我们只是看看是谁的，没有恶意。”

箱子静静地躺在宿舍中央，学长慢慢走过去拍了拍箱子上的灰尘，什么话都没有说。就像两个十年未见的朋友，心里有话想说但又不知道说什么好。

“这箱子里的东西你们都看过了吧？”

我刚想打破沉默问学长箱子的来历，学长自己却先开了口。

“T和我都在想这是怎么回事，感觉挺重要的箱子。”老A回答。

“实际上，我和老A都有一段推测，就是不知道对不对。”我走到学长身边，“不如你听听我们谁说对了？”

我和老A一字一句地将我们推测的故事告诉了学长。学长听着我们的故事有时干笑，有时皱眉。

“你们的推测，有对也有不对。”学长打断了我们的推理，“还是我来告诉你们吧，不然我的形象都毁在你们的故事里了。”

学长指着箱子说：“这是我‘妹妹’的箱子。”

## 14

“父母在外地打工，因为突发工伤事故身亡。”这是外婆和别人见面提起我时一定会说的话题。我从懂事开始，就成了孤儿。外婆一个人将我拉扯大，送我上了大学。我也慢慢学会了坚强和面对社会。我瞒着外婆一边学习一边打工，对外婆的爱我无法回报，只想到了大学一定要好好报答她，给她买一件礼物。结果外婆还没来得及等到我的礼物就去世了。

发生了这样的事情除了痛苦和绝望，我还有疑惑。“我为了什么活着？”好几次我想着我要不读完这个学期就退学吧，养活自己没有问题。这个时候，“她”走进了我的世界。

我在返校的火车上遇到了她，她坐在我的对面。不知道为什么，我觉得她和我很相像，她的眼神里藏着难言的伤感。当我慢慢打开她的话匣子，我才知道她和我有着相似的经历。她小我两岁，也是孤儿，她的梦想是当一名舞蹈老师，说到梦想时她眼神里充满了好奇和期待，这是我没有的。

“那么说，你跳舞很好咯？”我问。

“不好，我在大专学发型设计，因为我打工的钱只能让我读得起这个。”她苦笑道，“不过有时会偷偷地混进舞蹈班里学习，老师也睁一只眼闭一只眼。”

“为什么那么执着呢？学发型设计也不错啊。”我觉得能养活自己就够了。

“从懂事开始父母就不在了，有一次在孤儿院表演舞蹈，我获得了在场所有人的掌声。”她擦了擦眼角的眼泪，“从那以后我能从跳舞中获得自信，也能感觉到别人的关心。”

“你自己一个人能应付学习和打工吗?”我问她。

“还行吧，如果不打工挣钱，学费也交不起了，不过我想省下学费去参加舞蹈班。”

那一瞬间，我好像找到了活着的理由、奋斗的理由。我的外婆为我做了很多，我没来得及报答她，但是我可以帮助其他像我一样的人，就像外婆照顾我一样。眼前的这个她比我更有梦想，但是没人关心她，也许我可以关心她，支持她。

之后我问了她的学校地址，说是可以常联系。回到学校之后，我开始找大量的临时工来做。每天在学习之余，跑去送快餐，送包裹，给别人刷漆。我终于在月底凑够了钱，去市中心买了一双舞鞋，装在一个盒子里，又把1000元悄悄地寄给了她。

“梦想不应该轻易放弃，你属于耀眼的舞台，好好加油。”

过了两天，我收到了她的来信，看到“谢谢你，哥哥”。短短的几个字让我找到了人生的价值。我突然觉得我的人生有了意义，我也有了自己的梦想——“帮助更多像我一样的人”。

在很长一段时间里我们经常联系，突然有一天她来到宿舍找我。她很感谢我的帮助，但是她更希望专注于舞蹈，要我帮她保管这个箱子，她要去杭州的一个舞蹈班学习。

“一切要顺利，加油。”

这是我对她说的最后一句话，虽然很简单，但是包含着无法用言语表达的心情。之后过了几天我们就失去了联系，我千方百计地想寻找她的踪迹，但是始终没有找到。这箱子就这样留在了我这里。有时候我甚至把这箱子当成了她，我还买了几件衣服偷偷地塞进去，但是直到我毕业她都没有再出现。

## *15*

“在离开宿舍前，我一直很不安，她是不是忘了我?”学长点着的烟在他手里快要烧完了，他却一直在说话，连一口都没有吸，“我心里的不安慢慢扩大，我还是决定把箱子丢在这里，想要摆脱这种不安。”

“可是我们发现了它。”老 A 拿起烟灰缸，接过学长手里的烟，掐灭了。

“看到你们的短信的时候我正在火车上。我想了很多，第一次和她见面，第一次给她寄礼物，第一次看她表演，还有我自己因为她而改变的过程。这时候我想起了我忽略的一个事实，她和我一样是个孤儿，而她相信我这个哥哥。”学长拿出两张车票，“其实她不是忘记了我，而是她对我绝对地信任，觉得我能理解她的一切。所以才没有联系我，专心地投入舞蹈里了。想到这里，我开始后悔。所以我半路下了火车，买了回程票回来。”

“还好我们保管了它，不然它说不定就被扫宿舍的收走了。”我看着学长说。

“谢谢。”学长回以感激的微笑。

学长谢过我们两个之后，我和老A送着学长离开学校。看着他拖着箱子离开学校的背影，我心里觉得好像什么被抽空了，好像我们做了一件错事。

“老A，你是不是和我想的一样？”

“什么？”老A回过头，“你说的是感觉自己太消极，太悲观了吗？”

“嗯，好像我们很充实，好像我们很有经验，好像我们很有理想，好像我们看透了世界。但是这些都是一种名为‘自负’的泡沫，看似庞大，被现实的冷水一冲就啥也没有了。”我看着学长消失在我们的视线范围内，不禁长嘘一口气，“我们还是不懂事。”

“是时候该做点什么了。”老A拍拍我肩膀，“明天开始去改变吧，不然我们真的就滞留在故事里了。”

## *16*

正当我们顺利步入大三，忙着拍短片和考研，几乎要忘记这件事情的时候，老A收到了学长的一条短信：“快看中央三台。”我们从宿舍跑到后面的小卖部，请求老板将电视换台到中央三台。

一个清秀可爱的女子站在舞台中央，她刚刚获得了舞蹈选秀的第一名，正在发表获奖感言。我们正在纳闷学长为什么要我们看这个，小卖部老板也不想我们站在这儿白看电视，一直要求换台。我们正准备走，电视里的她说出了最后一句话：“我最感谢的是一直在背后默默支持我的人……”

我和老A同时定在原地，因为这句话后面说出的名字正是学长的名字。

## 张亮华

张亮华，湖南桃江人，文学硕士，广西作家协会会员，现任职于广西民族大学文学影视创作中心。曾获2019年《好儿童画报》“小百花”好作品奖。有作品发表在《作家》《诗歌月刊》《延河》《语文报》《作文大王》等。

# 拐杖

晚上十一点，一场雨将逐渐沉睡的街道洗涤了一遍，街上已见不到其他行人，只有庆生独自一瘸一拐地走在街上。庆生左手拄着拐杖，右手食指和中指夹着一支抽了一半的烟，大拇指、无名指和小手指一起握着一瓶快喝完的啤酒。

庆生路过一处花坛，看见一只蜗牛正沿着花坛边沿向上爬。蜗牛爬得很慢很慢，每一次向上爬都要将头部伸到最长，再带动身上的甲壳一点点地向上移动，似乎每一下都需要用尽它全身的力气。

庆生看着他眼前这只努力攀爬的蜗牛说："你又何必如此费力?"说完，庆生扔掉烟蒂，举起酒瓶，喝完最后一口啤酒，将空酒瓶搁在花坛上。庆生捏起这只蜗牛，蜗牛受到惊吓，头尾一起迅速缩进甲壳里面。庆生把蜗牛放进花坛中的泥土上，抓起花坛边的空酒瓶，用瓶口罩住蜗牛，用力将酒瓶倒立插进了土里。

庆生做完这些后，刚走出几步，又回过头来，他看见蜗牛正慢慢地伸出它的头和触角，探索着周围的一切。庆生摇了摇头，将手中的拐杖扔进了花坛中。

拐杖掉落的响声吓得蜗牛一下收回它的头和触角，随后又慢慢地探出去摸索着。

清晨，庆生迷迷糊糊地睁开眼睛，第一眼看见的就是摆放在床头的拐杖，昨晚明明已经被他扔了的那根拐杖。庆生一声叹息，心想：果然又是这样。

庆生爬坐起来，拿起床头柜上叠放整齐的衣服穿上，单脚一跳一跳地走到洗漱台前。在他面前，摆着一杯几乎漫到杯口的温水，杯子上搁着一支挤好了牙膏的牙刷。庆生慢悠悠地抓起牙刷，将杯中的温水倒掉，打开水龙头重新接上凉水。牙刷在嘴里来回刷了三下，牙膏才刚刚出泡沫，庆生便倒上一口水含在嘴里，咕噜咕噜几下吐掉。庆生将牙刷扔进还剩半杯水的杯子里，取下毛巾在水龙头下打湿后，往脸上揉了一圈。庆生将毛巾随手扔在洗漱池中，扶着墙壁一跳一跳地走到餐桌前坐下。

妈妈端上两个包子，一个煎蛋，一杯热牛奶。庆生抓起一个包子，一边吃一边说:“拐杖是你捡回来的吗?”

妈妈说:“我没有捡你的拐杖，为什么又这么问?”

庆生没有回答妈妈的话，他快速地吃完手中的包子，扶着椅子站起来，一跳一跳地走到门口换鞋凳前坐下，伸出右脚，换上那一只已经摆在门口的鞋子。庆生扶着鞋柜想要站起来，可偏偏重心不稳，摔倒在了地上。妈妈风一般地冲到了庆生面前，把庆生扶起，将手中刚刚从庆生房间拿的拐杖递给庆生，用恳求的语气说道:“带上吧。”

庆生看了一眼拐杖，一把将它从妈妈手中夺过来，打开房门一瘸一拐地走出去，又重重地将门甩起来关上，离开了家。

昨天夜里又下了很久的雨，尽管现在雨停了，可街上依然到处湿漉漉的。庆生漫无目的地在街上走了很久，直到走累了，在一处公交站台坐下休息。几分钟后，一辆公交车驶进站台，车门打开，庆生站起来，拄着拐杖一跳一跳地上了公交车。

庆生望了一眼车厢，整辆车仅在车厢中部的老、弱、病、残、孕专座上剩了一个座位。公交车缓缓启动，庆生拄着拐杖又一跳一跳、晃晃悠悠地走到座位前坐下。

庆生刚坐下，就赶紧把手中的拐杖放倒在了座位下，腾出来的左手，和右手一起抱在了胸前。

前排座位的阿婆转过身来跟庆生搭话："小伙子，金湖广场站还有多远?"

庆生看了一眼阿婆说："我也不清楚。"说完又把头转向了窗外。

阿婆见庆生并没有要继续搭理她的意思，只得转身坐好。

庆生想了想，他确实无法回答阿婆的这个问题。他刚刚是从哪里上的车？这是几路车？从哪一站出发？开向哪里？他发现自己都不知道。庆生抬头看了一眼车厢前部的电子屏，屏幕上写着74路。庆生盯着74路三个字，发出一丝冷笑，庆生想：74，可真是个好数字。

公交车继续行驶不久，在一处站台停靠。车前门打开，一位孕妇上了车。司机开了语音播报："请主动给老、弱、病、残、孕及有需要的乘客让座。"孕妇一只手抱着肚子，一只手扶着旁边的座椅，一步一挪地往车厢里面走，可旁边的乘客没有一个主动站起来让座。

孕妇一直走到庆生的旁边，扶着庆生的座椅靠背站着。庆生转头看了一眼身旁的孕妇，捡起座位下的拐杖，扶着椅背站起来跟孕妇说："你坐吧。"

孕妇看着庆生拄着拐杖跳了两步，将位置让了出来，她犹豫了一下，选择了慢慢坐下。孕妇望着庆生说："谢谢啊，宝宝已经6个多月了，我不能久站。"

庆生右手抓着车厢中间的扶手，左手拄着拐杖，他没有回复孕妇的话，眼睛望着窗外。

孕妇似乎是为了表示歉意，在脸上挤出一点微笑后又对庆生说："我很快就下车的，待会儿你继续坐。"

庆生虽然觉得孕妇的这句话有点可笑，但是依然没有搭理孕妇。

孕妇坐了一会儿，觉得车厢里有点闷热，于是将原本关着的车窗打开，一股风迅速钻进了车厢。庆生垂着的左裤腿，随着这股风使劲地摆动着。庆生皱着眉头，扔下手中的拐杖，一把抓住被风吹得飞起来的裤腿，卷起来塞进了裤子的口袋里。庆生松开握住扶手的右手，弯腰下去捡刚扔在地上的拐杖。偏偏这时公交车一个急刹车，庆生失去重心，一头扎在了地板上。司机、车厢里的乘客全都看向了倒在地上的庆生。庆生觉得脸上火辣辣地发烫，他狼狈地抓起拐杖，扶着座椅重新站了起来。庆生一边躲避着车上其他乘客的目光，一边用厌恶的眼神瞪了孕妇一眼。

从刚刚庆生卷裤腿开始，孕妇就一直盯着庆生，直到看到庆生的眼神，孕妇才埋下头说："对不起，对不起。"说完，又赶紧把车窗关上。

庆生没有理会孕妇的道歉，经过刚刚这一摔，庆生低头看着卷进口袋里的左裤腿，心里的那些失落感又陡然而生。

庆生仿佛失去了一段记忆，他一直不知道自己是怎么失去这条左腿的，妈妈只跟他说是意外事故，可为什么他会遇上这个事故，事故是怎么发生的，妈妈也说不清楚。庆生无数次地问自己，为什么是我？为什么是一整条腿？他没有答案。

庆生盯着卷起来的左裤腿看了一会儿，又把刚刚塞进口袋里的那一截裤腿掏了出来，让它垂向了地面，他还是不愿意看到自己左腿这边空着。虽然这样裤腿可能还是会被风吹起来，但至少跟右边一样，有个裤腿垂在这里，而不是空荡荡的。庆生看着刚刚放下去的裤腿，心里舒服了一点。

庆生又重新望向窗外，他余光瞥见孕妇突然用两只手抱着肚子，眉头紧锁，一脸痛苦的样子。庆生看着孕妇说："你还好吧？"

孕妇有点惊讶地看着庆生，她没有想到庆生会对她表示关心。孕妇顿了一下，说："没事，宝宝现在胎动比较频繁，刚刚他踢我那一脚有点痛，一会儿就没事了。"

庆生突然想到了他早上摔门的那一下，他问孕妇："你肚子里的孩子也会跟你发脾气吗？"

孕妇觉得庆生问得很奇怪，6个月大的婴儿，哪里会懂发脾气，她回答说："可能在公交车上有些晃动，他觉得不舒服，应该不是发脾气。”

庆生又问：“他踢你踢得厉害的时候，你会难过吗？”

孕妇说：“不会。虽然他踢得很重的时候，会有些痛，但是心里还是会觉得很幸福的。”

庆生说：“他踢得你痛，你还觉得幸福？”

孕妇说：“因为我能感觉到有个生命在我的身体里和我交流，这是一件很神奇的事情。”

庆生将目光从孕妇身上移开，自言自语地说：“当妈的都这么奇怪。”庆生想到了自己的妈妈，每天他起床前，总是要把他穿的衣服叠好放在床头柜上。明明他刷牙从不用温水，可妈妈总是要帮他准备好温水刷牙。明明他不喜欢吃煎蛋，不喜欢喝牛奶，可妈妈总是要准备鸡蛋和牛奶做早餐。明明他不愿意被妈妈如此照顾，可妈妈总是想要把他照顾得无微不至。

孕妇听了庆生这句略带孩子气的话，笑着摇了摇头，又摸了摸自己的肚子。她想，这种隔着一层肚皮和肚子里的婴儿交流的奇妙的幸福感，一个年轻的小伙子又哪里会懂？孕妇看了一眼庆生左边空荡荡的裤腿，又看了一眼庆生手中的拐杖，她总觉得这根拐杖的样子有点古怪，它似乎像个什么东西，可具体像什么，又说不出来。孕妇看着庆生，心里突然有一点难过，她抚摸着自己的肚子，小心翼翼地问道：“你的腿，是怎么回事？”

庆生身子一紧，马上拉下脸来，毫不客气地回应说：“怎么，我的腿碍着你了吗？”

孕妇以为有了刚才的对话，她算是跟庆生聊上了，可她低估了庆生对这件事的敏感程度，她赶紧道歉说：“没有没有，不好意思，我没有恶意的。”

庆生不依不饶地说：“没有恶意是什么意思，我这瘸子就这么受你关注吗?”

孕妇心想，自己可真多嘴，刚刚开窗让他当众出了丑，现在又来提他的腿，他不生气才怪，孕妇只好不停地道歉：“对不起对不起，我真不是故意的。”

庆生又紧接着说：“都说一孕傻三年，还真是，哪壶不开提哪壶。”惹怒庆生的，不只是孕妇问起他的腿，还有她刚刚问他时的那种小心翼翼的表情，就跟他早上离开家时，她妈妈当时的表情一样，总是见到这样的表情，庆生受够了。

庆生心里也好想回答孕妇的话，他的腿到底怎么了？为什么他偏偏想不起这件事？还有他手上这根奇形怪状的拐杖，到底是怎么来的？为什么他一次次地将它扔掉，它却像是有魔力一般一次次地回到他身边。如果让他自己选，他肯定不会选一根这么奇怪的拐杖。庆生下定决心对自己说：待会儿下车我一定要找个地方再扔掉这根拐杖。

这时，公交车正从一座桥上经过。突然，公交车因行驶过快，出现“水滑”现象，走了一个“S”形路线后制动失控，猛地冲向桥梁右侧。车上乘客本能地死死抓着座椅或扶手，一个个吓得大声地尖叫着。孕妇一只手抓着座椅，一只手紧紧地抱着自己的肚子。庆生右手握着扶手，左手紧紧地抓着他的拐杖。公交车连续撞开两辆小车后，冲出了桥梁旁边的护栏，倒向右侧朝江水里扎去。孕妇没能抓住座椅，从座位上摔出来撞在车窗上晕死过去。庆生右手吊在扶手上，左手始终还抓着他的拐杖。车上的其他乘客吊着的、摔倒的，全都挤到了车厢右边，此时大都已经吓得失声了。几秒钟的时间，随着一声巨响，公交车扎进了江水里，渐渐地沉了下去。

不知过了多久，庆生慢慢地睁开眼睛，左手中的拐杖还在，他拄着拐杖一跳一跳地走在一条雾气弥漫的道上，公交车上的孕妇走在他的前面。庆生看了一眼前面长长的队伍，发现公交车上的乘客大多都在。

庆生环顾了一下四周，周围环境都被雾气包裹着，看不清环境的样貌。可庆生总觉得这个场景好像在哪儿见过，特别熟悉。走着走着，一块巨大的木质牌匾出现在队伍前方，牌匾上用黑漆写着三个大字：阎王殿。庆生这才醒悟过来，他已经在那场公交车祸中丧生了。

庆生跟着队伍走进了阎王殿，看见一个长满络腮胡子，头戴官帽，长相彪悍的大汉坐在阎王殿中间的座椅上，旁边立着一个凶神恶煞般的判官，左手端着一本簿子，右手拿着一支又粗又长的笔。

正中端坐着的正是阎王，进入阎王殿的人，一个个排着队在阎王面前跪下，判官端着簿子念着跪着的人的生平。念完，阎王宣布此人打入地狱或往生轮回。

庆生终于也排到了殿前，孕妇正跪在阎王面前，等着阎王的判罚。判官念完孕妇的生平事迹后，阎王宣布让黑白无常押送孕妇去奈何桥，喝下孟婆汤往生轮回。前面的人，听到自己的判罚是往生轮回时，大都一脸轻松高兴，至少不用被押往无间地狱。可是，孕妇却跪在阎王面前不肯离开。孕妇哭着对阎王说：“阎王爷，我求求您，不要送我去轮回，我还不想死啊，求求您不要收我。”

阎王面无表情地说：“刚刚判官的话你也听到了，你的阳寿已到，必须去轮回。”

孕妇哀求说：“阎王爷，您看看我，我已经怀孕6个月了，肚子里的孩子都要出生了，我真的不想死啊。”

阎王说：“这事不是你想不想能决定的，你的阳寿到了，那就必须送你走。”

孕妇又说：“那您让判官查查我肚子里的孩子，他才6个月，他的阳寿也到了吗？您可怜可怜我们母子，不要带走我们。”

阎王说：“未出生的孩子，他的名字还没有出现在生死簿上，他的阳寿是跟你的连在一起的。你的阳寿一到，他也得跟着走。”

孕妇激动地说：“可是这对我的孩子不公平，他都已经6个月了，我时时能感受到他的心跳，每天都能感受到他的手、他的脚在我的肚子里动，他已经是一个鲜活的生命了啊。求求阎王爷给他一条生路吧，您让我做什么都行。”

阎王摸了摸下巴上的胡须，想了想说：“你真的愿意付出任何代价吗？”

孕妇看到了让孩子生存的希望，连忙说道：“我愿意，愿意。”

阎王说：“那好吧，我可以不收你，让你重回阳间。”阎王说完这话，判官走上前一步，想打断阎王，却被阎王挥手示意退下。阎王接着说：“但是，你必须付出一条腿的代价，你可愿意？”

孕妇毫不犹豫地说：“失去一条腿，换我孩子的一条命，我愿意。”

阎王说：“那好，我就收了你的左腿。”阎王走到孕妇面前，用手一挥，孕妇的左腿已经握在了阎王的手上，孕妇失去重心倒向了一边。

阎王用他的长袖在孕妇的左腿上扫过，孕妇的左腿一下子变成了一根拐杖。见到阎王手中的拐杖时，庆生震惊了，因为他发现阎王手中的拐杖居然跟他手中的拐杖一模一样。

庆生听阎王对孕妇说道：“这是用你的左腿幻化的拐杖，留给你。我会把你进入阎王殿的这段记忆抹除掉，希望这根拐杖能提醒你，珍惜这次重生的机会。如果你回到阳间后，不懂得珍惜，消极处世，那么你很快会再来这里跟我见面的。”

孕妇接下拐杖，对着阎王使劲地磕头感谢。阎王命黑白无常将孕妇送回人间后，转头看了看庆生。

而此时的庆生，早已吓出一身冷汗，全身发抖了。

# 胡　游

胡游，广西民族大学2017级研究生。中国作协会员。南京市第二期“青春文学人才”签约作家。作品《来自戒毒所的一份家书》获2016年度湖南省大学生禁毒微电影一等奖。在2018年广西壮族自治区成立60周年文学、歌曲创作征集活动评选中获二等奖（诗歌组）；诗歌见于《人民文学》《诗刊》《作家》《扬子江诗刊》等。小说见《作品》等。

# 易老爹

蓬江边周围还是这么暖和、寂静，在江的对岸，一片映满阳光的瓦蓝色云烟腾空而起，和天上倾泻下来的流云融汇在一起，像一幅巨大的帷幕。一群鸟从他头顶飞越江面穿越帷幕，变成小点不见了。易老爹吐了口口水，像卖货郎一样，就差一个拨浪鼓了，挑起两个蛇皮袋，下了车。易老爹的脸颊早就变成了一张草纸，枯黄干燥。他被风一吹就东倒西歪，像一个用防腐香料保存好的尸体。

他远远地看到村主任了，咳了一声，并不和他打招呼。村主任在易老爹眼里就像梳子上粘满的脱发，厌恶又弄不干净。他快要擦过村主任身边，村主任却往路中间一站，挡住了易老爹:“易老爹，你回来了？招呼都不打一个。”

肖痞子也嘿嘿地笑了几声:“易老爹，城里有么子新鲜事吗?”易老爹斜着眼珠子看了他俩一下，并不搭理肖痞子，只对村主任说:“娃娃，你怎么一下就老了。”

“去城里这么久，疯病还没好?”肖痞子朝着他唾了口痰，没唾好，掉在自己的大麻衣上。

易老爹嘿嘿地说："城里的人都不跟自己的老婆困了，娃娃们都困在一起了。"村主任黑色的眼珠子好像要跳出来一样，嘴巴张开没有说出一个字。

易老爹又蹦出一句话："你现在还是和你的儿媳妇睡在一起吗？"

肖痞子跳起来说："呸，你可别乱讲，村里马上要选举了，这话传出去不得了。"村主任踩了下肖痞子的脚，小声说："猪脑壳。"

村主任让开了道，说："易老爹，你没事莫乱跑。管住自己的嘴，吃饱饭别乱说话，管住自己的屁眼，别乱放屁。"

村主任边说边递给肖痞子一根金蒂子芙蓉王，他本来也想给易老爹来一支，手在半途停了一下，把烟又插回了烟盒。

肖痞子低头看着村主任，眼睛眯着说："易老屁股，你快回家刷刷牙，满嘴臭气，你在城里收垃圾又不是吃垃圾。"又朝着村主任笑道："村主任，您放一万个心，这次您肯定又能连任。"

肖痞子的话在村主任的耳朵边轻轻擦过，然后变成一截烟灰掉在地上。村主任边走边望着易老爹一担子的蛇皮袋出神，摇摇头："这次还有点悬，山后背那几户人家你去串串门。"

澄澈的蓝天现在只有一小块像白色贝壳的游云，曼妙地卷起，飘了一会儿，散在易老爹家的老屋的后院。草坪上长满了野菊花，檐板上缀满白色黄色蘑菇。老禾筒扑倒在地，上面的泥巴已经像爬山虎一样布满禾筒的缝隙，野芋头的皮变成腐朽的紫红色，待在一堆蚂蚁的小窝边。一群小鸟从灌木丛射出，像数百支利箭，射往天空，又像撒向天空的数颗有生命的黑色石头，一下滑落一下上扬，倏而消失，突然又俯冲到了他面前。

他走到老屋里头，屋里柜子早就落了厚厚的灰，一回到家，在床杆子上贴了两个红“囍”字，把红蜡烛点起，打开那两个蛇皮袋子。那货物堆里有一些布娃娃，它们好像婴儿的脸，一碰就会有一块红晕出来，那红晕就是布娃娃小棉袄上的红丝绒。他把面部侧过去，靠在娃娃上，那一绺绺白发粘上了粉尘，空中闪出一道光来。

他把春花的衣服拿出来给红娃娃套上，口里念着：“春花，你比以前更美了。”从东山上斜刺过来的光芒，竿子一样搭在他橘子皮般的脸上、手上、脚尖上，他感到脸上有种被耳光掴过的热疼。迎着光芒这边脸上，皱纹深如沟壑。阳光下，娃娃的毛发明亮平整。易老爹的心一阵温热，酥软轻快的感觉在胸膛荡漾开来，脸上的笑意也有红粉粉的光泽。

外面米色的土墙和玻璃窗都被戳得滚烫，小土房上竖着的烟囱，底下的土砖开始噼里啪啦地绽开花。

他在红蜡烛前跪拜。

屋檐的水滴透过晨曦的第一缕光线落在那个古铜色的柜子上。

易老爹猛地睁开眼睛，手里紧紧攥着那个粉色的娃娃，手指的指节发白。他摸着她的毛发轻轻地说：“嘉妹，我的好闺女，不要跑出去玩，待在屋里。我先出去砍柴了，柴火旮旯冒（方言，没。下同）柴烧了。”

嘉妹的手是毛茸茸的，身体被绒毛包裹着，没有说话，被易老爹搁置在他房间的窗前，正好能看到蓬江河。江上两旁的芦苇淹在水中，下半截的秆子已经发黑腐朽，发出一股臭味。

他把一群娃娃放在自己安排的位置上，就又对着厅屋里的娃娃喊：“别跑出去啊，你们都要听话啊。我把窗户关起，不要被风吹走了。”

他担着一簸箕松细子柴火，手推开了大门，擤了擤鼻涕，闻着饭菜香说道：“嘉妹，饭菜做好了吧，我要恰饭。”

“你这个懒鬼，看我怎么收拾你，你就是喜欢赖床。”一个大掌噼啪响在嘉妹坐的椅子上，嘉妹倒下了。

“你装，你要赖，你还躺下。”

他拽住嘉妹的辫子说：“看你跑哪里去，哼，小崽子。”

“痛，你还知道痛。还不做饭。看你下次还敢不敢。”

木勺子舀过刺骨的水，他的手一阵惊颤，三条静脉露出青色的狰狞面孔。一副碗筷躺在煮沸的锅中，他把灰色的木棍折断，身体向前倾，推到空心的火灶，扬起一阵轻雾。

“哎哟，小兔崽子，不好好看书，专门搞我的鬼。”他瘫坐在一堆灰中，脚伸进了灶坑。他又起身洗碗筷，手拿着碗边在水中汆烫过放到石板上晾水，氤氲的水汽层层地升上房梁，筷子在他的双手中摩擦，红辣椒皮脱在锅里，油渍晕开彩虹的斑斓。

“嘉妹，帮我烧火做饭。”

“嘉妹，嘉妹！”他瞅着土砖号叫。

他拖起手里的夹火钳，在大拇指和食指的闭合运动中啪啪的声音传到了嘉妹的闺房。

“又在看电视，关掉。告诉你，快关掉，去恰饭。”他跺起穿着黑色棉鞋的脚，阳光下，粉尘在他的鞋周围跳舞。

他摇摇头，一声叹息在空气中飘起，但脑海里还是那闪烁的电视画面。他弓着背，拖着右腿向灶屋走去。

锅子早就烧红，放一滴水就能立马蒸干，胡萝卜在砧板上放旧了，切口上有一条白边，柴棍子烧尽了灶里的那部分，灶外的就啪啪地掉在地上。

“来，嘉妹，我先把火加燃，你给我烧火。”他从一个柜子里挑出一坨白色的猪油。

“火要空心，人要实心，你把火都烘起来了，都在外面，烧不上锅子。”他把竹椅子拉在蓝色的裤腿边，坐在椅子上，把眼睛瞄向灶里，用夹火钳拨弄着柴棍子，把大的柴棍子架在树叶灰上，小棍子架在大棍子上，他最喜欢烧喷火柴，把那些纸屑和小灰柴放在燃出黄色火焰的棍子上面，爆出短暂的大火，映红了他的面颊。他又转身过来，把倒扣在锅子里的锅铲拿起，挑开一摊胡萝卜，胡萝卜就开始在锅子里翻滚起来。

“嘉妹啊，你到学校去，就好好读书，别老是跟别个去玩，你们学校旁边的池塘水好深，不要过去。”

“上大学了，难得回来几次，你好好恰。”他从放着盐的碗拿出盐袋，用黄色的勺子舀出一些盐，丢在胡萝卜上。柜子暗黑的角落里的红色袋子，表面上覆盖了一层黑色的油烟，还有一些残余的酱油。缺了一个小口子的碗被他的右手拽起，放在水泥色的石板上，油淋淋的胡萝卜盛在瓷碗中。他用手指夹出一块胡萝卜，“嘉妹，来，看好恰不?”

“把饭张起，恰饭哒，”他又发出一声叹息，“嘉妹越来越不听话了，又跑到哪儿去了。”

他打开锅盖，高压锅面上的饭粒已经变成饭浆，他嗅到一股发馊的气味，“冒饭，冒煮饭嘞。”

“我们凑合恰。”

他把竹椅子上的黑色衣服搭在木棍上，用袖子擦干净。他把那些娃娃都放在桌子周围的椅子上坐着，“嘉妹，来坐这里。”

他拿了两副碗筷，把嘉妹的碗筷放好，给她夹了几块胡萝卜，抬起头笑眯眯地看着嘉妹说：“我是家长，你们以后都是我的孩子，好好相处。晚上好好睡觉，别打开我的门。”

易老爹晚上关门的时候，变成了另外一个人。他抚摸红娃娃，细细地帮她梳理辫子。抚弄她的手、脖子、胸、大腿。她软软地靠在他的怀里。三十年前，他的美好时光就是这样开始的，也是这样结束的。他老婆离开他三十年，现在想想好像也就三四天。他和春花在城里的垃圾站巧遇。她被城里人抛弃，他见她可怜，又有几分相貌，便和她攀谈起来。得知春花原来就是隔壁村的姑娘，他们以前还在蓬江河里一起捕捞过鱼虾。

夜深了，星星明明丽丽地缀结在这块看不到边的纯蓝绸布上，闪着光，要人去摘。

夜晚的蓬江河拢住了所有的雾水，它们都在这里集合开会。易老爹又来这里巡夜，他穿着一身牛仔服，上面有白色的斑点，这是易老爹在短沙捡东西拿到的，人家要拿去填埋场，他就拿过来了。他趿拉着被水打湿的皮鞋，挽着装着娃娃的蛇皮袋，那个塑料的娃娃也在里面，去了自留地。他把所有的娃娃都放在自己的面前，用一块红布垫起，大的放前面，小的放后面，每个娃娃面前都放上了一张纸条，上面写着“易深”。所有的生物都向他膜拜，还有树草种子、蚯蚓、毛毛虫。蚂蚁在稀疏的洞里睡着了，他点着蚂蚁的头，蚂蚁爬上他的手，在他的手心挠痒痒。

“欢迎大家来进行今天的民主选举，首先掌声欢迎蓬江村的支书易深。”易老爹的耳边响起一阵热烈的欢呼声，他连忙鞠躬说:“谢谢，谢谢各位父老乡亲的支持。”

他看着自己皲裂的皮肤下蓝色的脉络，再看娃娃的手上，没有血管，毛茸茸的，像狗爪子。看不到血管并不代表它不是活着的，他想，咧开嘴唇又笑了一下。他用手指着那块挂在树枝上的黑布说:“大家手上都拿着一张纸。好好看着，填上黑板上候选人的名字。”他在娃娃的周围来回踱步，眼睛时不时凑过去瞧一下娃娃的白纸。“好好想想啊。”

他手掌一拍:“好，票都给我。”

“最高票数易深14票，大家鼓掌。”他站在黑布的后面，把腰一弯，就又走下台，把娃娃也弯一下，又跑上去说:“谢谢，我一定把蓬江村建设好，鼓掌。”

回来半个多月了，他种了很多的胡萝卜、白菜、红菜薹，每天早上天刚蒙蒙亮，他就起来搞菜，把柴火灰撒在土里，把菜搞完就去屋里恰点粥，就又到山上去捡柴，常常还唠叨说晴天就要多去山里捡点柴火，多堆点在屋里，落雨的天气才有柴烧。

他把娃娃放在自己的背上，用布条捆着。那个娃娃穿着浅蓝色牛仔背带裤，红白相间格子衬衣，栗色头发蓬乱，堆起在头顶，枯草一样，耳朵上挂着手机的耳机，四只手指头拿着一个手机，对着易老爹永远是一脸的笑容，朝天的鼻孔哼出的似乎都是笑声。易老爹的心情好了很多，自己的小孩也像城里小孩一样了。

绿色的蔬菜油亮亮的，他用小锄头把白菜周边一整块的草先由前往后刮，一层层的草和土厚厚地刨去，像脱掉树的衣服一样，把那些草皮拨到一边，弯下腰继续修整里面的杂草。

“嘉妹啊，你长得是好看，好看不能当饭恰，人啊，要有本事，靠本事恰饭。”易老爹锋利的锄头扎进泥土，切割杂草的声音响亮而富有节奏，像老剃头匠在过年前给自己刮胡须一样。紫色的蚯蚓和乳白色的幼虫在翻起的碎泥上前伸后缩，左晃右摆，像被弄醒的婴儿。

“你妈死得早，我出去做事又把腿摔坏了，供你读书不容易，你要上劲，攒劲，日后还等你养。”说着，眼泪在他的眼睛里打转。泥土钻进他的指甲，笔直的蚕丝线粘上他的黑色大衣，红色的鞋面已经包裹了几层混杂着黄色和黑色的泥土。那黑色的泥土夹杂了粪便。

有一些水样的细丝线飘在他古铜色的树皮般的皮肤上。他急忙搓搓双手，把泥土拍打干净，脱下外衣把娃娃遮住。远处传来脚步声，他连忙把娃娃抱在怀里，躲到白菜地后，蹲在一片软泥上，刚好踩上去扯杂草，前面的右脚划出一条光滑的深黄色“丝绸”。

一个白色衣服的人影从他的栅栏前飘过。他仰起头向前看去，人就不见了。

易老爹的手上沾满了黄土，但他马上夹起娃娃跳起来，跑回家去。

他望望外面，把大门反锁，所有的窗户都上锁，特意在自己房间的窗户贴上胶布。屋外的雨大了起来，昏暗的屋子更加暗沉。他洗过手，拿挂在日光灯上的毛巾擦干手，又把毛巾在脸上熨过，坐在木床上，眼睛专注地看着娃娃，头往右边偏一下又向左边偏一下，眼睛鼓起来，眼睑向上翻。他掀开青色夹白色的条纹被，窜进垫着秸秆的床上，把一个塑料娃娃攒进胸口，亲吻着她的嘴唇："春花，你真美啊，你说起我们当初在蓬江河上会面，你在那儿捞鱼虾，我在那儿瞧螃蟹，你捞鱼虾，还把我的螃蟹敲走。"

他摸着她的头发，细腻柔软，像蚕丝一样，他颤抖着说："你是有几多不同哦，简直不是真人，是神仙下凡哪。"他摸着那两座高峰，他体内的荷尔蒙让他控制不住自己咬住了她的耳朵："没弄疼你吧，小花花，好丰满啊。"手却一直颤抖着。黝黑的脸上起疹子似的红润起来，发黄的眼珠像老灯泡突然散发出光来。年轻的娃娃，睁大着眼睛，坚定地看着他，似乎鼓励他继续发疯。

"你生了闺女我就叫易嘉妹。生了仔就叫易水寒，听那边的读书先生老是念什么'风萧萧兮易水寒'，我就觉得蛮好听的，呵呵。"他的手顺着她的小蛮腰滑到臀部，油亮的肌肤没有一丝皱纹，水波微漾还有一缕波纹，她的臀部却是那般滑润。"我听说啊，春花，以前好像有好几个男仔追你啊，你咋就随了我。"

“我又冒文化，你看上我哪点咯。”他发出一阵笑声，继而又捂住嘴巴，“讲实在话嘞，我这个人是蛮老实的，放心吧，我不会让你受苦，我在外面打工赚钱，我有的是力气。你就在家好好待着。”说着，他把被子抓上了头顶，床下垫的秸秆在中间被挤压得断裂开来，枯黄的叶子落在灰色泥土上。

次日，阳光透过木窗静静地躺在这硬地上，尘埃在射过的光线中穿来穿去，如同雾气弥漫。屋子里充满了一股老柜子的桐油味、枯萎菊花的清香味和床后面的便桶散发的尿骚味混融的气息。

他似乎总是竖起耳朵倾听远处的声音——那种像风一般悄无声息地靠过来的东西的声音。他总是有一种莫名的焦虑。

门外是一阵铁锤击木般的敲门声：“易老爹，村里组织新一届的村干部选举了。”

他从床上跳起，把衣服拾掇了几下，用被子把娃娃盖上，出了门，边走边问：“你是哪个娃娃？”

“易老爹，你从城里回来也几个月了，怎么每次村上开会，你屋里冒一个人去开会，肖痞子已经向我反映好多次了。你是怎么回事啊？”

“我不晓得，冒得人喊我嘞。”

“要的咯。”村主任的目光突然暖和起来，掏出金蒂子芙蓉王，客气地递到易老爹面前。易老爹不敢去接，他担心村主任会后悔，半途又把手缩回去。村主任递烟，让他心惊胆战。村主任见他不接，就把手伸得更长，易老爹壮起胆子望了村主任一眼。村主任又把手往他鼻子跟前凑凑。易老爹还是不敢肯定这支烟是给他的，但是又觉得有这种可能性，他就把鼻子凑上去，闻了闻，点头说道：“好烟，好烟，好香好香。插到菩萨前面去上香吧，有求必应。”

村主任便说：“易老爹，进了城就不给我老脸了，给你烟都不接了？”

易老爹这才手颤颤地接过来，并不点火，硬着喉咙问道：“村主任大人，你是拜错了庙吧，我帮不上娃娃什么忙啊。”

村主任说：“别老是娃娃娃娃的，我比你还大好几岁。你后天来村委投我的票。就这事。忘记吃饭也别忘记来投票哈。”

易老爹一脸的麻木，表情凝固了一样。“我，我，我有这个权？敢投你的票？”

村主任脸颊笑成一朵花：“易老爹，你一个人着实不容易，我正在解决低保问题，用不了多久我就有钱发给你了。”

他拍了拍易老爹的肩膀，靠在他的耳朵边上说：“后天选举的事你就投我一票哈，记住不要眼花投了别人了。”

易老爹的后背像耸立了一块寒冰，他紧了紧肩膀，胸口发疼，对着村主任发出几声惨淡的呵呵声，随着嘴巴冒出了一句话：“你什么时候给我发钱？我娃娃们要吃饭。”

村主任明明知道易老爹二十年前，他的女儿嘉妹出了车祸，已经没了娃娃。他心里哂笑了两声，在易老爹大门门槛上，踢了踢鞋底上的泥巴，从门缝窥了屋里一眼，发现有两只白皙的大腿，他干笑了两声。

“行，易老爹，我跟肖痞子说一声，他会发你低保，走啦。”村主任挥着大手掌，像首长告别一样。

“好走。”见村主任转身走了，他赶紧把门掩上。他又窜到被窝里面了，娃娃丰满地躺在床上，他压在她的身上，身体不停地往前后蹭。青白条的床单上留下了一摊黏稠的液体。

“春花，都是我不好，我不该鬼迷心窍去偷人，你就原谅我吧。”他伸出一个粗大的手掌往自己脸上掴去。他对着塑料红衣娃娃说：“哼，你这个贱人，还好意思说，对我做出那样的事。你走吧。”他立马像弹珠一样从床上跃起，跳下来，把娃娃像薅草一样拔出来，扔到了地上。

早上有一团白雾，在江面浮游，阳光一出，就好像不远处有个漏斗，从那里滑了下去，沉入了江底。江底便有白雾在移动，一直消失在江底的沟壑。一个红衣娃娃从漏斗中冒出来，飘在波纹上。

他坐在娃娃的旁边，伸伸懒腰，在手掌上哈了口气。他依旧把那个粉色娃娃放在窗台上，窗户是木头做的，没有闩子，风一吹就开了。他趿着黑色棉鞋，去灶上大锅子烧热水，过了十五分钟，他一打开锅盖，一团水汽就荡开了，水有些温度了。易老爹用手指去蘸水，打了点水放在铝脸盆里，用毛巾打湿脸。他挠着脑袋，然后点了点头，就赶忙向卧室里跑去，他跳到床上，翻了几个娃娃。“一、二、三、四……十一、十二。”

“十二个！还有一个呢？”他发现满屋的娃娃丢了一个。

“孩子！你怎么就这么走了。”他坐在床上用拳头捶着自己的胸口。他以前数的娃娃是13个，而现在只有12个了。他小声地说着：“不算之前丢掉的娃娃，应该还有13个啊。”

“那，那别人是不是都知道了，知道我喜欢漂亮的女孩子，我是个色鬼，唉，我老婆也不会理我了。”他躲进被子，在里面，身体像蝉翼一样不停地抽动。

他一下子把青色条纹的被子甩掉，门也不关地跑出去，看到村里的鸡就追，把鸡都往鸡舍里赶，还说：“天黑了，鸡还不进鸡舍。”鸡的毛都飞到他的黑色大衣上。

一个穿花衣服的小女孩坐在水泥坝的边上洗脚，他悄悄扒开两边的麦草，直接窜到那个女孩的背后：“你，你瞧见我的娃娃。好大的。”女孩大叫一声，掉进一丈深的水里，双手在坝中不停地摆动，只留下他的几个字“我的娃娃被风吹走了，被风吹走了”，水里没了波澜。

他擤了把鼻涕，抹在树叶上。转身看着那边的波纹一圈一圈来到他的身边，布娃娃飘在天上，有时大有时小。直到晚上寒风在江面从一个个波浪后面生起，又鼓起更大的波浪。岸边落光了叶子的一根根光秃秃湿漉漉的树枝被吹得呼呼作响。连油灯也摆动火苗，发出毕毕剥剥的声音。他回到家，把娃娃拾掇在自己的房间。他睁大的眼睛，发现窗户被打开了，下面还有一只沾着水的娃娃。

他后退了几步，不敢去拿，娃娃在那里躺了一夜。

肖痞子在黑板上用正楷写上：村民选举大会。讲台前拉着一条显眼的横幅，易老爹坐在后面的座位上，眼睛不论瞟到哪里，都是满眼红色，上面写着“民主选举”。他的头发稀疏，如果被大风一吹，就会像一蓬乱草一样随风飘动。

村主任报告完施政纲领，投票23比23平，在场的人数是

47，还有1人没有投票，村主任的额头上冒出几粒石榴籽般晶莹的汗珠，他有气无力地招手把秘书肖痞子唤过来，凑在耳边说：“这个死鬼怎么还不投票啊，你说怎么办？”肖痞子说：“要不我们把那件事告诉他，这样他就会害怕，肯定能帮您投票了。”肖痞子把手掌放在嘴巴上，靠在村主任的耳朵上说：“您看这么说行不？我就说昨天是不是丢了一个娃娃，后来又找到了。”村主任摆摆手，说：“试试吧。”

易老爹听了肖痞子的传话，脸色一变，脚往左边趺一下，右边趺一下，双手捂住脑袋往河的对岸跑去，口里喊着：“我的娃娃，我的娃娃。”右脚那只黑色的棉鞋踩进了操场的泥坑，扯不出来。村主任见易老爹失魂地出了门，就招手想把易老爹叫回来，赶紧大叫：“易老爹，易老爹，回来投票啊。”肖痞子用手封住嘴巴，几丝笑声从手掌中露出来。

一个小孩子在操场上捡取几个卵石，朝着易老爹的方向扔去，笑着说：“疯子爷爷，快走，好丑，我不喜欢他。”

易老爹深一脚，浅一脚，深一脚，浅一脚，像是踩进陷阱的野兽，两只胳膊拼命地甩着，细小的小腿像柴棍子往两边撒开，往蓬江桥上去。

春天在枝上萌出了新芽，浮着映山红的粉色来了。蓬江河那边几个娃娃在放风筝，一阵风刮来，一个布娃娃的风筝从易老爹的头顶掉下来，落在蓬江边上，墨绿色的水草油油地在水底招摇，像女子的长发，把风筝扯得一摆一摆的，掀起一阵一阵的波澜。蓬江河淌过长满草绿色青苔的鹅卵石，硌着一个塑料的红色的娃娃。他来到蓬江边，他隐约听到了春花的歌声，他寻思必定是她要自己回去，他像一块石头投进了蓬江河。

“扑通……”蓬江河的水流过山涧，一只狗过来嗅了嗅，皱起眉头，背货物的人趴在河边不敢靠近。

易老爹房间窗户里的胶布沾满了灰尘，已经承受不住风的撞击，啪的一声打开了，粉色的娃娃鼓着黑色的大眼睛看着蓬江河上一件黑色的大衣被树枝的枝干挂住，易老爹没有一丝血色的面部往水流的方向退去。

天上的云像小船一样在水底游动。一阵湖风夹着火辣的春阳吹来，木板上滚动着细碎的石子和灰尘，还有半片满是虫洞，干枯了的樟树叶被风掀起好几次，差点要吹翻了。一个穿着大白褂子的中年妇女瞅了一眼搜索队捞上来的东西，对着一个穿着花衣服的布娃娃说：“就是她，就是她，我的女儿你死得好惨啊。你被易老爹推进河里，现在你可以瞑目了，这个老不死的色鬼终于也得到自己应有的报应了——蓬江河收了他。”易老爹平躺在石板上，眼睛里的黑色弹珠像要跳到天上去。

## 隆莺舞

隆莺舞，女，壮族，1993年生，广西民族大学研究生。作品见于《长江文艺》《民族文学》《延河》《红岩》《广西文学》《滇池》《南方文学》等文学刊物。曾获首届广西年度壮族作家新人奖等奖项。

# 五个玩尺者

## 1

那个冬天，我和妻子每天都吵架。

那一天，她回了老家，参加闺密的婚礼。我连续工作了一天一夜，才交出了令客户满意的设计方案。早晨七点，我困得不行，关了电脑准备好好睡一觉。在那之前，我喝了一口啤酒，冷酒刺激肠胃，令我打了个寒战。环顾整个房子，妻子不在，我竟觉浑身通透舒爽。第一次不用考虑给她做什么早餐，不用拖着熬夜的身体下去排队买她爱喝的豆浆，不用忍受那些胭脂碰撞的嘈杂和俗粉弥漫的空气。没有妻子在床上摊开她那些横肉，那里显得宽广松软。我伸了个懒腰，特意看了一下手机，想记下那个时辰，记下结婚三年来最舒心的时刻。然而，微信弹出，妻子发来消息。“今天来谷镇！急事！！！”我一下子如被雷劈，刚喝下的啤酒从胃里涌上来，我直咳嗽。我真想把手机丢出窗外，但我只把手机放下，搁置了一会儿，苦想以什么理由拒绝她又不露破绽，如果有老同学在医院工作，能给我弄个假病证明就好了。不过一个都没有。随即我想到，即使有，除非我残废了无法行动，否则妻子还是会要求我回到谷镇的。我不情愿地回复了消息，问她怎么了，却没有再传来回信。等待回答的时间里，我昏睡了十几分钟，醒来后，还是没有妻子的回信。我拨了微信语音过去，无人接听，又打了电话，妻子手机关机了。

我本想趁她不在的周末，好好休息，整理一些旧东西。昨天一整天，我都在找一卷皮尺，是前女友朱丽送我的，上一周被妻子丢进小区的花坛里。我找了一整天，忘记了妻子没有给我报平安。现在，她突然给我发来这个消息，我有理由怀疑她出了事。但我想，如果她的电话还是关机，我绝不再拨过去，我也不回谷镇。置之不理是蛮好的处理方式。因为那天我实在太累，似乎是几年来最累的一天，得尝了一会儿她不在时的轻松惬意，我感觉自己更累了。我拿起手机，发出微信。“什么事？今天好累，昨晚没睡。”

过了一会儿，妻子就给我打来电话。“麻天北，你傍晚六点前不赶到这里，我们就离婚！”说完，她挂了电话。我一声未吭，拖着疲倦的身躯，站在窗前。天已经大亮，窗外人群如蝼蚁走动。当时，我真的有些受够了，我在脑子里盘算，和妻子离婚我会失去什么。后来觉得光靠脑子想不清，就拿了纸笔，在白纸上罗列了许多。第一条，和妻子离婚，我会失去一个固定交配的对象。这我可以忍受。第二条，我将少一个人还房贷，哦，不，我将没有地方住，这个房子是妻子父母买的。这也没什么。第三条，我会失去工作，我在她舅舅手下做事。这都没什么。

和今天睡一觉的愿望相比（也许是些别的什么愿望），这些生活的变化真的不值一提。我想她要离婚就离婚，我决不改变主意。为了证明自己不是一时冲动，我去洗了个冷水澡，出来后，澡房起了烟雾，我裸身蹲着抽了五支烟，稍微冷静了一些。我在雾茫茫中向镜中的自己确认这一点：刚才我真的是一时冲动，假如我跟妻子离婚，我将一无所有。

我拿起电话，那是个冬天，我正裸体，衣服也不穿，想拨通妻子电话求她别生气，求她让我好好睡个觉。电话传来忙音，打开微信拨打语音，响了一阵后，无人接听。

“真受不了！”我恶狠狠骂粗口，这是她惯用的伎俩。我打开冰箱，一口气喝完一瓶啤酒，把瓶子摔在地上，碎成一地晶莹。我又打开冰箱，又喝了一瓶啤酒，又把瓶子摔在地上。直到我喝到第五瓶，这些年妻子的种种行为在我脑子里不断回放。比如她最常说的一句话是，如果有选择，我怎么会嫁给你。她逼迫我天天上网，背诵那些鼓吹把老婆宠上天的爆款文章。每天她都要问我，麻天北，你怎么这么差劲。我说是你太优秀，有了对比。

这么多年，妻子一直看不起我，她觉得她能配得上更好的人，我不是她理想的归宿，我深知这一点。当时，朱丽的皮尺就放在桌子上。我转个头就看见它，就想起上大学时我穷，朱丽也很穷，穷人一般跟穷人在一起。所以我和朱丽，就在一起了，整个大学，为了融入整个大环境，一直舍不得分手。毕业那个夏天，朱丽买了一卷皮尺，说给我量量身体，买套合体的西装好去找工作。西装和皮尺是她给我买的唯一东西，而我，从未给她买过什么。我认为穷人和穷人谈恋爱，只要在一起上个床，成双成对出现给别人看就行了。恋爱和性爱是这样一种东西，别人有，你也得有，不然你真活不下去。我真是这么想的，我不爱朱丽，但没有她我感觉活不下去。后来我穿着那套合身的西装找工作，碰到了现在的妻子，思忖再三就把朱丽甩了。我结了婚之后却常常想起朱丽来。

我是个浑蛋。我想。但是朱丽是个好女孩。我越认同自己是个浑蛋，朱丽就越是个好女孩，而今天，她简直是天使。她温柔，她善解人意，最重要的是，我现在有了点钱。想到这个，我很想给朱丽打个电话。但我没有，我只发了微信。我说朱丽，今天有点累。

发完，我拿上皮尺，再次拨打妻子的电话和微信，还是联系不上。我只好上网买了去谷镇的票。临出门前，我把桌上的皮尺揣进包里，就像把朱丽带在了身上，以令我在人群里感到安心。

## *2*

那个男人和我一样，极度疲惫，生活中一直忍受着最亲密的人。被逼迫对那些逼迫者有不可理喻的责任和爱意。我们在嘈杂的车站对视一眼，我便透过他的双眼看到他的生活。

他冲我微笑，走过来，手上牵着一个十岁左右的男孩。“兄弟，你去谷镇?”他问我，我看着他，没有回答，尽量掩饰自己的看透和同情。他的黑眼圈很熟悉，像我自己在照镜子。我想他应该很累，他经常一夜不眠，赶着那些王八蛋老板布置的工作，为了在城市中维持稍微体面的生活。在早晨给满身脂肪的女人排队买豆浆，晚上还得给她洗发黄的内裤。他现在和陌生人说着话，他最想把一切事情办妥然后睡一觉，我应该找个地方让他坐一会儿。我想。

我瞄到了候车厅内的一个空位。

往里走吧。我说。

“大兄弟，刚才我就在你后面取票，你是去谷镇吧？”他牵着那个小孩子，和那些牵爱狗去散步的有些不同。不同在他太累，手在颤抖，腰也有些挺不直，他肯定还有肠胃炎，因为常常吃不上饭。是的，我现在不看他的眼睛，但我完全清楚他的情况。

我们走到了刚才我瞄见的那个空座位。“您坐吧。”我说。

“不，不，兄弟，你坐。”他正推辞，手边的小家伙挣脱他，一屁股坐下，瞪着一双圆眼睛，天真地望着我。我在心里叹了口气，手扶着腰，感到一阵巨大的困倦袭来。我也很困，手也在颤抖。

“这是我儿子，放寒假了，回他妈那儿。”他说。小家伙依然一脸天真地看着我。

“他妈在谷镇。”他说。

“刚才在停车场看见你了，我们的车牌号有些相似。”他说。

“大兄弟，你也是去谷镇吧？”他问，第三次了。

对。我不得不说。

他说那太好了，能不能麻烦你在路上看着他点。他把孩子从座位上扯起来，贴着自己大腿站着，父子俩面对着我，像在委以重任。

“行吧。”我说。我想这是个心思缜密的人，他早记下了我的车牌号。我猜他会马上接到电话，公司的，或者某个客户的。他会马上头也不回地走掉。果然，他的手机铃声响起来，他侧着身子嗯嗯啊啊地回答着，一边往外走，一会儿就走出了候车厅，很快不见了。我和小家伙看着人群，好一会儿，没见他再回来。我眨眨眼睛，困倦至极，“我坐一会儿。”我自言自语道。小家伙愣愣看着我，竟没哭，像一头好奇的第一次冲进森林的小鹿。我闭起眼睛，留着一条缝看他，他还是一动不动地看着我，大大的眼睛，透着小孩特有的专注。

“你之前经常自己去找妈妈？”我直起身子，问他。他摇摇头。“那这是第一次？”他点点头。“你知道怎么坐火车吗？”他点头，爸爸告诉过我，跟着人群就行。刚才他说，跟着你就行。

“跟着我？”

“对呀。”

“为什么？”

“因为爸爸说你看起来很累。”

“哦。”我又闭起了眼睛，意识很快模糊，不一会儿惊慌醒来，看手机，发现自己才小憩了几分钟，却有种从梦中醒来的不适感，小男孩在我脚边，蹲着玩他最初背在身上的小包。看见我醒来，他对我笑了一下。这是一个乖巧到几乎不像孩子的孩子。

我坐起来，人精神了一些。距离检票还有半个小时，我从包里拿出那卷皮尺，对那小孩说，我们玩游戏好不好。他兴奋地点了点头，笑出了两颗虎牙。我又想起朱丽，她也有两颗虎牙。我把手里的皮尺小心扔出一两米。

“去捡回来。”我说。

他屁颠屁颠跑过去，捡起，跑回来，看起来非常高兴。我一拿到皮尺，又小心地丢了出去，那卷皮尺远远地滚了出去。“再去捡回来。”我说。他跑过去捡回皮尺。我们玩了几个回合，他气喘吁吁，大笑着，整个车站都是他天真的笑声。后来我说我累了，你自己玩吧。他就拿走了我的皮尺，在角落默默丈量起来。大概量了几分钟，他抬头看我并没有责怪他的意思，小孩的本质开始显露出来了，也许觉得跟我已经相熟，他在这个车站有了人可以撑腰，他开始不停地去打扰那些游客。

“谁家的小孩？你的吧？”一个执勤保安把他扯过来。我赶紧摇摇头，说不是我家小孩。保安说不是你的是谁的，看好他咯，别影响我们工作。我只好把他拉过来，收起了给他玩的皮尺。他站在我面前，面无表情，也不说话，眼里充满无畏和狡猾。

“你叫什么名字？”我问他。

“天北。”

“你爸姓什么？”

“我爸姓麻。”

“那你呢？”我不知道为什么问出这个问题，但我想对于我和他爸爸来说，这是自然和必然的问题。

“麻呀。”他嘻嘻地笑，又把皮尺抢了过去。我惊奇地看着他冲进人群中，给那些排队的旅人丈量身体，我没有阻止他。我想起了朱丽，想起她温柔地丈量我的肩宽，胸围，腰围，腿围，皮尺划过我每一寸肌肤，她吐气如兰，说身高175厘米，胸围，嘻嘻，102.2厘米，腰围70.5厘米，臀围109.4厘米。

你太瘦了。她说。如果我告诉她小时候我也给许多陌生人量过身体，就在这个车站。她铁定会说，这就是缘分啊，亲爱的。

但我不知道，她也不知道。她只说人其实不过是一些数据的集成罢了。当时我没放在心上。后来跟妻子去见她父母，他们咄咄逼人，问我的父母收入多少，家里几口人，工资多少，父母几岁，能买多少平方米的房子，现存款多少。我说这些如果有个合格的分数，我都无限接近于零。妻子巧笑嫣然，那你给我做牛做马吧。

我说好，我居然有些感激涕零。

现在，小家伙正在一个年轻女孩的脚边，量她的脚，后者并没有像其他人那样赶他，只是狐疑地问他，小朋友，你在干吗?

“量人呀。”他抬起头，大眼睛骨碌碌转，一副机灵的样子。我笑了，年轻女孩笑了，她站着，让他丈量自己的脚。过了一会儿，兴许是玩够了，他扭着身子向我跑过来。广播刚好响起，要进去检票了。我把皮尺从他手中拿回来，往检票口走，他紧跟着我，几乎是贴着的。上了车，我只好把位置调换到他身边。

## *3*

大多数时候，火车行驶在无人的山野间，有时我能看见山鸡，有时是一个搭建简单的棚子，能住人，一些铁路工人住在里面，外面晾着他们的衣裳。火车经过他们，犹如我经过一队排队跳崖的虫子，它们轻，跳不死，事情看起来却有些悲壮，而且很有秩序。我不知道我为什么想到那些虫子，我见过不少，在悬崖边上（相对它们的体积），它们一个接一个往下跳，有条不紊。不是很多动物都这么做，见得最多的是蚂蚁。

“小朋友，跟妈妈姓是不是很好？”

“哈？”他拿着我的皮尺，在量桌上放置垃圾的盆子，头也不回，没明白我问什么。我说也许这是未来的趋势，就像蚂蚁跳崖，有秩序。他只对蚂蚁跳崖感兴趣，问我蚂蚁为什么会跳崖。我说我也不知道，可能它们只觉得那是路。

“会死吗？”

“不会。”

“为什么？”

“因为它们很轻。”

“嘻嘻嘻。”他说。

火车在一个临时小站台停了下来，我才发觉车厢内只有我们两个人了。车停了十分钟，没有重新开动。半个小时，一个小时，直到停了差不多两个小时后，车子还是没有启动的迹象，列车也没有给一个解释。整个世界都很安静，他的不安到达极限，号啕大哭起来。我从未哄过孩子，哄自己都哄不好，他哭了十几分钟后，开始呕吐，声音也小了许多，有些上不来气的感觉。

列车员从另一个车厢走过来。“你可以下去透透气。”她递过一包纸巾。我把孩子脸上的鼻涕擦干净。我本不想出去，因为列车停滞不前，对我来说不是件坏事，我并未感到任何烦躁。但看着哭得不成人样的孩子，有些心疼，也怕闷出毛病，便抱了他，走出火车。

那个站台极小，不封闭，走了几步路，便可以看到铁轨两边延绵出去的一大片田地，远远有些农舍冒青烟，天气阴霾，但空气相比车厢的确好了不少。我站着，拉了几下筋骨，那个列车员也走了出来，站在我身边。

铁轨旁有五个孩子在地里玩，围成一圈，用树枝在地上挖坑。

“我可以过去看看吗?”天北问我。

“火车马上要开了。”我说。

“没那么快。”列车员却说。天北皱起脸，作势要哭。

“那去吧。”我说。

他抬起脚丫子冲过去，冲到离他们一米的位置就停下来，怯生生看着，也不敢靠近。五个孩子齐刷刷看了他一眼，没理他，齐刷刷低下头，继续挖起来。他们说一种方言，咋咋呼呼，声音很大，但我听不懂，天北也听不懂。他抱着自己的小包，手中拿一卷皮尺，一动不动。我想起一头狼盯着一群兔子的模样。可惜他不是狼，他没有发起进攻，而是悻悻返回，脸是皱的，但一直看我，充满期待。

“他害羞。”列车员说。

“你很想跟他们玩?”我问。他重重点头。

我领着他走过去，这次站得近了一些，几乎是直接冲入他们内部，似乎要把他们的队伍搅散。那群孩子齐刷刷又一次抬头，我看到泥尘、干鼻涕和湿鼻涕混合的五张脸。你们在干什么呀？我弯下腰，对着其中一个小男孩问。他别过头，吸了吸鼻子，不回答我的话。其他的孩子看着他。后来，其中一个胆子大的用生涩的普通话说，我们在办葬礼。

办葬礼？我惊奇地问道。他们说对呀，办葬礼。后来我才明白，他们在给一群蚂蚁办葬礼。我不知道蚂蚁是怎么死的，也许他们出于好玩，掏了个蚂蚁窝，然后无聊，又学着大人的样子给这群蚂蚁办个葬礼。

“那尸体在哪里呢？”

那个大一点的男生从旁边拿过一块白布，上面包裹着一群死蚂蚁，数量还不少，密密麻麻，看久了令人头皮发麻。葬蚂蚁，随便挖个小洞就好了，干吗挖这么大一个坑？我说。他们已经挖了个坑，很浅，不过长度足够埋一只兔子了，他们还在挖，没有停下来的意思。很快，坑变长了许多，看起来足够埋一头小猪，还是很浅。

“你们要挖多大的坑？”他们没有停下来的意思，双手握着树枝，动作整齐划一，飞起的泥土不停地从他们跟前甩到身后。天北跃跃欲试，也拿个树枝在旁边轻轻划土。但他不敢靠近。我突然想知道这些蚂蚁是怎么死的，但我没问。也许世界上真有这样一些事情，你为着打发无聊看见了，看进去就会想一些无聊的问题，而得到的错误结论，却会严重影响你的生活，或者思维。人就是这么疯掉的。后来很多年，我一直在想那天想着的问题，蚂蚁是不是他们杀的。

“我们也不知道要挖多大，就先挖呗。”有个女孩说。他们总是等问话人问了很久之后才回答问题。

“是呀，够大了我们就停下来。”另一个孩子说。

等他们停下来的时候，坑看起来可以躺一个人那么长了，他们挖得浅，我不知道时间过去了多久，可能很久，可能就一瞬间。其间我未看手机，也不知道从车里出来时是几点。火车一直没动，列车员还站在那儿，就像时间静止了似的。他们都站了起来，拍着身上的土。

“好了，可以放尸体了。”那个大点的男孩说。

“等一下，你们想不想知道这坑多大?”他们摇摇头。我说那你们不想知道蚂蚁的家多大吗?他们互相对望，似乎有了一点兴趣。

“我帮你们量。”我说。

我拿过天北手中的皮尺，把那个坑量了一下，“长180厘米，宽60厘米。”我对他们说，他们一脸茫然，显然对这个数字没有任何概念。

“这是能埋几乎任何人的坑。”

“像你这么高的也行吗?”一个小孩问道。

“你躺进去。”那个主持的大男孩生硬地说。也好，为了证明这的确是一个大坑，我躺了下去，刚刚合适，但不够深。一个小孩忍不住笑了起来，接着他们扑哧扑哧都笑起来，麻天北也在笑。我静静躺着，白云在天上摇，有些小灰尘在我脸上摇，隐隐闻到一股芳香，我脑袋沉重，眼皮快要睁不开了，如果闭上，我一定马上睡着。

“嘻嘻，我们把你埋起来咯。”他们开玩笑地说，都过来拉扯我，往我身上投掷一些小泥粉。

“那不行，我还有急事。”我猛地一个起身，人竟觉得精神了许多。

“下葬蚂蚁！”有人大喊了一声，把那团包裹蚂蚁的白布放进去，然后他们齐刷刷膝盖碰地，对着白云合起了双掌。天北可能觉得好玩，也学着他们跪下去，只是他在用手朝着天空招手。

“谷镇方向的旅客，回来吧。”列车员说。小孩们站了起来，我们都转过头看她，一个孩子笑起来，我们都笑起来。

“回来吧。”列车员又说，火车鸣起笛。

我把天北抱起来，跑上了火车，车里空荡荡，随便找了个位置，刚坐下，火车就往前开，我和天北往后看，那五个孩子在往坑里填土，半个小时过后，那里将一片平整。

我们到了谷镇，刚出站，天北就朝等待他的妈妈飞奔过去。我站在原地，呆呆看着，那是一位温柔的女士，穿一身藏青色的长裙，是我记忆中的年轻母亲的样子。她离我半米远，似乎在对我微笑，眼神又似乎透过了我，去到了后面的人群。他们要往外走了，她应该来接麻天北回家。我不想让他们走。

“妈。”我喊她。她还是拉着小家伙的手，往前走。小家伙回头看了看我，拉住了母亲的衣角。他们停下来了，他说着话，指了指我，她看过来，眼神还是落在我后面。她看不见我。她拉着麻天北往前走了，她似乎有一些嗔怪，我跟着他们，我没法不跟上去，一切都和日夜梦回的一模一样：郊外车站，小路芦苇，母亲牵着我回家，我跑向那个卖糖葫芦的大叔。

“你不用送我到家。”麻天北转头对我说。

“我妈妈来接我了。”

“你在跟谁说话?”她问。

小家伙朝我们吐了吐舌头，朝着卖糖葫芦的跑去，他母亲跟着小跑过去。

我正要跟上去，妻子打来电话。

“到了吗?”

“到了。”

“我把地址发你微信了。”

“我今天看见……喂……喂……靠。”

我挂了电话，他们不见了，消失在人群里。

我按照地址找到妻子老家，一见到我，她便拉着我靠在墙上，拿着一卷崭新的皮尺，量起了我的身高。末了，她咂咂嘴，还好，你真有一米八，我跟闺密说你有一米八她还不信，明儿你再塞个增高鞋垫跟我去见她，我才不想输给她。

“让我回来就为这事?”我问。

“不然呢？她虽然嫁了一个矮子，可是人家很有钱!”她说。

我突然想到，也许白布里的蚂蚁从没活过；也许蚂蚁从宇宙某处流浪过来，一生奔波，寿终正寝。但我一躺下，就在妻子床上睡着了。我做了个梦，梦见妻子闺密的婚礼：新郎新娘站在一个尖土堆上，却站得很稳当。土堆载着他们去给来客敬酒，所有人都仰头看他们，仰头对他们说恭喜。我和妻子也在人群中，我显得比所有人都高半个头，脚硌得生疼。新郎新娘来给我和妻子敬酒，我不看他俩的脸，我低头去看那个土堆，发现上面插有许多小花，花瓣散发出浓郁的芬芳。我细细辨认那些花儿的品种，却看见土堆上还有许多小米粒，有的白净新鲜，有些发硬发黄，应该是被某种有秩序的生物分很多次搬运过来的。

我喝了许多酒，果然喝醉了。我和妻子搭朋友的顺风车回家，一路上，我下车撒尿三次，妻子扶着骂骂咧咧的我，也骂骂咧咧。

这是我婚后第一次喝醉，大概发了许多酒疯。第二天，我在家里的床上醒来，妻子不见了。我走出卧室，罕见地看见桌上有蜂蜜水，冒着热气，妻子站在窗前，一如我那天站在窗前，但她没在看什么，她拿着我父母的遗像，在认真擦拭，竟有些小女孩的憨态。我想跟她说，我来擦吧，然而，我没说。

窗外，阳光给一大朵乌云镶上边，我想起麻天北，他一定会同意，那像一张有着厚厚的蚊帐的床。